ATTRAIT POUR TRAIT

MONTGOMERY INK

CARRIE ANN RYAN

ATTRAIT POUR TRAIT

Montgomery Ink
tome 4
Carrie Ann Ryan

Attrait pour trait
Montgomery Ink
Par Carrie Ann Ryan
© 2015 Carrie Ann Ryan
ISBN : 978-1-950443-35-2
Traduit de l'anglais par Viviane Faure pour Valentin Translation

Ceci est une œuvre de fiction. Les noms, les lieux, les personnages et les incidents sont le produit de l'imagination de l'auteur et sont fictifs. Toute ressemblance avec des personnes réelles, existantes ou ayant existé, des événements ou des organismes serait une pure coïncidence.

Pour plus d'informations, abonnez-vous à la LISTE DE DIFFUSION de Carrie Ann Ryan.
Pour communiquer avec Carrie Ann Ryan, vous pouvez vous inscrire à son FAN CLUB.

ATTRAIT POUR TRAIT

Pour un écrivain, rien de pire qu'un retard dans les délais. Quand Griffin Montgomery échoue à faire ce qu'il aime, c'est un coup dur. Il n'avait pas conscience que sa vie en était profondément affectée avant que sa famille bien intentionnée n'intervienne. Ses sœurs ont engagé une secrétaire pour lui et ça ne lui plaît pas du tout – enfin, jusqu'à ce qu'il la voie.

Autumn Minor est une jeune femme efficace, et elle n'oublie jamais les gens qu'elle rencontre. Elle fait de son mieux pour s'intégrer partout où elle va, même si elle ne reste pas longtemps à chaque endroit. C'est en s'assurant que personne ne la remarque qu'elle a survécu jusqu'à présent. Mais lorsqu'elle rencontre Griffin et le reste des Montgomery, elle redoute de ne pas pouvoir les quitter au moment de partir.

S'ils se lancent dans une relation hésitante, mais explosive, ils savent pourtant que ça ne pourra pas durer.

En matière d'amour, ni l'un ni l'autre n'est fait pour le long terme. Quand les démons du passé d'Autumn la retrouvent et mettent leurs vies en danger, Griffin ne reculera devant rien pour la protéger. Mais au bout du compte, c'est lui qui aura besoin d'une seconde chance.

CHAPITRE UN

PARFOIS, il n'y a rien de mieux qu'un jean un peu usé. Bon, d'accord, il serait peut-être plus juste de dire qu'il n'y a rien de mieux qu'un jean un peu usé sur une jolie petite paire de fesses. Surtout quand le propriétaire de la jolie paire de fesses en question travaille sur un chantier.

Autumn Minor s'appuya contre le véhicule et croisa les bras sur sa poitrine pour apprécier la vue avant de se mettre au travail. Il y avait au moins cinq hommes qui travaillaient autour d'elle, se penchaient pour porter des objets lourds en contractant leurs abducteurs et leurs fessiers. C'était un peu la Mecque des hommes sexy en jean.

Il fallait qu'elle pense à s'arrêter plus souvent sur les chantiers de Montgomery Inc. Peut-être que se tenir là, à baver sur les gars, était un peu sexiste, mais elle avait vu les regards appréciateurs de ceux qu'elle supposait être célibataires et partants. Elle ne les sifflait pas, ne leur criait pas de propos suggestifs, alors franchement, elle était plutôt correcte quand il s'agissait de mater les types qui bossaient sur les chantiers.

— Est-ce que tu es en train de mater les très jolies fesses de mon fiancé ?

Meghan Montgomery-Warren, qui serait bientôt Meghan Montgomery-Dodd, s'appuya contre l'utilitaire à côté d'Autumn. Elle croisa ses longues jambes devant elle. Elle portait des bottes usées et boueuses, mais bien entretenues.

Autumn s'étira, le dos un peu noué, et elle attacha ses longs cheveux auburn en une queue de cheval.

— En gros. Ça te pose un problème ?

Elle fit un clin d'œil à son amie, et Meghan leva les yeux au ciel.

— Aucun problème. Tant que tu ne touches qu'avec les yeux.

Meghan se mordit la lèvre en inclinant la tête, probablement pour apprécier à son tour les... avantages de Luc.

— Bon sang, ce que j'aime ses fesses. Enfin, je l'aime tout court.

Autumn sourit ; elle ignora le petit pincement qui se fit en elle, espérant que ce ne soit pas de la jalousie. Pas de la jalousie envers Luc, bien sûr, mais l'idée que quelqu'un puisse aimer une autre personne avec autant d'émotion sans avoir peur. La façon dont le cœur et l'âme de son amie s'affichaient sur son visage la surprenait, même si ça n'aurait pas dû être le cas. Meghan avait l'air tellement amoureuse que ça lui en aurait presque donné des caries. L'expression dans ses yeux quand elle pensait que Luc ne la voyait pas compensait largement cet incon-fort. Meghan était réellement aimée. Et après le désastre de son premier mariage, qui l'avait livrée à un abuseur, elle méritait bien cela.

— Vous allez tellement bien ensemble, dit Autumn.

Elle fourra les mains dans ses poches en essayant de se réchauffer malgré l'hiver qui était arrivé à Denver. Il n'avait pas neigé depuis quelques jours, si bien que les vingt centimètres de poudreuse et de glace qui étaient tombés au cours de la dernière tempête avaient déjà fondu grâce à la météo changeante du Colorado. Mais il ne faisait tout de même pas assez chaud pour elle. Elle préférait les climats plus tempérés. Peut-être que dans le prochain endroit où elle vivrait, il n'y aurait pas d'hivers aussi froids.

Elle retint un soupir. Penser à la prochaine étape de sa vie perpétuellement nomade n'était pas le genre de choses qui la mettait de bonne humeur.

Il fallait qu'elle arrête de penser à ça.

Elle aimait bien Denver, même si la météo était erra-tique et que le temps changeait toujours au cours de la journée. Elle avait appris à s'habiller en superposant les couches, comme un oignon. Elle aimait bien les Montgo-mery, aussi. Elle ne savait pas comment c'était arrivé, au juste, mais elle s'était retrouvée invitée parmi eux, et si elle ne faisait pas partie de la famille, elle était au moins dans le groupe qui gravitait autour d'eux.

Meghan effleura son épaule de la sienne et sourit. Elles faisaient à peu près la même taille, heureusement, si bien qu'Autumn n'avait pas besoin de relever la tête pour la regarder, comme avec les autres sur le chantier. Ce n'était pas qu'elle était petite, elle était dans la moyenne, mais les gars qui travaillaient là étaient tous des géants, des géants sexy. D'où les jolies petites fesses bien moulées dans les jeans qu'il convenait d'apprécier.

— C'est presque l'heure du déjeuner. Je sais que certains gars voulaient aller dans un café pas loin d'ici, dit Meghan. Tu veux venir avec nous ou bien tu as apporté quelque chose à manger ?

Autumn secoua la tête et grimaça. Secouer la tête quand il y avait plus d'une question avait tendance à créer des malentendus. Étant donné qu'elle avait passé sa vie à observer les gens et diverses situations, elle s'en sortait normalement mieux que ça. Il y avait juste quelque chose à Denver, ou peut-être chez les Montgomery, qui la faisait se sentir... bizarre.

— Je n'ai rien amené pour déjeuner et je serai ravie de me joindre à vous s'il y a de la place.

Elle frissonna en passant d'un pied sur l'autre.

— Est-ce que les gars ne ramènent pas leur déjeuner pour ne pas avoir à passer trop de temps hors du chantier, normalement ?

Meghan croisa les bras sur sa poitrine, probablement pour se tenir chaud.

— Oui, mais il y a une dépression qui arrive avec un risque de tempête, alors on va finir tôt.

— Je savais qu'il y avait une raison pour que je me sente transie jusqu'aux os.

Elle claquait des dents, pourtant il ne faisait pas si froid que cela. Meghan leva les yeux au ciel.

— Je pense que c'est plus parce que tu es une petite nouvelle à Denver. Enfin, quoi qu'il en soit, c'est dur pour les gars, en hiver. Bien sûr, c'est dur aussi en pleine canicule. Mais comme ils ne veulent pas se retrouver pris sous trente centimètres de neige, on remballe.

Autumn fronça les sourcils.

— Je ne sais toujours pas pourquoi tu as besoin de mon aide, ni même pourquoi *toi*, tu travailles dehors en hiver alors que tu es paysagiste.

La famille Montgomery avait de nombreux talents professionnels différents, mais une grande partie d'entre eux travaillaient soit à Montgomery Inc., l'entreprise de BTP, soit à Montgomery Ink, le studio de tatouage. Ironiquement, c'était dans le fameux studio de tatouage qu'Autumn les avait rencontrés. Maintenant, elle travaillait dans l'autre branche. Meghan n'avait pas toujours fait partie de l'entreprise de BTP, mais après avoir divorcé et trouvé sa voie, elle s'était retroussé les manches pour plonger les bras jusqu'aux coudes dans la boue et les plantes.

— Je ne fais pas grand-chose en hiver en ce qui concerne les plantations, car le sol est généralement trop détrempé ou trop gelé. Mais il faut quand même commencer à prévoir, s'occuper de l'entretien et d'autres choses. Et j'ai besoin d'aide parce que je suis en train d'apprendre à ne pas tout faire toute seule.

Elle lui fit un clin d'œil.

— Luc ne veut pas que je m'épuise.

Il avait probablement envie d'être celui qui épuiserait sa fiancée, mais Autumn ne comptait pas le dire à voix haute. Vu le regard brillant avec lequel Meghan contemplait Luc, elle n'avait de toute façon visiblement pas besoin de son aide pour avoir ce genre de pensées.

Comme si elle l'avait conjuré rien qu'avec ce regard, Luc jeta un coup d'œil par-dessus son épaule et sourit. Il fit un signe de tête à deux des gars avec qui il travaillait et rejoignit Meghan et Autumn.

— J'ai senti ton regard sur moi. Ça veut dire que tu es prête à aller déjeuner ?

Il haussa un sourcil sombre, et Meghan éclata de rire. Elle lui tendit la main, et Luc la prit pour la ramener contre son torse.

Autumn retint un petit soupir devant le spectacle qu'ils offraient.

— J'admirais simplement ta posture, dit Meghan doucement avant d'embrasser son menton.

Luc baissa sa bouche vers la sienne pour déposer un doux baiser sur ses lèvres.

— Je peux me plier en deux de nouveau, si tu veux en profiter davantage.

— Peut-être plus tard, murmura Meghan en se laissant aller contre lui.

Cette fois, Autumn ne s'embêta pas à retenir son soupir.

— Vous deux, c'est tellement guimauve que j'en ai mal aux dents, déclara Wes Montgomery en les rejoignant.

— C'est parce que tu n'aimes pas voir ta sœur rouler des pelles à ton électricien, dit Tabby Collins qui arrivait vers eux, Decker et Storm sur les talons.

— C'est bien vrai, dit Storm Montgomery en inclinant le menton vers Autumn.

Il était costaud, barbu, et son petit signe de tête, c'était pile ce qu'il fallait niveau sexy. Elle aurait pu vouloir explorer tout ça, mais comme elle travaillait avec lui et n'était pas prise d'une envie débordante de le laisser la voir à poil, elle ne faisait rien pour précipiter les choses.

Bien sûr, *tous* les Montgomery étaient carrément sexy. Autumn avait été la voisine de Meghan avant de commencer à travailler avec eux, alors elle les avait tous rencontrés à un moment ou à un autre. Et elle n'en avait pas trouvé un seul de moche dans le lot. Il y avait huit frères et sœurs, cela dit, alors ce n'était pas facile de tenir le compte. Peut-être qu'elle aurait dû les numéroter. Wes et Storm étaient jumeaux, et ils étaient parmi les aînés. Ils étaient propriétaires et gérants de Montgomery Inc. Wes était le chef de projet et Storm l'architecte en chef.

Apparemment, les gens qu'ils embauchaient étaient sexy aussi. Tabby était leur secrétaire administrative et, d'après Autumn, c'était elle qui faisait tourner la boutique. Cela dit, elle n'était pas sûre que l'autre femme en était consciente. Quand Autumn avait commencé à travailler avec eux, elle pensait qu'il y avait peut-être un truc entre Tabby et Wes, mais maintenant qu'elle les connaissait mieux, elle avait révisé cette idée.

Decker, leur chef de chantier, inclina la tête en contemplant le couple d'amoureux.

— Je croyais que vous ne deviez plus vous faire de bisous sur les chantiers.

Luc et Meghan levèrent chacun une main pour lui

adresser un doigt d'honneur, sans détacher leurs regards l'un de l'autre.

— Étant donné que tu roules des patins à *notre* sœur à chaque fois qu'elle passe par ici, tu ne peux pas trop parler, dit Wes, pince-sans-rire.

Decker avait récemment épousé la plus jeune de la fratrie, Miranda. Cependant il faisait partie de la famille bien avant ça, même si Autumn ne savait pas exactement sous quels termes.

— Et je continuerai aussi longtemps qu'il me plaira, déclara Decker avant de se passer une main dans la barbe.

Son tatouage se distendit alors que ses muscles se contractaient, et Autumn ne put s'empêcher d'admirer le travail. Tous les Montgomery et leurs partenaires avaient des tatouages, certains plus que d'autres, et Autumn était à peu près certaine que c'étaient les deux artistes-tatoueurs de la famille, Austin et Maya, qui les avaient tous réalisés. Comme si aucun des deux ne voulait laisser quiconque d'autre toucher à leur famille. En fait, Autumn allait avoir du mal à confier ses tatouages à de nouvelles personnes, une fois qu'elle aurait déménagé. Mais ce n'était pas comme si elle pouvait se permettre de revenir uniquement pour le talent d'Austin et Maya. Même si elle aimait leur travail, elle ne pouvait pas le faire passer avant sa sécurité.

Elle repoussa cette pensée. Ce n'était pas le moment ni le lieu pour s'inquiéter de ce genre de choses. Même si, pour être parfaitement franche, elle s'en inquiétait *toujours*.

— Enfin, une fois que nos tourtereaux en auront terminé, on ira déjeuner, dit Tabby avec un sourire. Tu viens avec nous ? Je sais que tu ne travailles pas avec Meghan à temps plein, alors tu as sûrement autre chose de prévu.

Autumn haussa les épaules.

— Je travaille quand je peux, dit-elle vaguement.

Elle se montrait toujours vague.

— J'ai faim. Aller déjeuner, ça me convient.

Elle frissonna à nouveau.

— Et si on pouvait manger dans une pièce chauffée, si possible par un beau feu de cheminée, ça serait parfait.

— Il ne fait pas si froid que ça, choupette, dit Storm d'un air sérieux.

— Ne m'appelle pas choupette.

Elle haussa un sourcil, mais il ne se donna même pas la peine d'avoir l'air penaud. Sacré Montgomery.

Elle jeta un regard à Meghan dont la main était posée légèrement sur l'épaule de Luc, l'air triste. Autumn retint un autre frisson qui n'avait rien à voir avec le froid, cette fois-ci. Elle se souvint de la première fois où elle avait rencontré Luc, même si elle savait que lui ne pouvait pas s'en souvenir. Il était étendu sur le sol, couvert de sang, et la main de Meghan était aussi posée sur son épaule. Mais alors, sa fiancée essayait de le maintenir en vie.

On lui avait tiré dessus, et la seule chose qu'Autumn avait pu faire pour l'aider, c'était d'essayer de faire conserver son calme à Meghan. Les autres avaient dit que c'était suffisant, mais elle n'en était pas si sûre. Elle se souvenait encore des cris... même si elle ne savait pas si c'était ceux de Meghan ou les siens.

Elle ravala la bile qui lui était montée dans la gorge et essaya de repousser ces souvenirs qu'il valait mieux oublier.

— Tu n'as rien porté de lourd, hein ? demanda Meghan, de l'inquiétude dans la voix.

— Il n'a pas intérêt, rétorqua Wes.

Luc secoua la tête.

— Je me suis juste penché pour montrer un truc à quelqu'un tout à l'heure. Je ne fais qu'observer, et je ne travaille même pas sur des journées complètes pour le moment.

Il toucha la joue de Meghan.

— Je te le promets.

— Bien.

Meghan se hissa sur la pointe des pieds et l'embrassa à nouveau. Cette fois, ce fut Tabby qui soupira.

— N'est-ce pas ? lui dit Autumn.

Tabby renifla.

— Tu devrais voir Austin avec Sierra... Shep est avec Shea, Callie s'est mise avec Morgan, Decker a Miranda, et maintenant... Luc avec Meghan. C'est comme si l'amour, la passion et la romance avaient complètement investi le monde du tatouage.

Autumn sourit à cette pensée.

— Je crois que je ne connais pas tous les gens dont tu parles, mais j'imagine que les avoir tous en même temps au même endroit, ça fait un peu trop.

Tabby haussa les épaules.

— Une fois que les autres Montgomery auront trouvé quelqu'un, Harry et Marie seront au paradis avec leur grande famille et tous ces petits-enfants.

Elle grimaça en disant ça, mais Wes lui frotta l'épaule.

— Désolée.

— C'est pas grave, dit Wes. La santé de mon père s'améliore.

À la façon dont sa voix grinçait en disant ça, ça ressemblait plus à un vœu pieux qu'à un fait. Mais Autumn n'avait pas l'intention de faire de commentaire à ce sujet.

— Ce n'est pas la peine de marcher sur des œufs.

Ah, effectivement. Harry Montgomery subissait une chimio et des radiations pour traiter un cancer. Parler du paradis que serait un futur aussi parfait, ou juste mentionner le mot paradis, pouvait être un problème pour certains d'entre eux. Parfois, un simple mot prononcé sans y penser pouvait faire plus de mal qu'on l'imaginait.

— Bon, ça suffit avec les bisous, marmonna Storm. Ramassons tout ça et partons à Taboo.

Autumn sourit. Elle *adorait* Taboo. C'était son amie Hailey qui tenait le petit café situé au numéro 16 sur Street Mall, en plein centre de Denver. Une porte de service le connectait à Montgomery Ink, si bien que la famille pouvait aisément passer de l'un à l'autre. Comme le chantier était situé à Edegwater, il n'était qu'à un quart d'heure du café. *En plus*, Montgomery Ink disposait d'un parking derrière, ce qui n'était pas une évidence à Denver.

— Allons-y alors, dit Wes en passant son bras autour des épaules de Tabby.

Elle leva les yeux au ciel et fit un pas en arrière en lui donnant une pichenette dans les côtes.

— Je vais conduire moi-même, merci bien. Je dois passer chez moi au lieu de revenir au bureau après déjeuner.

Wes et Storm froncèrent les sourcils en même temps, parfaitement jumeaux en cet instant.

— Pourquoi ? demandèrent-ils à l'unisson.

Tabby haussa un sourcil.

— J'ai mes raisons, et je vous ai dit à tous les deux la semaine dernière que je comptais travailler de chez moi les après-midi. Maintenant, allons déjeuner. Je meurs de faim.

Sur cette déclaration cryptique, Tabby s'éloigna en tapotant frénétiquement sur sa tablette. Comment elle faisait pour ne pas se casser la figure en faisant plusieurs choses à la fois comme ça, Autumn se le demandait bien.

— Oh, arrêtez d'être pénibles, marmonna Decker. Tabby travaille comme une dingue. Vous n'avez pas besoin de savoir *tout* ce qu'elle fait.

— Mais si elle a besoin d'aide ? demanda Wes en la suivant du regard.

À une époque, Autumn aurait interprété ce regard autrement, mais maintenant, elle y voyait la même inquiétude fraternelle que celle qu'il avait pour Meghan, Maya et Miranda.

— Alors elle en demandera, dit-elle simplement.

Ce n'était pas parce qu'elle-même était incapable de demander de l'aide que c'était le cas pour tout le monde.

— Tabby semble vous faire suffisamment confiance pour vous demander de l'aide si elle en a besoin. Bon, je gèle, là. On peut y aller, dites ? Ou bien on va rester là se regarder en chiens de faïence pendant que nos tourtereaux s'embrassent et que Tabby se retrouve toute seule à Taboo et qu'elle mange *tout* ?

Les jumeaux soufflèrent et lui firent à nouveau ce petit signe de tête avant de partir vers leurs véhicules. Comme Autumn était venue avec Meghan, elle monta à l'arrière de son pick-up, sachant que Luc préférait s'asseoir devant. Il n'avait pas encore le droit de conduire car son épaule n'était pas totalement guérie, et Autumn savait que ça l'ennuyait terriblement. Ce fut pour cette raison qu'elle ne le taquina pas. Elle n'était pas sûre qu'elle serait capable un jour de se débarrasser de l'image de Luc, allongé par terre dans une mare de sang, même si elle faisait tout son possible pour ça.

Mais peut-être que c'était une bonne chose.

C'était un rappel saisissant que, peu importait le mal qu'on se donnait, il y avait toujours un risque pour que le passé revienne encore plus violemment et blesse tout votre entourage. C'était pour ça qu'il valait mieux ne jamais créer de liens trop marqués.

Elle pinça les lèvres tandis que Meghan les conduisait jusqu'à Taboo. Autumn ferait bien de se rappeler de ne pas trop s'attacher. Ou du moins, pas davantage que ce n'était déjà le cas. Elle savait que les autres s'interrogeaient à son propos et s'étaient sans doute rendu compte qu'elle était toujours vague quand elle parlait de ce qu'elle faisait et de la raison pour laquelle elle était venue à Denver. Ce n'était pas comme si elle avait pu le leur dire, mais ça commençait à lui peser de ne pas pouvoir le faire.

Ils se garèrent sur le parking et rejoignirent Taboo sans souci, heureusement. Comme, techniquement, l'heure du déjeuner était passée, il y n'avait pas trop de monde. Hailey se tenait derrière le comptoir et parlait à l'un des clients. Ses cheveux blonds, coupés au carré, volaient autour de son visage tandis qu'elle secouait la tête. Avec sa frange nette et ses lèvres carmines, elle aurait pu appartenir à l'ère des starlettes et des pin-up, plutôt que de travailler dans un café de Denver au vingt et unième siècle.

Le regard d'Hailey s'illumina quand elle les vit, et Autumn lui fit un petit signe de la main avant de s'installer à la grande table dans un coin. Elle prit le siège le plus au bout, dos au mur, face à la porte. C'était instinctif de s'asseoir comme ça, et elle espérait que personne ne se rendrait compte qu'elle privilégiait toujours cet emplacement, ou d'autres, similaires.

Elle se retrouva assise à côté de Tabby qui s'était aussi placée auprès de Meghan. Les garçons s'installèrent de l'autre côté de la table, Luc en bout, avec sa fiancée. Ça laissait une chaise de libre à côté d'Autumn, et comme ils n'attendaient personne d'autre, elle aurait un peu plus de place.

Hailey les rejoignit avec un sourire et une mine

amusée. Elle plaça un verre d'eau devant chacun d'entre eux, en tenant son plateau en équilibre comme s'il ne pesait rien.

— Je vous manquais ?

— Tu le sais bien, mon sucre, répondit Storm d'une voix traînante.

Hailey renifla.

— Je vous sers vos cafés habituels ? demanda-t-elle.

— Oui, s'il te plaît, répondirent-ils à l'unisson.

C'était un peu spécial, mais Autumn aimait se sentir faire partie d'un groupe. Et puis Hailey savait *exactement* comment préparer leurs lattes, leurs cappuccinos et leurs cafés à la chicorée. C'était l'une des nombreuses raisons pour lesquelles ils venaient si souvent ici. Hailey sourit et repartit d'une démarche chaloupée pour préparer leurs boissons.

— Ne va pas dire des trucs comme ça devant Sloane, ou tu risques de te retrouver avec un œil au beurre noir, marmonna Wes.

— Comme quoi ? demanda Storm en prenant une gorgée d'eau. J'étais poli, c'est tout.

— Et ne parlez pas de Sloane devant Hailey, ajouta Tabby à voix basse. Vous savez que c'est un sujet sensible.

Autum fronça les sourcils, mais ne posa pas les questions qui lui venaient. Tous ces gens étaient amis depuis bien avant son arrivée à Denver, alors elle ne pouvait pas savoir *tout* ce qui se passait entre eux. Mais parfois, elle avait la sensation de se tenir à l'extérieur, le nez appuyé contre la vitre pour essayer de voir ce qui arrivait à l'intérieur.

Bien sûr, n'était-ce pas ce qu'elle voulait ?

C'était la position la plus sûre.

C'était nécessaire ?

— Comment va Alex ? demanda Tabby dans un murmure alors que les garçons parlaient entre eux.

Autumn se pencha vers Tabby alors qu'elle parlait à Meghan d'un des autres frères Montgomery. Alex était en désintox depuis qu'il avait craqué lors du mariage de Decker et Miranda. Le cœur d'Autumn se serrait pour lui et ses difficultés, mais au moins, on lui apportait de l'aide, désormais.

Meghan croisa le regard d'Autumn, puis celui de Tabby.

— Ça va, je crois.

Elle mordilla sa lèvre, et Luc prit sa main dans la sienne sans même qu'elle ait besoin de regarder vers lui.

— Il ne veut pas qu'on aille le voir, dit Wes qui, depuis l'autre bout de la table, avait suivi la conversation.

— Mais ça viendra, dit Meghan fermement. On est sa famille.

— Ça, c'est sûr, ajouta Storm.

Autumn se renfonça dans sa chaise et pinça les lèvres. Bon sang, sa famille lui manquait. Ce qu'elle avait connu par le passé lui manquait, même si elle savait qu'elle ne pourrait jamais le retrouver. Les circonstances avaient fait que ça avait changé pour toujours.

— Pourquoi vous tirez la tête ? demanda une voix à côté d'elle.

Elle releva la tête, bien haut, vers l'homme le plus sexy qu'elle ait jamais vu. Et vu le nombre de mecs ultra canons à table avec elle, ce n'était pas peu dire. Sa mâchoire carrée était mal rasée, et ses pommettes étaient si bien taillées qu'elles auraient pu couper du verre. Il était très beau, dans le genre bourru, « je suis de mauvaise humeur alors ne me cherche pas ». Ses cheveux étaient bruns, comme les autres Montgomery, et il les coupait court sur les côtés, mais les laissait plus longs, avec des pics, sur le dessus. À la façon dont ils partaient dans tous les sens, il devait souvent y faire courir ses doigts. Ses yeux bleu sombre étaient aussi une caractéristique Montgomery, mais pour elle ne savait quelle raison, Autumn avait l'impression qu'il y avait là quelque chose de... *plus* qu'une simple couleur. Mais elle ne savait pas encore quoi.

Il semblait s'être habillé en hâte d'une chemise blanche, sans prendre le temps de fermer le bouton du bas ou de la rentrer dans son pantalon. Il avait aussi roulé ses manches pour dévoiler sa peau bronzée et ses tatouages aux motifs complexes. Autumn aurait voulu pouvoir lécher le moindre centimètre carré de sa peau, et à la façon dont il la regardait, il en était conscient.

Elle se racla la gorge, et Tabby lui donna un petit coup de coude.

— Autumn ? Ça va ? demanda Decker en lui jetant un regard perçant.

Elle l'aurait bien envoyé chier, mais elle n'avait pas envie d'avoir à gérer davantage de questions quant à l'homme qui se tenait devant elle.

C'était un Montgomery, et comme elle les avait tous rencontrés, sauf Alex qui était en désintox, ce devait être

Griffin. L'écrivain. Le mystérieux, celui qui s'était toujours tenu à distance jusqu'à maintenant. Même à l'hôpital, quand elle y était allée pour voir Meghan et Luc, elle ne l'avait pas rencontré ; et elle se demandait si c'était une bonne chose ou non.

Sa réaction n'était sûrement pas une bonne chose, en tout cas.

— Ça va.

Elle prit rapidement une gorgée d'eau, car sa voix était un peu trop rauque à sa convenance.

— Qu'est-ce qui se passe ?

Storm lui fit un clin d'œil.

— Eh bien, choupette, on était en train de te présenter Griffin, mais tu avais l'air perdue dans tes pensées.

— Ne m'appelle pas choupette, répliqua-t-elle machinalement.

Elle se tourna vers Griffin et lui tendit la main.

— Ravie de te rencontrer, Griffin.

Il serra la mâchoire, puis sa main. Elle refusa de penser à la chaleur de sa paume ou au frisson de sentir sa peau contre la sienne. Ce n'était rien. Un simple écart de jugement temporaire.

— Choupette ? demanda-t-il en reculant.

Il prit la dernière chaise disponible, celle à côté d'elle, bien sûr.

— Storm est un mort en devenir qui pense être drôle, dit-elle, pince-sans-rire, en arrachant son regard à son beau visage.

— J'en suis sûr... murmura Griffin.

Hailey revint précisément à cet instant pour leur servir leurs verres et prendre leurs commandes, évitant à Autumn d'avoir à gérer ce qui venait de se passer. Elle avait déjà rencontré des mecs canons auparavant, alors ce n'était pas nouveau. Mais elle n'avait certainement jamais eu *cette* réaction auparavant. Peut-être que c'était simplement parce qu'elle avait faim et qu'elle était perdue dans ses pensées.

Parce qu'il n'y avait pas moyen qu'elle se mette avec un Montgomery. Pas alors qu'ils étaient les seuls à tenir à elle alors qu'elle évoluait au milieu des ombres de sa vie. Et puis, elle partirait bientôt, de toute façon. Regarder de trop près un homme qui lui faisait l'effet d'avoir été branchée directement sur du deux cent quarante volts ne l'aiderait en rien.

— Ravi de te rencontrer, Autumn, murmura Griffin à son oreille.

Elle retint un frisson en sentant son souffle dans son cou.

Ça risquait d'être un problème.

— Ou peut-être que je devrais t'appeler Saison.

Elle cligna des yeux en le regardant, et sa mâchoire se décrocha devant la blague pourrie.

Peut-être que ça ne serait pas un problème du tout.

CHAPITRE DEUX

ÉCRIRE un livre n'était pas une activité recommandée pour rester sain d'esprit. Griffin Montgomery envisagea de se taper la tête sur son bureau, mais il l'avait déjà fait quelques fois auparavant, et tout ce que ça lui avait valu, c'était une migraine et une bosse, au lieu de l'éclair de génie nécessaire pour écrire un livre. Ou en tout cas, ce qu'il qualifiait de génie quant à son travail.

Il se passa à nouveau la main dans les cheveux et fronça les sourcils.

C'était quand la dernière fois qu'il avait fait un shampoing ?

Il avait fait du sport deux jours auparavant. Il lui semblait. Peut-être. Et il s'était douché après ça, parce que ne pas se laver après une bonne séance de sport n'était pas une option. Mais est-ce qu'il avait seulement réfléchi à prendre le temps nécessaire pour passer sous la douche depuis ? Se laver prenait du temps. Les minutes qu'il passait sous l'eau à se frictionner étaient mieux employées à écrire. S'il ne venait pas immédiatement se placer à son bureau ou dans son fauteuil de réflexion, il ne travaillerait pas. Il trouverait autre chose à faire.

Eh mince. S'il avait besoin de se poser la question, c'était qu'il avait probablement un ou deux jours de retard.

Griffin Montgomery était un sacré cadeau.

Il se passa les mains sur le visage. Ah, oui, ça faisait effectivement deux jours, parce que ça faisait aussi deux jours depuis qu'il s'était complètement ridiculisé au milieu de Taboo, devant Autumn, l'amie de Meghan.

Qu'est-ce qui lui avait pris de l'appeler Saison ? De toutes les blagues juvéniles possibles au pays des immatures, il avait choisi *Saison*.

Il se tapa la tête sur le bureau malgré sa décision précédente d'éviter de se provoquer un traumatisme crânien. De toute façon, vu les mots qui sortaient de sa bouche et ceux qui ne sortaient pas sur la page, il était déjà en état de mort cérébrale.

Ce n'était pas comme s'il n'avait pas déjà entendu parler de Saison, *Autumn*, auparavant. Elle s'était petit à petit immiscée dans le clan Montgomery, membre après membre, depuis un certain temps maintenant. Il n'avait simplement pas eu l'occasion de faire sa connaissance. Quand Luc était à l'hôpital, la présence de Griffin n'avait pas coïncidé avec la sienne. Ses frères l'avaient plus ou moins décrite en passant dans la conversation, mais, bon sang...

Ils n'avaient pas mentionné le fait qu'elle était super canon.

Avec ses lèvres pleines et ses hanches bien formées, elle avait l'air d'une vraie sirène prête à faire basculer les hommes vers la mort rien que pour un aperçu d'elle. Avec ses cheveux auburn, elle correspondait à merveille à l'image de la naïade sensuelle capable d'envoûter le plus chaste des marins. Une pluie de taches de rousseur éclaboussait son nez et ses épaules, et il aurait aimé voir à quels autres endroits de sa peau d'ivoire il s'en trouvait.

Il gémit et se rajusta derrière sa braguette. Mince. Il n'avait pas le temps de se mettre à bander pour une des amies de Meghan. Surtout celle qui avait simultanément l'air de vouloir l'étudier au microscope et de lui tourner le dos car il ne l'intéressait pas.

Autumn l'intriguait.

Et ça pouvait être très dangereux, pour un auteur.

Surtout un auteur qui avait officiellement dépassé sa deadline.

Griffin poussa un autre gémissement, mais cette fois, ça n'avait rien de concupiscent, c'était parce qu'il était en train de se planter sur la seule chose qu'il croyait être capable de faire. Tous les Montgomery avaient du talent. C'étaient des artistes, des chercheurs, des enseignants, des parents, et bien plus encore.

Il n'était qu'un créateur de mots, mais il était sacrément doué pour ça.

Du moins, il l'était avant.

Maintenant, il avait laissé passer une deadline et une autre arrivait. Pourquoi donc avait-il essayé d'écrire deux séries ? La plupart des auteurs de thrillers n'en écrivait qu'une. Ils étaient définitivement associés à cette série, ou en tout cas, à son personnage principal, et ils continuaient à écrire dans cet univers aussi longtemps que leur éditeur le leur permettait.

Griffin se devait d'être différent.

Il avait deux séries au long cours qui s'étaient toutes les deux fait remarquer et se vendaient plutôt bien. Il n'était pas un des grands noms du secteur, mais il était respecté, surtout pour son âge. Normalement, il aimait mettre une des séries de côté et se plonger dans l'autre. Ça lui permettait de se renouveler. Et lorsqu'il se remettait à la première série, c'était comme rendre visite à un vieil ami.

Il sortait deux à trois livres par an, ce qui était plutôt pas mal, comparé à certains autres auteurs. Mais des fois, il avait l'impression que c'était vingt livres qu'il écrivait, à la place.

Il était *fatigué*.

Et il n'avait pas la moindre idée de ce qu'il faisait avec son livre en cours. Ses personnages ne lui parlaient pas, et bon sang, ils refusaient même de s'asseoir avec lui dans une pièce. En fait, il avait l'impression que les deux groupes de personnages étaient partis ensemble en vacances, qu'ils lui avaient échappé et se fichaient bien de lui.

Les séries n'étaient pas connectées, mais il aimait à penser que, puisque chacune se déroulait dans une ville différente, elles coexistaient dans le même univers. Peut-être que ses deux personnages principaux, Jensen et Will, prenaient un café ensemble de temps en temps. Bien sûr, après le dernier truc que Griffin avait fait à Jensen, il n'était pas sûr que le personnage ait envie de lui adresser à nouveau la parole *à lui* un jour.

Il n'écrivait pas de romance. Ses livres se poursuivaient sans « et ils vécurent heureux jusqu'à la fin de leurs jours », mais Jensen avait eu une relation sérieuse au cours des cinq livres sur lesquels Griffin avait travaillé. Dans le dernier opus, Starr, la petite amie de Jensen qui aurait dû bientôt devenir sa fiancée, était morte à cause du tueur en série qui avait décidé de torturer Jensen.

Les lecteurs adoraient et détestaient tout à la fois Griffin pour cette mort et la façon dont Jensen s'était effondré suite à cette atrocité. Griffin n'avait pas commencé à écrire ce livre avec cette idée en tête, mais il avait vu ce qui devait arriver pour son intrigue et avait compris qu'il n'avait pas le choix.

Will, son autre personnage principal, n'avait jamais eu de relation sérieuse et n'avait pas de réelle famille, si bien que sa trajectoire émotionnelle était très différente et forçait Griffin à se projeter dans autre chose. Griffin se mettrait à ce livre ensuite.

Il devait d'abord finir celui consacré à Jensen.

Sauf qu'il ne savait pas comment faire.

Le fait que ses deux personnages principaux étaient tous les deux dans une situation d'incertitude quant à leur vie amoureuse et, en conséquence, quant à leur façon d'interagir avec le reste du monde aurait dû faire comprendre à Griffin quelque chose sur lui-même.

Mais il n'avait pas envie d'écouter.

Il sauvegarda sa page presque blanche, juste au cas où, et se leva de son bureau en faisant craquer ses poignets. Ils commençaient à lui faire sacrément mal, et Griffin se dit qu'il était bien parti pour une chirurgie du canal carpien s'il ne commençait pas à prendre soin de lui.

Il regarda autour de lui les papiers qui couvraient la pièce, ainsi que les tasses de café vides et les emballages de plats tout préparés.

Peut-être que prendre soin de lui était un précepte à appliquer à d'autres parties de son existence.

Sauf que maintenant, il voulait des bonbons acidulés et une autre tasse de café parce que ça l'aiderait à avancer sur son roman. Le sucre et la caféine étaient le combustible des écrivains. Il ne suivait pas le précepte que la culture populaire attribuait à Hemingway, à savoir écrire ivre et corriger sobre, mais peut-être qu'il aurait dû ajouter un peu d'alcool à son travail.

Peut-être que ça l'aiderait.

Il pensa à son frère et à la douleur que connaissait Alex en ce moment, et il eut aussitôt envie de se foutre des baffes.

Boire ne l'aiderait pas. Ça n'avait jamais aidé personne. Alors peut-être qu'il fallait qu'il trouve son inspiration et sa motivation pour écrire ailleurs. Des images d'Autumn et de ses délicieuses courbes emplirent son esprit, et il gémit. Tirer son coup l'aiderait *peut-être* à remettre de l'ordre dans ses idées, mais ça ne pouvait pas être avec Autumn. Griffin connaissait suffisamment ses trois sœurs pour savoir qu'il se retrouverait avec la lèvre en sang grâce à Maya, un coup de poing dans le ventre, cadeau de Miranda, et un regard de la mort lancé par Meghan.

Ses sœurs étaient très douées pour se faire respecter.

Il posa les mains sur ses hanches et contempla la pièce qui lui servait de bureau en ignorant le désordre, comme il le faisait toujours. Il s'occuperait du bazar quand il aurait fini son livre. Bien sûr, il disait ça à chaque livre, et après chaque livre, la pagaille s'accumulait davantage, et la situation devenait de plus en plus désespérée. À un moment donné, il s'était adressé à une agence pour trouver une femme de ménage, mais il avait dû annuler parce qu'elles n'arrêtaient pas d'interrompre son travail.

Comme il vivait seul et n'avait personne qui dépendait de lui, il travaillait selon un emploi du temps qu'il décidait lui-même. L'entreprise de ménage n'avait pas été capable d'établir un horaire qui convienne pour commencer à nettoyer à fond. Ils avaient stoppé son abonnement la troisième fois où Griffin avait pété un boulon et hurlé sur le personnel.

Eh bien mince ! Il était un écrivain. On ne lui demandait pas d'être civilisé.

Et voilà, il avait un nouveau slogan pour le site web que son éditeur lui avait demandé de refaire il y avait un an de cela.

Franchement, il n'était pas *réellement* un loser. Il sortait avec des filles quand il en avait envie et se rendait aux dîners et autres événements organisés par sa famille. De temps en temps, il jetait presque toutes les ordures qui s'étaient accumulées dans la maison, et jusqu'à il y a peu, il avait maîtrisé parfaitement son travail et tout ce qui s'y rapportait. Sauf qu'au bout de quelques romans, être écrivain, ce n'était plus simplement écrire. Il fallait gérer... des gens.

Oui.

Des gens.

Il avait peut-être l'air de quelqu'un de social, vu qu'il était capable de sourire et de s'amuser quand il sortait de chez lui, mais il préférait largement être seul, confiné dans son fauteuil avec un bon livre. Ou, de préférence, en train d'*écrire* un bon livre.

Il n'avait pas le temps de se soucier des réseaux sociaux, des séances de dédicaces, des contrats et des autres trucs importants qui faisaient partie du métier d'auteur, mais il faisait quand même ce qu'il pouvait. La plupart des gens dans le métier, avec le succès qu'il avait, employaient un secrétaire ou carrément une équipe pour les aider à gérer ces aspects, mais il n'avait jamais ressenti le besoin d'embaucher quelqu'un. Il s'en sortait. Seul. Il n'avait besoin de personne.

Il jeta un regard circulaire à la pièce qui se trouvait dans un état dégoûtant, réfléchit à son livre qui ne s'écrivait pas, à son site internet qui n'était pas à jour, à la pile de courrier qui devait se trouver dans la boîte aux lettres qu'il n'avait pas vidée depuis quatre mois et aux autres trucs pour lesquels il savait qu'il était douloureusement en retard et il poussa un juron.

Peut-être qu'il ne s'en sortait pas.

Peut-être qu'il ne gérait rien de tout ce qu'il aurait dû gérer.

Mais bon sang, il n'avait pas *envie* de devoir s'appuyer sur quelqu'un d'autre. Pourquoi ne pouvait-il simplement écrire ce que ses personnages devaient faire et puis s'arrêter là ? Depuis quand écrire était-il devenu un *travail* ?

Probablement au moment où il avait reçu son premier chèque et qu'il s'était dit qu'écrire pouvait lui permettre de gagner sa vie, et non pas juste de remplir les innombrables carnets qui se trouvaient sous son lit.

S'il avait pu se contenter d'*écrire* comme il en avait envie, est-ce que ça pourrait redevenir quelque chose d'amusant et pas simplement un travail ? La page blanche qui lui rendait son regard et semblait le juger était une preuve que, peut-être, il n'était pas aussi doué qu'il le pensait. Peut-être qu'il était nul et qu'il aurait dû aller travailler avec le reste de sa famille.

Bien sûr, il ne savait pas dessiner et même s'il aimait avoir des tatouages, il n'était pas fan du sang. Donc rejoindre Austin et Maya dans leur studio de tatouage n'était pas une option. Et puis, il y avait cette anecdote avec la scie dont on ne devait plus jamais parler, mais ça voulait dire qu'il n'allait pas rejoindre les jumeaux et travailler sur des chantiers avec eux. Il avait déjà dit qu'il n'aimait pas beaucoup les gens, alors devenir prof et travailler avec des gamins comme Miranda ne lui conviendrait pas. Il n'était pas mauvais en photo, mais il n'avait pas le talent d'Alex et ne risquait pas de devenir photographe professionnel. En résumé, c'était un peu mort pour s'associer avec quelqu'un de sa famille.

Il aimait écrire. Vraiment.

Ou peut-être qu'il aimait avoir écrit. C'était écrire, le problème.

Et pas qu'un peu.

— Toc !

Griffin fit volte-face en entendant la voix de sa mère à la porte d'entrée et il se demanda à nouveau pourquoi il avait donné une clé à ses parents. Tous les enfants Montgomery l'avaient fait en cas d'urgence et, normalement, ses parents frappaient à la porte ou appelaient carrément avant de passer. Mais sa mère le connaissait bien. Elle le connaissait suffisamment pour savoir qu'il n'aurait probablement pas répondu si elle avait frappé à la porte pendant qu'il était dans sa tanière d'écrivain. C'était une mauvaise habitude, mais il ne pensait pas la rompre de sitôt.

— Entre, dit-il d'une voix désabusée en passant dans le salon.

Il s'arrêta net en voyant que sa mère n'était pas seule.

Les M&Ms étaient avec elle : Maya, Miranda et Montgomery. La seule femme de la famille Montgomery à être absente était Sierra, mais il supposait qu'elle était chez elle avec son bébé.

Quand la plupart des femmes de sa vie se pointaient sans prévenir en faisant la moue, les mains sur les hanches, ce n'était pas bon signe pour lui.

— Sérieusement, Griffin ?

Maya fit claquer contre ses dents le piercing qu'elle

avait à la langue et elle haussa un sourcil. L'anneau qui s'y trouvait scintillait sous la lumière du soleil qui passait à travers les volets sombres.

Griffin fourra les mains dans ses poches et se balança d'avant en arrière sur ses talons. Il était grand, barbu, tatoué et n'avait pas à rougir dans une bagarre, mais bon sang, sa mère et ses sœurs savaient lui donner la sensation d'être retombé en enfance. Rien qu'avec deux mots et un regard, il savait qu'il était dans les ennuis jusqu'au cou.

— Qu'est-ce que vous faites là ? demanda-t-il, fatigué par avance.

— C'est comme ça que tu salues ta mère ? demanda Marie Montgomery avec un sourire.

Elle ouvrit les bras, et il se traîna jusqu'à elle pour la serrer contre lui. Il avait peut-être des ennuis, mais il n'allait pas refuser un câlin de sa mère.

— Je pensais que vous n'aviez pas débarqué ici en force pour me faire la causette, putain.

— Ton langage, le gronda Marie avec un sourire.

Il leva les yeux au ciel tandis que Miranda plaquait une main sur sa bouche, sans doute pour retenir un rire. Marie Montgomery poussait plus de jurons qu'eux, mais elle prenait toujours plaisir à faire la morale à ses enfants quand elle en avait l'occasion.

— Alors, qu'est-ce qui se passe ? demanda-t-il en essayant de ne pas croiser le regard de Miranda.

S'il la regardait, il éclaterait de rire, et il avait dans l'idée que ça ne plairait pas à sa mère.

— Tu ne ressembles à rien, Grif, dit Meghan doucement.

Il grimaça.

— Et en quoi c'est nouveau ?

Miranda renifla.

— Tu n'essaies même pas de te défendre.

Il leva les mains en regardant alentour. Des vête-ments et des assiettes sales étaient étalés un peu partout. La poussière s'accumulait au point qu'il devait y en avoir assez pour faire un nid à ses embryons d'intrigue. Il était à peu près certain que la seule chose qui se trouvait dans son frigo, c'était de vieux œufs, du beurre et la bière que Storm et Wes y avaient laissée la semaine précédente. Enfin, peut-être bien qu'il avait fini cette bière la veille.

— Griffin, mon cœur, tu as besoin d'aide.

Sa mère soupira, mais n'essaya pas de l'aider à nettoyer. Ça faisait longtemps qu'elle avait arrêté, et c'était quelque chose dont il était reconnaissant. Il était peut-être crade quand il avait une deadline à tenir, mais ce n'était pas à sa mère de nettoyer pour lui. Elle avait assez de choses à gérer comme ça, sans y rajouter le bazar qu'était sa vie.

— J'ai essayé d'embaucher une femme de ménage, la dernière fois, et ça n'a pas marché. Je nettoierai quand j'aurai fini ce roman. Promis.

Maya souffla.

— Tu nettoies et tu te mets toujours à manger correc-tement après avoir fini un roman. C'est ton mode opéra-toire. Mais c'est différent, cette fois-ci. Tu es en retard sur ta deadline.

Il fit un pas en arrière, les yeux écarquillés.

— Comment vous savez ça, bon sang ?

— Les jumeaux nous l'ont dit, répondit Meghan.

Il haussa un sourcil.

— Tu avais bu et tu leur as dit à la dernière soirée que vous avez faite ensemble. Franchement, je ne savais pas qu'on pouvait te tirer les vers du nez comme ça avec de la bière. Enfin bref, je sais qu'avant, je venais donner un coup de main quand je pouvais, mais je ne peux plus. Aucune de nous ne le peut.

Comment le faire se sentir super nul.

— Je ne vous ai jamais demandé d'aide, mais je vous en ai toujours été reconnaissant. Maintenant, pourquoi est-ce que vous ne me diriez pas quelle est la vraie raison de cette visite au lieu de me faire la morale parce que je suis moi ?

— Oh, la ferme, dit Maya. On est là pour t'aider, et tu vas juste devoir l'accepter. Je sais que tu aimes tout faire tout seul mais tu n'y es pas obligé.

— Alors on intervient.

Griffin fronça les sourcils avec le sentiment que quelque chose allait de travers.

— Vous venez de dire que vous n'alliez pas le faire.

— On ne va pas t'aider personnellement, mais on va t'aider quand même, d'une autre façon, déclara lentement sa mère.

Il ouvrit la bouche, mais elle leva une main pour le faire taire.

— Laisse-moi parler. Tu es un adulte, j'en suis consciente. Tu te démènes et tu fais des merveilles avec les mots. Tu es un de mes petits et une étoile à mon ciel. Mais tu ne sais pas demander de l'aide. Pour tout dire, je pense bien qu'aucun de mes enfants ne sait le faire. Peut-être que c'est de ma faute, mais au moins, vous êtes indépendants, hein ?

— Maman… murmura-t-il.

— Chut. Bon, où est-ce que j'en étais ? Oh, oui, tu es un auteur génial, Griffin. Tes livres se vendent bien, et tu as un charisme incroyable. Mais tu rames pour tout le reste. Je sais que tu es en retard sur l'écriture aussi, et ça ne doit pas être facile à admettre. Alors ce qu'on va faire, c'est qu'on va t'aider.

— Tu l'as déjà dit, mais je ne comprends pas où tu veux en venir.

— Nous avons embauché une assistante pour toi, intervint Maya.

Son regard passa sur ses sœurs.

— Quoi ? Vous savez que c'est à moi de décider ça. Vous ne pouvez pas simplement embaucher quelqu'un comme ça, alors que cette personne fera partie de ma vie et de mon travail.

— On peut, et c'est ce qu'on a fait, dit Miranda simplement. Elle te plaira.

— Elle ?

— Oui, elle, ajouta Meghan. Elle sera là pour t'aider avec le ménage et la cuisine, puisque tu es complètement à la ramasse de ce côté-là. Même si tu pourrais sans doute apprendre à prendre soin de toi comme un adulte. Mais c'est peut-être trop demander.

— Je n'ai pas besoin d'une bonne à domicile, rétorqua Griffin.

— Oh que si, mon cœur. Mais elle ne vivra pas ici, dit

sa mère. Elle va t'aider à organiser ton bureau comme tu en as envie et comme il faut. Elle sait coder, alors elle mettra à jour ton site. Elle s'occupera de tes réseaux sociaux pour que tu aies une présence en ligne.

— Tu connais les réseaux sociaux, toi ? demanda-t-il alors que son cerveau partait dans tous les sens.

— Je sais utiliser Facebook et Twitter probablement mieux que toi, jeune homme. Maintenant, laisse-moi finir !

Il baissa la tête devant le ton qu'elle avait pris. Bon sang, c'était comme s'il était toujours un petit garçon.

— Enfin, elle va t'aider à gérer ta vie. Ta tête ne fonctionne pas correctement en ce moment, et mariner dans ta crasse en te tourmentant à propos de ta prochaine deadline ne va pas t'aider. Alors on intervient, et on te montre que tu peux être un adulte.

— Et tu ne peux pas t'y soustraire, soupira Miranda. Même si tu en as très envie.

— Elle va t'aider à gérer ta vie parce que Dieu sait que tu n'en es pas capable tout seul, ajouta Maya.

— Et tu ne peux pas la virer parce que c'est *nous* qui l'avons embauchée, ajouta Meghan avant de froncer les sourcils. Cela dit, c'est toi qui la paieras, vu que tu es plus riche que nous, mais bon, voilà.

Griffin se pinça l'arête du nez. Il ne voulait pas d'assistante ou qui que ce soit chez lui alors qu'il avait besoin de travailler. Le truc, c'était qu'il ne travaillait *pas*. Il *savait* qu'il avait besoin d'aide, mais ça ne voulait pas dire qu'il avait envie d'en passer par là.

— Qui est-ce que vous avez engagé ? demanda-t-il

d'une voix basse. Qui pensez-vous capable de travailler avec moi et de gérer ma vie ? Parce qu'il va falloir beaucoup de compétences différentes pour cela. À vrai dire, il faudrait probablement plusieurs personnes pour ce travail.

— Eh bien, tu ne peux pas tout faire, même si tu penses que si. Et puis elle va te plaire.

Il regarda sa sœur et vit qu'elle avait un grand sourire.

— En fait, je pense qu'elle te plaît *déjà*.

— Qui ? demanda-t-il à nouveau, les poings serrés.

— Autumn, bien sûr, dit Meghan en souriant. Qui d'autre serait capable de te gérer, toi et ta mauvaise humeur, à part *Saison* ?

— Et tu ne peux pas dire non, lui rappela sa mère. La décision a déjà été prise. Tu es obligé de l'accueillir et tu la traiteras avec respect. C'est entendu, mon garçon ?

Griffin ferma les yeux et gémit. Eh mince.

— Autumn ? Vous vous fichez de moi, hein ? Je croyais qu'elle travaillait avec Meghan ?

— C'est le cas, répondit sa sœur. Et elle travaillera avec toi aussi. Et tu feras bonne figure. Parce que si tu fais le con avec elle et que tu l'énerves, elle te bottera les fesses. Et ensuite je te botterai les fesses parce que c'est mon amie.

Griffin avait envie de les mettre à la porte et de remonter s'enfermer dans son bureau. C'était impossible que ça marche. Autumn jetterait un coup d'œil aux lieux et s'enfuirait en courant. Il n'y avait pas moyen qu'elle ait envie de rester et de travailler avec lui. Il n'y avait pas non plus moyen qu'il supporte sa proximité alors qu'il essayait de déterminer quoi faire avec son roman.

Peut-être que c'était ça, le truc. Peut-être qu'il suffisait de la laisser voir dans quoi elle s'était fourrée pour qu'elle parte d'elle-même. Parce que dans tous les cas, Autumn ne pouvait pas être son assistante. Personne ne le pouvait. Il vivait seul, travaillait seul, avait besoin d'espace pour respirer. C'était comme ça qu'il avait fonctionné jusqu'à maintenant, et bon sang, c'était comme ça qu'il allait continuer à fonctionner.

Il n'y avait pas d'autre option.

Autumn ne tiendrait pas longtemps, et ensuite, elle sortirait de sa vie pour toujours.

Et pourquoi est-ce ça lui faisait mal au bide ? Rien que pour ça, il savait qu'il fallait qu'il trouve un moyen de se défiler. Sauf qu'il ne savait pas comment faire quand les femmes de sa vie le regardaient comme ça. Elles voulaient lui fourrer Autumn dans les pattes, et cette satanée bonne femme avait dit oui. Et il semblait bien que Griffin n'avait pas le choix.

Eh mince.

CHAPITRE TROIS

À QUOI EST-CE qu'elle pensait, bon sang ? Autumn ne se contentait pas de se laisser porter par la vie. Elle ne pouvait pas se le permettre. De l'extérieur, elle donnait peut-être l'impression de passer d'un boulot à l'autre, d'aller de ville en ville sans y réfléchir, sans se soucier de quoi que ce soit, mais elle travaillait dur pour donner cette impression. Elle ne se déplaçait jamais sans avoir fait le plus de recherches possible préalablement pour s'assurer qu'on ne la suivait pas. Ou en tout cas, en être le plus sûre possible. Elle ne choisissait pas non plus ses boulots au hasard, en dépit du fait qu'elle en avait eu tellement depuis le lycée que son CV semblait être un mélange de celui de quatre personnes différentes. Enfin, ça, c'était si elle s'était donné la peine de *faire* un CV.

Pourtant, quand Meghan lui avait demandé l'air de rien si ça l'intéresserait de donner un coup de main à Griffin, elle avait dit oui. Elle voulait aider son frère, mais elle savait qu'elle ne pouvait pas tout faire par elle-même. Et si Autumn était heureuse que Meghan n'essaie pas de tout régler par elle-même, elle n'aurait pas dû lui dire oui pour autant.

Ça ne rimait à rien.

Bien sûr, elle pouvait faire le ménage, la cuisine, organiser, coder, et tous les autres trucs dont Griffin avait besoin d'après Meghan, mais elle n'aurait pas dû dire oui. Ce pauvre type l'avait appelée *Saison*.

Oui, il avait levé les yeux au ciel après l'avoir dit, donc au moins, il ne se prenait pas trop au sérieux. Et pour être franche, elle avait un peu ri à cette blague parce qu'elle n'était pas *si* mauvaise que ça, mais quand même. Elle n'aurait pas dû se rapprocher davantage des Montgomery. Elle aurait dû éviter de créer des liens pour pouvoir faire ses bagages et s'en aller dès que possible. Elle s'était donné un mal de chien pour faire en sorte que personne ne sache qui elle était vraiment. Ainsi, quand elle partait, les gens ne se souvenaient que d'une ébauche de sa présence. Pas comme ici où on lui donnait des surnoms et où elle avait travaillé avec toute la famille sur un truc ou un autre.

Ces satanés Montgomery savaient comment prendre quelqu'un à la toile de leur famille et de leur bonheur.

Voilà de quoi donner un ulcère à une fugitive comme elle.

Elle n'avait pas envie de travailler pour Griffin. Ce type était trop sexy pour son bien. Elle avait quasiment avalé sa langue la première fois qu'elle l'avait vu, et maintenant, elle allait se retrouver chez lui. Quotidiennement.

Pendant des heures. Seule. Juste lui et elle. Et les voix dans sa tête qui donnaient naissance à un livre. Elle devait admettre qu'elle était fascinée par son processus créatif, vu qu'elle n'y connaissait rien. Elle s'était toujours demandé comment on faisait pour écrire un livre. Elle avait peut-être des idées et elle adorait lire, mais elle n'aurait pas pu s'asseoir devant un ordinateur ou un carnet pendant des heures pour essayer de construire une histoire.

Autumn avait lu ses livres, même si elle ne le lui avait pas dit. Il avait du talent, et même si elle essayait d'économiser le plus d'argent possible sur ce qu'elle gagnait, elle mettait généralement le prix pour acheter ses livres en grand format dès qu'ils sortaient.

Mais elle ne comptait pas le lui dire non plus.

Pas alors qu'elle ne pouvait s'empêcher de plonger dans ses yeux bleus de Montgomery, tellement sexy. Les autres dans la famille avaient des yeux similaires, mais aucun n'en avait d'aussi beaux que Griffin d'après elle.

Et c'était pour ça qu'elle ne pouvait pas travailler pour lui.

Elle ferait son ménage, organiserait sa vie, s'immiscerait dans son quotidien... Il n'y avait pas moyen qu'elle soit capable de faire tout ça en restant professionnelle. Bien sûr, si elle était juste envers elle-même, elle se rappellerait qu'elle avait travaillé avec des mecs sexy toute sa vie. Elle s'en remettrait. Elle n'avait jamais eu de relation sérieuse jusqu'à maintenant et elle ne comptait pas commencer, pas dans l'état dans lequel était sa vie.

Elle ne risquait pas de tomber amoureuse, surtout d'un homme qui avait osé l'appeler *Saison*.

La vraie raison pour laquelle elle ne pouvait pas travailler pour lui, c'était qu'elle se rapprochait trop de sa famille. Il serait plus difficile de partir quand viendrait le temps, et celui-ci approchait rapidement. Elle risquait de leur manquer, ils risquaient de demander sa nouvelle adresse. Elle ne pouvait pas se permettre que ça arrive.

Mais parce qu'elle était idiote, au lieu de faire ses bagages et de quitter la ville, voilà qu'elle se trouvait sur le seuil de la maison de Griffin, le double de ses clés à la main, et la gorge sèche comme un désert.

Parce que c'était totalement logique.

Elle rajusta la bandoulière du sac à main décentré qu'elle portait quelle que soit sa tenue et leva la main pour frapper. Elle ne voulait pas utiliser la clé que Marie Montgomery lui avait donnée pour le moment. Marie avait mentionné la semaine précédente, quand Autumn avait été engagée, que Griffin ne se montrerait peut-être pas des plus... enthousiaste, quant à l'idée d'avoir une assistante, une raison de plus pour ne pas accepter le poste, et elle lui avait donné une clé au cas où Griffin ne réponde pas à la porte. Elle avait également mentionné qu'il risquait de ne pas venir ouvrir la porte pour tout un tas de raisons : il travaillait, dormait, ou était occupé à autre chose. Ou bien peut-être simplement qu'il n'aurait pas *envie* de lui ouvrir.

C'était pour ça que la plupart des Montgomery rentraient les uns chez les autres quand il leur en prenait l'envie. Il semblait qu'ils se faisaient confiance mutuellement pour respecter leur vision de l'espace personnel et leurs limites.

Quel drôle de concept.

La porte s'ouvrit alors qu'elle avait la main en l'air devant, prête à s'enfuir jusqu'à sa voiture et à carrément quitter Denver. Elle cligna des yeux, et sa bouche s'assécha une fois encore en le voyant.

Griffin se tenait sur le seuil, les cheveux en bataille comme s'il venait de se réveiller et ne s'était pas donné la peine de passer les mains dedans pour tenter de les discipliner. L'oreiller avait laissé des marques sur son visage, et ses yeux n'étaient qu'à moitié ouverts, la lumière du matin étant bien trop vive pour lui.

Elle laissa glisser son regard de son visage à son torse nu et dut se forcer pour ne se pas se lécher les lèvres. Il avait quelques poils sur le torse, pas d'usage excessif de la tondeuse pour lui, et des tatouages sur ses pectoraux, ses flancs et une partie de son cou. Ses abdos bien fermes laissaient entendre qu'il passait des heures à la salle de sport, mais sans y aller comme un fou comme certains mecs trop musclés. Le V profond de ses hanches formait une jolie flèche qui s'arrêtait à son jean dont le bouton du haut n'était pas fermé. À le voir, il avait enfilé un pantalon en hâte pour venir ouvrir la porte mais il ne s'était pas embêté à le fermer... ni à mettre de sous-vêtement.

Est-ce qu'il faisait chaud, d'un coup ? Elle était à peu près sûre d'avoir de la sueur qui lui dégoulinait dans le dos rien qu'en le voyant.

— Toi.

Sa voix était rauque, comme s'il n'avait parlé à personne depuis longtemps. Elle releva les yeux jusqu'à son visage alors qu'il touchait sa barbe.

— Moi.

Oh, parfait. Éloquente. Mature. Pro.

Est-ce qu'il y avait un trou dans lequel elle pourrait se cacher à proximité ? Il n'avait même pas besoin d'être trop profond...

— Il m'avait semblé entendre quelqu'un sur le porche, grommela-t-il. J'ai besoin d'un café.

Il se recula, se détourna, et s'enfonça dans la maison.

Elle cligna des yeux. Hum... c'était quoi, ça ? Est-ce qu'elle était censée le suivre ? Il n'était pas du matin ? Ou peut-être juste qu'il n'aimait pas les gens. Pourquoi elle avait accepté ce boulot, déjà ? Oh, oui, elle était maso en ce qui concernait les Montgomery, apparemment.

Elle fit un pas hésitant à l'intérieur et s'arrêta. Non, elle ne pouvait pas être aussi timide. Il fallait qu'elle se montre déterminée et énergique. Il fallait qu'elle fasse de cet homme un meilleur auteur et un individu plus organisé, et jouer les chatons effarouchés en sa présence ne fonctionnerait pas. Elle devait se tenir bien droite et faire preuve de charisme.

Elle carra les épaules et fit un autre pas dans la pièce pour se figer aussitôt.

Seigneur. Dieu.

C'était comme si une bombe avait explosé en laissant un champ de ruines de bazar désorganisé. Des vêtements étaient étalés sur le moindre meuble. De la poussière couvrait les petites tables d'appoint et la table basse, même s'il n'y en avait pas sur la gigantesque télé à écran plat intégrée au mur. C'était logique, il ne devait pas vouloir de poussière sur l'écran quand il regardait la télé. Il y avait des tee-shirts en coton posés sur le canapé sous la télé, et elle en déduisit qu'il devait utiliser ça pour donner un coup de chiffon sur l'écran quand ça devenait nécessaire.

Heureusement, elle ne vit pas d'ordures ou de vaisselle pleine de nourriture séchée, à l'exception des tasses de café. Alors peut-être que ce n'était pas sale, juste désordonné. Mais quand même.

Comme quelqu'un pouvait-il vivre comme ça ?

Oh, elle avait oublié les livres.

Des. Livres. Partout.

Des poches, des grands formats aux couvertures souples ou rigides. Des piles de papier qui ressemblaient à un vieux manuscrit relié par des clips. Et est-ce que c'était... oui, c'était une liseuse électronique coincée entre les pages d'un livre comme si c'était un marque-page.

Seigneur. Dieu.

À l'évidence, Griffin aimait lire, mais il n'aimait pas remettre ses livres sur les étagères. Enfin, en regardant les étagères qui bordaient les murs, elle ne savait pas trop *où* il aurait pu les mettre. Elles étaient archipleines et si elles n'avaient pas été faites d'un bois aussi robuste, elles auraient probablement déjà cédé sous le poids. Connaissant les autres Montgomery, c'était probablement Storm ou Decker qui les avaient construites pour lui.

Et ce n'était que la première pièce.

Elle ne voulait même pas imaginer la salle de bain.

La salle de bain qu'elle allait devoir nettoyer.

Elle frissonna.

— C'est si terrible ? demanda Griffin en lui tendant une tasse de café. Je crois me rappeler que tu as pris du sucre et du lait, à Taboo. Je n'ai pas de lait frais alors tu vas devoir te contenter de lait en poudre. Désolé.

Elle prit la tasse pleine de café chaud qu'il lui tendait. Elle avait l'air propre. Il haussa un sourcil, puis but une grande gorgée de sa propre tasse après avoir soufflé dessus.

— Ahh... murmura-t-il en regardant son café comme s'il avait été fait par les dieux plutôt que par une machine. Je n'ai pas grand-chose à la maison, en général, mais j'ai toujours du café. Normalement, je me fais livrer les courses, mais je me suis retrouvé coincé dans mon bouquin et j'ai oublié de refaire une commande. Mais le café ? Ça, c'est une livraison automatique.

Il lui adressa un sourire, et elle fut certaine de sentir son utérus se contracter.

Sérieusement. Son utérus.

Comment c'était seulement possible, Bon Dieu ? Et à y réfléchir, ce genre de contraction n'était pas sexy du tout. Cet homme lui faisait cramer les neurones à lui tout seul. Bientôt, il ne lui en resterait plus qu'un, et il se plaindrait de s'ennuyer tout seul.

— Je vois, dit-elle lentement.

Elle prit une gorgée de café en espérant qu'il ne s'était pas amusé à l'empoisonner, puis elle poussa un soupir.

— La vache.

Griffin eut un grand sourire.

— N'est-ce pas ? C'est ma matière première. Le meilleur café du monde. J'ai une machine sophistiquée dans la cuisine où il faut moudre les grains, mais dans le bureau, j'ai un truc à dosettes pour ne pas avoir besoin de me lever trop souvent.

Apparemment, le meilleur café du monde permettait à Griffin de retrouver la parole. Bien sûr, avec cette manne sur la langue, elle aussi était sans doute capable de formuler une ou deux phrases. Elle n'avait pas envie de penser au prix de ce café. Mais peut-être qu'elle pouvait faire un câlin à sa tasse pendant qu'il ne regardait pas. Sauf que c'était sans doute aller un peu trop loin.

— Alors tu es là, dit Griffin en se balançant sur ses talons.

Elle n'avait pas oublié qu'il était torse nu et ultra sexy, mais elle refusait de laisser son regard se perdre sous son menton. Ce qui n'était pas facile, vu qu'il était sacrément grand, mais désormais, il était son patron. Il y avait des règles. Une étiquette à suivre, tout ça.

Elle aurait été bien en peine de s'en souvenir en cet instant, mais elle ferait de son mieux.

— Je suis là.

Elle regarda derrière l'épaule de Griffin l'horloge accrochée au mur.

— Je suis arrivée tôt, mais je ne connaissais pas ton emploi du temps. C'est ta famille qui m'a engagée mais, techniquement, je travaille pour toi, donc je me suis dit qu'on trouverait un emploi du temps qui nous convienne à tous les deux et qu'on verrait au fur et à mesure.

— Tu as raison. Je ne t'ai pas engagée. Je ne suis même pas certain d'avoir besoin de toi.

Elle retint ce qu'elle avait envie de dire après avoir vu l'état de la maison et poussa un soupir.

— Tu es en retard sur ta deadline et ta maison est un désastre. Je pense que tu as davantage besoin de moi que tu n'en as conscience.

Griffin renifla.

— Et tu penses pouvoir régler tout ça ? Désolé, mais je m'en suis sorti tout seul jusqu'à maintenant. Je n'ai pas *besoin* de toi.

Aïe. Elle ne savait pas pourquoi cette phrase faisait aussi mal à entendre, mais elle choisit de l'ignorer. Apparemment, se trouver un point commun dans l'amour du bon café n'était pas suffisant pour rendre cette journée facile. Eh bien, il allait devoir s'y faire. Parce qu'elle avait beau savoir que c'était une erreur, mais elle ne se laissait pas marcher sur les pieds quand elle avait quelque chose à faire.

Elle posa sa tasse sur la desserte poussiéreuse et haussa un sourcil à son tour.

— Vraiment ? Tu t'en sors tout seul ? Alors pourquoi est-ce que tu n'es pas capable de commander des courses en ligne comme un adulte ? Pourquoi est-ce que tu ne peux pas faire le ménage chez toi ? Ou bien, tu sais, juste garder une femme de ménage ? J'ai entendu dire que c'était parce que tu n'aimais pas avoir des gens qui dépendent de ton emploi du temps, et c'est n'importe quoi. Je pense que c'est parce que tu penses que tu peux t'en sortir tout seul, et que tu *veux* t'en sortir tout seul, mais que tu n'en es pas capable. Et ce n'est pas grave. Tu n'y es pas obligé. Tu as assez de succès pour embaucher quelqu'un pour t'aider. Et c'est ce que ta famille a fait. Alors, ravale ta morgue et laisse-moi t'aider. Tu veux te concentrer sur ton roman et écrire ? Alors fais-le. Je m'occupe du reste. Parce que mariner dans la crasse et le linge sale sans prendre de vrais repas ne va pas t'aider.

Griffin haussa la lèvre en un rictus, mais il avait l'air de se retenir de lui crier dessus. Eh bien tant pis. Elle n'avait pas eu l'intention de lui dire tout ça directement. D'habitude, elle était un peu moins agressive et évitait de heurter la sensibilité des gens comme ça. Mais il y avait quelque chose chez Griffin qui, sans lui faire grincer des dents, en était tout de même suffisamment proche pour qu'elle ne sache pas à l'avance comment elle allait réagir. Et c'était extrêmement dangereux pour quelqu'un comme elle.

Il se passa la langue sur les dents et mit la main dans la poche de son jean. Et non, elle n'en profita pas pour regarder ce que ça provoquait au niveau du renflement derrière sa braguette. Non. Pas son genre. Elle savait se montrer professionnelle.

Presque.

— Qu'est-ce que tu comptes faire pour moi ? Me tenir la main pendant que j'écris ?

Elle leva les yeux au ciel.

— Oh, redescends de ton nuage, Monsieur l'auteur. Je ne vais pas regarder par-dessus ton épaule pendant que tu essaies de mettre des mots sur la page parce que, bon sang, je n'y connais rien en écriture. Mais je peux t'aider avec le reste. Pour commencer, ta maison est dégueulasse. Comment tu arrives à respirer là-dedans, c'est un mystère. Et j'espère que tu ramènes tes conquêtes chez elles ou que vous allez à l'hôtel, parce qu'un seul regard à cette maison, et j'imagine qu'elles s'enfuient en hurlant.

Elle referma la bouche, les yeux écarquillés. Elle n'avait pas besoin de penser à lui et à ses conquêtes. Maintenant, elle avait l'image de lui, en train de faire l'amour à sa conquête, qui n'était pas elle, bien sûr, d'aller et venir en elle si lentement, son regard fixé sur elle, sans jamais rompre le contact. Il contracterait ses fessiers pour diriger légèrement ses hanches vers le haut et il la baiserait si lentement et sensuellement qu'elle jouirait avant qu'il n'éjacule en elle, gémissant son nom tandis qu'il se laisserait tomber de cette falaise avec elle.

Ses joues s'embrasèrent, et Griffin inclina la tête en l'observant.

— Je ne ramène pas mes conquêtes ici. Mais je paierais cher pour savoir ce qui vient de te passer par l'esprit, Saison.

Ça mit fin à son embarras.

— Saison ? Vraiment ? Tu as quoi, douze ans ? Je croyais que tu étais un écrivain. Tu ne pourrais pas trouver un truc un peu plus malin ?

— Je pourrais, mais j'aime bien la tête que tu fais quand je dis ça. C'est un mélange d'agacement et d'amusement, difficile à dire dans quelles proportions. Alors tu vas devoir l'accepter à moins de carrément vouloir partir.

— Je ne vais pas partir.

— Mettons. Mais je ne vois pas ce que ça va apporter

de faire le ménage. Je n'amènerai quand même pas mes conquêtes ici, parce que c'est chez moi. Le chez-moi que tu es en train d'envahir de ta présence, là. Et puisqu'on en parle, j'ai besoin de travailler et je ne pense pas que ça va m'aider que tu fasses le ménage.

— Ça ne peut pas te faire de mal.

Le mot *envahir* l'avait hérissée, mais elle l'ignora. Il allait devoir redescendre un peu.

— C'est ce que tu penses. Mais je me suis débarrassé des autres femmes de ménage parce qu'elles interféraient avec mes sessions d'écriture.

— Eh bien, mets des écouteurs. Parce que je vais faire le ménage. Et la cuisine aussi, vu que tu ne peux pas te nourrir exclusivement de café, de plats à emporter et de quelques dîners avec ta famille. Tu as la trentaine. Il faut que tu prennes soin de toi.

À le regarder, il s'en sortait grâce à de bons gènes et au sport, mais bon sang, il aurait eu besoin de vitamines aussi.

Et elle devait arrêter de penser à son corps.

— Alors tu vas faire la cuisine, le ménage, et je suppose, les courses ?

Griffin prit une inspiration.

— Et tout ça devrait me libérer pour que je puisse écrire ?

Elle avait envie de hurler devant son attitude, mais elle s'en empêcha en voyant l'expression dans ses yeux. Il avait peur. Ou en tout cas, quelque chose de proche de la peur. Elle savait qu'il était en retard sur une deadline parce que sa famille le lui avait dit, mais *pourquoi* était-il en retard ? Est-ce qu'il avait perdu l'inspiration ? Parce que si c'était le cas, ça aurait été dommage. Elle aimait son univers, sa façon d'écrire, et à peu près tout dans ses livres. Si elle pouvait l'aider, ne serait-ce qu'un peu, ça valait le coup de supporter son attitude.

— Je ne vois pas pourquoi ça ne t'aiderait pas. Et puis, je vais réaménager ton site internet.

Elle fronça les sourcils.

— Ce n'est pas le bon terme. De ce que j'ai pu en voir, ton site a un format correct. Je peux me contenter de le mettre à jour et de faire en sorte que tes lecteurs soient au courant des prochaines sorties. Ce genre de choses. Et je vais m'occuper de tes réseaux sociaux parce que tes lecteurs ont besoin de savoir qui tu es.

Griffin étrécit les yeux.

— Non. Ils ont besoin de mes livres. C'est tout.

Elle agita la main vers lui.

— Tu es un auteur de thriller, mon grand, réfléchis-y. Je t'aiderai à faire en sorte que ça ne soit pas trop personnel, mais de façon à ce qu'eux, ils pensent que c'est personnel.

Ça, c'était quelque chose pour lequel elle était très douée dans la vie. Ça ne pouvait pas être plus difficile de le mettre en place sur Internet, là où l'écran lui servirait de bouclier.

— Je n'ai pas envie qu'ils sachent tout de ma vie.

— Et ça ne sera pas le cas. Mais il faut qu'ils sachent que tu existes. Au moins un peu. Et puis, je vais t'aider à mettre en place des fiches pour tes livres et d'autres choses dont tu pourrais avoir besoin.

— Ne touche pas à mes livres.

Elle leva les deux mains.

— Je ne toucherai jamais à tes livres pendant que tu les écris. Je ne ferai aucun mal à ta créativité. Je veux juste te faciliter les choses. C'est pour ça que ta famille m'a engagée. Quand je connaîtrai un peu mieux le terrain, j'aurai une meilleure idée de ce qu'il te faut, mais tu dois comprendre que tu n'es pas seul. Je vais t'aider.

— Et si je ne veux toujours pas de ton aide ?

— Prends sur toi, Bouton d'or. Je suis là pour rester.

En tout cas, jusqu'à ce que je file à nouveau.

— Bouton d'or ? Vraiment, Saison ?

Elle lui adressa un doigt d'honneur. Oh, c'était assurément la meilleure manière de se faire bien voir du patron.

— Maintenant, file dans ton bureau ou je ne sais quoi, commence ta journée de travail. Je vais faire la lessive. Ou la poussière. Enfin, faire un truc qui me permette de respirer ici sans avoir l'impression que j'ai besoin de prendre une douche.

Il parcourut son corps du regard, et elle sentit la pointe de ses tétons durcir à travers son soutien-gorge, très certainement visible malgré son tee-shirt.

— Si tu as besoin d'aller prendre une douche, Saison, fais comme chez toi.

Elle renifla et balança ses cheveux par-dessus son épaule.

— Pas tant que je ne l'aurai pas nettoyée. Je ne sais pas où tu as été traîner.

Là-dessus, elle sortit un carnet et un stylo, prête à

prendre des notes pour savoir exactement ce qu'il lui fallait faire et ce qu'elle aurait besoin d'acheter. Parce que la maison de cet homme allait devenir une responsabilité à plein temps, et l'homme lui-même allait probablement lui demander encore plus de temps.

Elle était peut-être en train de commettre une erreur, mais au moins, elle ferait les choses bien. Et si elle continuait à se le répéter, elle parviendrait peut-être à ignorer la façon dont sa simple présence lui donnait envie d'écarter les jambes.

Parce que ça, ça n'allait pas arriver.

Jamais.

CHAPITRE QUATRE

C'ÉTAIT l'enfer pour Griffin. Un enfer brûlant où les voix dans sa tête ne lui parlaient plus et où il bandait tellement qu'il avait peur de déchirer son jean et de se mettre la honte.

Pourquoi avait-il dit à sa mère que c'était acceptable qu'Autumn vienne chez lui ? Oh, exact, il ne lui avait rien dit de tel. Il avait vaguement cédé, mais pas complètement. Ce n'était pas comme s'il pouvait dire non à sa mère, de toute façon. Si on ajoutait ses trois sœurs à l'équation, il était foutu. Il n'aimait pas avoir des gens dans les pattes pendant qu'il travaillait. Et il n'aimait pas non plus avoir des gens dans les pattes les jours où il ne travaillait pas.

Il invitait sa famille quand il le fallait et il acceptait même que ses cousins dorment chez lui puisque c'était lui qui avait le plus de place pour les héberger. Mais ça ne voulait pas dire que ça lui plaisait. Bien sûr, rien de tout cela n'était la réelle raison pour laquelle c'était l'enfer en ce moment.

Non, ce privilège appartenait à la femme qui était en train de fredonner dans son salon.

De fredonner. Comme si elle était heureuse de nettoyer sa crasse. Bon sang. Il était dégueulasse. Un vrai porc. Un ado qui refusait de ranger sa chambre parce qu'il était un gros nul paresseux.

Bien sûr, il n'avait pas pensé tout ça de lui avant qu'une femme qu'il ne connaissait pas, mais trouvait super sexy, se tienne au milieu de chez lui avec un air dégoûté. Ce n'était pas sale. Il n'y avait pas d'ordures avec des mouches ou quoi, mais quand même, c'était le bazar. Il le savait. Il faisait le ménage quand il pouvait, et franchement, là, ça avait atteint un stade bien pire que d'habitude.

Et c'était à cause de ce livre.

Ce foutu livre qu'il n'arrivait pas à écrire.

Et bien sûr, là, il n'était pas non plus en train d'écrire à cause d'*elle*.

Saison.

Autumn.

Elle.

Il n'arrivait pas à se concentrer alors qu'elle était si proche. Il sentait encore l'odeur de la lotion sur sa peau, la chaleur de son corps alors qu'il ne l'avait même pas touchée. Il avait envie de vérifier si sa peau était aussi douce qu'elle en avait l'air, si ses lèvres gonfleraient quand il les suçoterait ou les mordillerait. Il avait envie de connaître la couleur de ses tétons, si elle avait une fossette au niveau de sa chute de reins, là où ses fesses commençaient à émerger.

Il ne pouvait pas faire ça. Il ne *devait* pas faire ça. Penser à elle de cette façon était irrespectueux. Désormais, elle *travaillait* pour lui. Autumn était intouchable, et pourtant, sa verge ne semblait pas avoir reçu le message. Au lieu de ça, elle appuyait contre sa braguette, toute gonflée, et Griffin se dit qu'il finirait avec une cicatrice dessus s'il ne parvenait pas à la déplacer ou à se soulager à un moment.

Bien sûr, il n'allait pas se masturber dans son bureau, il avait des limites. Mais il ne pouvait pas non plus s'en occuper sous la douche pendant qu'Autumn était là. Heureusement, il s'était douché la veille alors, au moins, lui n'était pas trop crade.

Quand Autumn l'avait forcé à filer dans son bureau, il avait sorti un tee-shirt de sa pile de linge propre et s'était pris un sacré regard. Il avait le sentiment que son organisation en pile de sale et de propre n'allait pas durer, avec elle dans les parages. Il savait qu'il aurait dû apprécier son aide, mais il avait du mal à ne pas prendre ça comme une intrusion.

Elle lui avait demandé de filer il y avait trois heures de cela, et il avait écrit une page.

Une page.

Il avait envie de pleurer de joie parce que cette page était le truc le plus merdique qu'il ait jamais écrit. Mais il avait écrit.

Une page en trois heures. Plus que quatre cents, et peut-être qu'il n'aurait plus besoin de se taper la tête contre le mur. Un léger coup frappé à la porte de son bureau lui fit relever la tête de la seconde page blanche, et il se racla la gorge.

— Entrez.

Un regard rapide autour de lui le fit grimacer. Au moins, il n'y avait pas de vêtements sales dans cette pièce. C'était déjà ça.

Autumn entra avec un plateau-repas et un sourire. Il se leva aussitôt pour lui prendre le lourd plateau des mains. Il était peut-être une épave, mais il n'était pas un enfoiré, la plupart du temps. Sa mère l'avait bien éduqué.

— J'ai commandé à déjeuner vu qu'il y avait cette belle liste de restaus qui font des plats à emporter sur ton frigo. J'irai faire des courses demain, une fois que j'aurai déterminé exactement ce qu'il te faut comme produits de ménage et comme provisions. Tu as tout un placard de produits nettoyants, d'ailleurs, annonça-t-elle en haussant un sourcil. La couche de poussière dessus est assez ironique.

Il haussa les épaules après avoir posé le plateau sur la desserte et essaya de ne pas croiser son regard. Oui, il était gêné, mais bon sang, il fallait qu'il travaille. Et parfois, des trucs comme les douches, le ménage et les repas étaient traités par-dessus la jambe, quand il y avait une deadline à tenir.

Son ventre grogna, et il regarda ce qu'elle avait ramené à manger. Des burritos et une salade mexicaine. Génial.

— Merci. Combien je te dois pour ça ?

Il fronça les sourcils.

— Comment je te paie, au juste ? Ma mère ne m'a rien dit à ce sujet.

Il empila quelques livres sur le sol à côté de son bureau pour qu'elle ait un endroit où manger si elle voulait rester avec lui.

Autumn agita la main.

— Ta mère s'en est occupée. Elle m'a donné du cash pour acheter à manger aujourd'hui, sinon j'aurais simplement avancé l'argent et je t'aurais fait une facture. Et pour mon salaire, tes sœurs ont écrit un contrat auquel tu aurais probablement dû jeter un coup d'œil.

Elle renifla.

— Elles te l'ont envoyé par mail, mais je suppose que tu ne regardes pas tes mails si tu es tellement en retard sur tout, alors je peux imprimer ce dont tu as besoin. Quant aux paiements, on pourra en parler après le repas.

Cette fois, c'était elle qui ne voulait pas croiser son regard, et il inclina la tête. Intrigant. On aurait bien dit qu'Autumn avait des secrets. Des secrets qu'il avait envie de découvrir. Des secrets qu'il ne devrait probablement pas découvrir parce qu'il n'avait pas *envie* qu'elle soit intrigante.

Autumn prit sa salade et alla s'asseoir dans son grand fauteuil en cuir. Griffin émit une espèce de son étranglé.

Elle se figea, ses superbes fesses juste au-dessus du siège.

— C'était quoi, ça ?

Il se racla la gorge.

— Pas là. C'est mon fauteuil de réflexion.

Et voilà qu'il avait l'air d'un vrai crétin. Peut-être

même d'un écrivain ermite à moitié fou, comme sa famille le disait pour se moquer.

Autumn se redressa.

— D'accooooord. Bon, je vais aller manger dans le salon alors.

Il ferma les yeux et se pinça l'arête du nez.

— Non, tu peux t'asseoir à mon bureau ou sur une des chaises. J'ai simplement un truc avec ce fauteuil, d'accord ? Je te jure que je ne suis pas un tueur en série ou quoi que ce soit. Et je ne suis pas taré non plus. C'est juste...

— Que tu n'aimes pas que des gens s'assoient sur cette chaise. J'ai compris.

Elle haussa les épaules, mais il vit le rire dans ses yeux. Elle s'assit sur une des chaises libres, et les épaules de Griffin se détendirent un peu. Oui, il était frappé.

— Merci, marmonna-t-il. Et merci pour le repas.

Il s'assit à son bureau, laissant le fauteuil de réflexion vide, et s'attaqua à son assiette. Les épices et le fromage explosèrent sur sa langue, et il gémit.

— C'est bon ? demanda Autumn avec un sourire.

— Oh que oui. J'adore ce restau.

Il prit une autre bouchée, suffisamment grande pour le faire passer pour un Neandertal, mais il s'en fichait.

— Alors, Griffin Montgomery, parle-moi de toi.

Autumn s'attaqua à sa salade. Griffin retint un sourire. Comme ses sœurs et Sierra, Autumn mangeait parce qu'elle aimait la nourriture, plutôt que de grignoter deux morceaux de laitue et de décréter que ça faisait un repas. Tant mieux pour elle.

— Qu'est-ce que tu veux savoir ? demanda-t-il en essayant d'être poli.

Il était toujours énervé qu'elle soit là, mais il ne pouvait pas se conduire comme un connard en *permanence*. Ça devenait fatigant.

— Je ne sais pas, répondit-elle. Dis-moi tout.

Lui dire qu'il avait envie de la renverser sur le bureau pour la baiser ? Non, probablement pas. Bon sang, il n'aimait pas le tour que prenaient ses pensées en ce moment. Il était un vrai con et il le savait.

— Je suis écrivain.

Autumn cligna des yeux, posa sa fourchette et applaudit lentement.

— Oh mon Dieu. C'est... tellement *mystérieux*. Je veux dire, tu es écrivain ? Qui l'aurait cru ?

Il leva la main pour lui faire un doigt d'honneur et se rappela que ce n'était pas une de ses frangines juste à temps. Il se passa la main dans les cheveux à la place. Subtile.

— Attends. Est-ce que tu as utilisé le mot mystérieux exprès ?

Elle leva les yeux au ciel.

— On ne peut rien te cacher.

— Eh bien, Saison, j'écris des romans à suspense. Comme tu le sais très bien. Tu m'as déjà lu ?

Il sourit en posant la question et vit la façon dont elle se soustrayait à son regard.

Intrigant. Une fois encore.

— Ça m'est sûrement arrivé, répondit-elle vaguement.

Il ne savait pas pourquoi ça l'agaçait, mais ce fut le

cas. Qu'est-ce que ça pouvait faire si elle ne l'avait pas lu, ou bien si elle l'avait fait et qu'elle ne s'en rappelait pas ? Ce n'était pas comme s'il n'arrivait pas à vendre ses livres.

Non, c'était simplement qu'il n'arrivait pas à les écrire.

Seigneur, il avait envie qu'elle sorte de chez lui pour pouvoir réfléchir à nouveau. Il détestait le fait de s'être retrouvé dans cette position.

— Je suis le sixième enfant de la famille Montgomery, laissa-t-il échapper pour se distraire du fait qu'il détestait sa vie en cet instant.

— Tu fais partie des bébés alors.

Elle lécha la crème fraîche sur sa fourchette, et il dut cligner des yeux pour se reprendre. Oh bon sang, sa langue. Elle *travaillait* pour lui. Enfin, peut-être qu'elle travaillait plutôt pour sa mère, s'il y réfléchissait, mais bon, il n'aurait pas dû avoir de pensées cochonnes à l'égard d'Autumn. Ce n'était pas correct envers elle, et ce n'était certainement pas correct envers lui.

— Alex et Miranda sont plus jeunes, mais oui, je suppose que c'est vrai.

Il haussa les épaules. Ils étaient tous suffisamment âgés, désormais, pour que l'âge n'ait plus d'importance dans la façon dont ils interagissaient. Oui, Miranda était toujours la petite dernière, mais elle était mariée et heureuse. Alex avait été l'un des premiers à se marier et maintenant, il était en désintox, à essayer de reprendre le contrôle de sa vie. Griffin... eh bien, Griffin était simplement Griffin. Et peut-être que c'était pour ça que son cerveau ne fonctionnait plus.

Et ça avait assez duré.

— Je ne sais toujours pas comment tu t'es retrouvée ici, dit-il en essayant de rompre la tension dans la pièce.

Elle se raidit.

— Comment ça, *ici* ?

Il fronça les sourcils.

— Je veux dire, à travailler pour moi. Qu'est-ce que tu pensais que je voulais dire ?

Elle agita une main.

— Rien. Meghan m'a coincée, et j'ai eu un instant de faiblesse. J'ai les compétences pour ça, et une fois que j'aurai une idée générale du terrain, je te communiquerai ce que je fais.

Il haussa un sourcil.

— Est-ce que ça ne devrait pas être à moi de te dire ce dont j'ai besoin ?

— Peut-être. Mais si tu en étais capable, alors tu pourrais le faire toi-même, non ?

Bon, il en avait marre.

— Ça suffit. Rentre chez toi, d'accord ? Merci pour le ménage et le repas, mais je n'ai pas besoin d'aide.

Elle se leva lentement en débarrassant méthodiquement ce qui restait de son repas.

— Tu es un idiot, Griffin, et tu ne peux pas me virer. Tu peux redescendre de ton nuage et réaliser que tu as besoin d'aide. Je suis désolée d'avoir dit ce que j'ai dit. C'était déplacé. Bien sûr que tu ne peux pas tout faire, et tu ne devrais pas avoir à tout faire. C'est pour ça que je suis là.

Il se passa une main sur le visage et se détourna d'elle.

Il avait besoin de réfléchir. Ses yeux se posèrent sur la page blanche sur son écran d'ordinateur, et bien sûr, au lieu d'assumer sa responsabilité de ne pas avoir été capable de dépasser une page, il réagit comme un idiot.

— Rentre chez toi, Autumn. Je ne te connais pas. Tu dis que tu as les compétences nécessaires, mais qu'est-ce que j'en sais, hein ? Tu crois que tu peux te pointer ici et diriger ma vie ? Je ne pense pas, non. Je ne suis pas un gamin qui a besoin d'une baby-sitter. Je suis un adulte qui a du travail et qui ne peut pas le faire quand tu es dans les parages.

Les joues d'Autumn se tintèrent de rose tandis qu'il parlait, et il observa sa poitrine se soulever et s'abaisser alors qu'elle prenait de grandes inspirations.

— Tu es un sale con.

— Oui. C'est vrai. Alors essaie de m'éviter.

— J'en ai fini pour aujourd'hui, mais je reviendrai.

— Ce n'est pas la peine.

Effectivement : un sale con.

Elle balança ses cheveux roux par-dessus son épaule et le fusilla du regard.

— Tu as besoin de toute l'aide possible, et le fait que tu ne t'en rendes pas compte me rend triste. Je vais t'aider parce que, bon sang, je veux que tu finisses ton putain de livre. Alors redescends sur terre et admets que tu n'as pas besoin de tout faire tout seul. Que tu ne *peux* pas tout faire tout seul.

Là-dessus, elle claqua la porte du bureau derrière elle. Il compta jusqu'à cinq et entendit la porte d'entrée claquer à son tour.

Eh bien, il l'avait réellement foutue en rogne. Mais il ne pouvait pas travailler si elle était là. Bien sûr, il ignora le fait qu'il avait écrit une page entière alors qu'elle était dans la maison, ce qui était plus que ce qu'il avait écrit au cours de la dernière semaine. Mais ça ne comptait pas. Il allait effacer cette page, de toute façon. Il ne savait pas où il allait avec son personnage, et il ne savait pas où il allait lui-même.

« Dans la merde jusqu'au cou » n'était même pas une expression suffisante pour décrire sa vie en ce moment.

Et c'était entièrement de sa faute. Pas celle d'Autumn. Pas celle de sa famille. La sienne.

Et qu'est-ce qu'il comptait faire à ce propos ?

Eh bien, rien, apparemment.

Très mature de sa part.

Il regarda l'heure sur son téléphone et poussa un juron. À quoi est-ce qu'il pensait, bon sang ? Ah oui, c'est vrai. Il ne pensait pas du tout. Il enregistra rapidement son document, au cas où il y ait un problème, et fourra son téléphone dans sa poche. Il enfila ses chaussures, prit son portefeuille et ses clés et sortit de la maison en fermant derrière lui. Sur le seuil, il fronça les sourcils, rouvrit la porte, et revint à l'intérieur.

Oh bon sang.

Il était mort.

Un connard.

Un sale type complètement ingrat.

Il traversa le salon, les yeux écarquillés.

Autumn n'avait passé que trois heures chez lui, et elle avait fait des miracles. Son salon et sa salle à manger étincelaient. Littéralement. Ça sentait le citron et la lavande, plutôt que les vestiaires de sport. Elle avait fait la poussière, passé l'aspirateur, comment il avait fait pour ne pas l'entendre, c'était une très bonne question, et elle avait ramassé ses vêtements et les verres qui traînaient. Elle avait poussé tous les livres du côté des étagères, et il supposa qu'elle comptait revenir pour les organiser. Il grimaça. Il allait devoir l'aider avec ça. Ça n'en avait peut-être pas l'air, mais il avait un système. Un système qui était devenu caduc avec l'acquisition de nouveaux livres. Il aurait dû demander à Decker ou Storm de lui construire des étagères supplémentaires il y avait un an de cela, mais il remettait toujours ça à plus tard.

Il envoya rapidement un SMS à Decker pour lui demander de lui faire d'autres étagères dans le même style que les premières avant de remettre le téléphone au fond de sa poche. Cette satanée bonne femme avait nettoyé des semaines de bordel en quelques heures. Il semblait qu'elle était sur le point de s'attaquer à la cuisine quand elle lui avait amené à déjeuner. Et au lieu de la remercier pour tout ça, il avait piqué une crise.

Ce n'était pas étonnant qu'il soit célibataire et qu'il se sente seul.

Il se passa la main dans les cheveux et tourna les talons pour traverser l'espace immaculé jusqu'à la porte d'entrée. Autumn avait dit qu'elle reviendrait, et il avait répondu que ce n'était pas la peine. Elle avait nettoyé sa crasse et s'en était bien mieux sorti que s'il avait essayé de le faire lui-même.

Il avait le ventre plein, une maison avec des pièces de

propres et une page de plus à son livre. C'était un progrès. Et pourtant, il avait fait la gueule et crié. Qu'est-ce qui clochait chez lui ? Il la trouvait canon, et puis quoi ? Ce n'était pas de la faute d'Autumn s'il avait envie d'elle et ne pouvait pas l'avoir. Et ce n'était pas non plus de sa faute s'il était en retard sur son roman, même s'il aurait bien voulu pouvoir en tenir n'importe qui responsable plutôt que lui-même.

Griffin détestait simplement avoir quelqu'un chez lui, et cette fille n'était pas simplement quelqu'un. Elle l'intriguait, le faisait bander et l'agaçait tout à la fois. Peut-être qu'il avait besoin de tirer son coup. Ça faisait tellement longtemps qu'il craignait d'avoir oublié comment on faisait.

Son téléphone vibra. Il le sortit et grogna en voyant le message de Decker.

Il était temps. Appelle-moi plus tard pour parler des détails. Je suis au travail, là.

Griffin répondit à son ami pour lui dire d'accord et était sur le point de ranger son téléphone à nouveau quand il se mit à sonner. Apparemment, il était populaire, aujourd'hui.

Il répondit en voyant le nom de Maya s'afficher sur l'écran.

— Salut.

— Salut, toi-même. Tu comptes venir pour ton rendez-vous, aujourd'hui, ou tu comptes passer la journée à te gratter les couilles ?

Il poussa un juron.

— Merde. J'avais oublié.

— Eh bien, peut-être que si tu utilisais un agenda avec des alertes, tu serais moins stupide. Demande à Autumn de te créer un agenda pour ce genre de choses. Elle te mettra au pas.

Si elle ne démissionnait pas avant ça.

— Je n'arrive toujours pas à croire que vous ayez embauché quelqu'un pour moi, dit-il, la gorge sèche.

— Eh bien, tu n'es pas là, et je parierais que tu n'étais pas en train de travailler pour avoir décroché aussi vite, alors peut-être que tu as besoin d'elle. Maintenant, ramène tes fesses ici, que je puisse commencer ton tatouage. Ne me fous pas en rogne, Griffin.

Elle lui raccrocha au nez, et il sourit. Sa sœur était vulgaire et grognon la plupart du temps, et il ne l'en aimait que davantage. Et si un jour elle ouvrait les yeux sur l'homme qu'elle appelait son meilleur ami, elle serait très heureuse. Bien sûr, ce n'étaient pas ses affaires, alors il ne comptait pas s'en mêler. Pour le moment.

Il allait faire ce tatouage, laisser le vrombissement de l'aiguille et la douleur faire disparaître une partie de sa colère et de son auto-apitoiement. Puis quand il rentrerait chez lui, il écrirait.

Comme il se le disait tous les jours depuis trois mois.

Mais cette fois, il repousserait Autumn de ses pensées et ferait le travail qu'il avait à faire.

Et le lendemain, il s'excuserait d'avoir été un abruti et la laisserait l'aider.

Parce qu'il était peut-être énervé par sa présence, mais il avait écrit.

Il avait *écrit*.

Ça devait bien vouloir dire quelque chose.

Forcément.

Il l'espérait.

Parce que si ça n'était pas le cas ? Eh bien, il n'avait pas envie d'y penser. Il ne pouvait pas se le permettre. Pas maintenant.

CHAPITRE CINQ

NORMALEMENT, Autumn ne frappait pas les gens. Elle n'était pas portée sur la violence, mais Griffin allait peut-être constituer une exception à la règle. Ce type la frustrait comme pas possible, et ça n'aidait pas qu'il soit carrément canon quand il jouait les ours mal léchés. Si on y ajoutait la pellicule de sueur et son regard sombre, il fallait qu'elle prenne de grandes inspirations pour garder le contrôle.

Apparemment, elle était attirée par les connards.

C'était bon à savoir.

Le fait qu'elle doive travailler pour le connard en question ne lui facilitait pas la tâche. Premier jour de travail, et voilà qu'elle partait déjà en claquant la porte, ultra énervée, et franchement agacée d'avoir cédé à sa demande de partir. Elle *savait* qu'il ne voulait pas d'une vraie assistante personnelle, mais elle n'aurait pas pensé qu'il serait aussi opposé à l'idée de recevoir la moindre forme d'aide. Il en avait désespérément besoin, ne serait-ce que pour mettre de l'ordre dans ses idées. Mais il ne voulait pas. Il voulait tout faire par lui-même.

Mais ce n'était pas ce qu'il faisait, n'est-ce pas ?

C'était bien un mec, ça.

Avec un soupir, elle ouvrit la porte de Montgomery Ink et se força à détendre un peu ses épaules. Le tatouage, voir des amis, ça lui ferait du bien.

Le rire, le bourdonnement des aiguilles et le ronronnement bas de la voix d'Austin emplirent ses oreilles, et elle poussa un autre soupir, plus heureux cette fois. Elle se sentait vraiment chez elle, dans un studio de tatouage. Si seulement elle avait su tatouer. Elle savait dessiner, mais ça n'avait rien à voir avec le talent des gens qui se tenaient devant elle.

— Autumn !

Callie, une des artistes, la rejoignit, les bras grand ouverts. Autumn accepta son étreinte et inhala son parfum doux et floral. Celle-ci sautait partout comme si elle avait toute l'énergie du monde, tout en ayant l'air de ne pas se laisser marcher sur les pieds. Il fallait dire qu'elle était une des plus jeunes personnes à graviter dans l'univers des Montgomery. Et elle était mariée à un mec super qui faisait de son mieux pour combler tous ses besoins.

Non, ce n'était pas de la jalousie. Même pas un peu. OK, peut-être un peu.

— Ça me fait plaisir de te voir, Callie.

Autumn recula et observa son visage.

— Il y a un truc de différent chez toi.

Callie rougit et détourna le regard.

— Je suis juste heureuse.

Mmh... Intéressant. Eh bien, il semblait qu'elle avait envie de garder ses secrets, et ça ne dérangeait pas Autumn. Après tout, elle avait bien assez de secrets de son côté pour remplir tout le studio avec et avoir du rab.

— Ça se voit, répondit-elle franchement.

— Ah super, tu es là ! s'écria Maya en revenant de derrière.

Elle avait l'air exténué, mais elle n'en restait pas moins super sexy. Si Autumn avait aimé les femmes, elle était sûre que Maya aurait été son genre. Une frange brune et nette encadrait parfaitement son visage et le piercing à son sourcil. Ses lèvres rouge vif sur son visage pâle lui donnaient un côté pin-up en un peu plus mordante. La plupart des tatouages sur son corps avaient été faits par son frère Austin, et le reste par elle-même. Sérieusement, elle avait du talent. Et une sacrée attitude. Raison pour laquelle elle était l'une des plus proches amies d'Autumn, ou du moins, aussi proche qu'elle le permettait.

— Moi aussi, je suis contente de te voir, dit Autumn en haussant un sourcil. Qu'est-ce qui se passe ?

— Austin et ses gros doigts de brute ont de nouveau foutu la merde sur l'ordi, cracha Maya en direction de son frère.

L'attention d'Austin était concentrée sur son client, et il utilisa sa main libre pour faire un doigt d'honneur à sa sœur.

Il y avait une raison pour laquelle Autumn aimait autant les Montgomery.

— Arrête de râler, dit Callie. Je peux m'en occuper.

Maya secoua la tête.

— Tu as un client qui arrive dans cinq minutes. Ou peut-être pas. Je n'en sais rien puisque je ne peux pas accéder à ce satané d'ordinateur.

— Je n'ai rien fait, gronda Austin, les yeux toujours sur son travail. J'ai appuyé sur Enregistrer. Ça n'a pas enregistré. C'est la faute de l'ordinateur. Si tu n'avais pas viré la foutue réceptionniste qui avait enfin réussi à tenir deux semaines, on ne serait pas dans cette situation.

Autumn pinça les lèvres et essaya de retenir son rire. Ces deux-là se parlaient *toujours* comme ça au sein de la boutique dont ils étaient copropriétaires. Bien sûr, elle pensait bien qu'ils se parlaient comme ça à l'extérieur aussi. Si elle n'avait pas su qu'ils auraient chacun été prêts à donner leur vie pour l'autre, elle aurait cru qu'ils ne pouvaient pas se voir.

— J'ai viré la foutue réceptionniste parce qu'elle n'arrêtait pas de vouloir se frotter à toi.

Autumn agrippa la main de Callie et refusa de la regarder. Si l'une d'elles osait rire... elle préférait ne pas réfléchir aux conséquences.

— Comme si je l'aurais laissée s'approcher suffisamment pour ça, grogna Austin.

— Elle a réussi à pas mal s'approcher, une fois, déclara Sloane avec toute sa subtilité masculine.

Il était un sacré beau modèle de masculinité, d'ailleurs.

Avec ses épaules larges, ses cuisses solides, son crâne rasé et sa moue perpétuelle. Il n'y avait qu'à Hailey qu'il souriait pour de vrai, même si la propriétaire du café ne s'en rendait jamais compte. Ou peut-être qu'elle faisait exprès de ne pas s'en rendre compte. Franchement, c'était une vraie sitcom par ici, et Autumn adorait ça. Si seulement elle avait pu travailler pour Montgomery Ink et non pas par le salopard d'auteur qui refusait de demander de l'aide.

— Oui, et je l'ai repoussée, et je ne l'ai pas fait pleurer comme *quelqu'un d'autre*.

— Elle le méritait ! hurla Maya.

Autumn prit une grande inspiration et se plaça entre le frère e la sœur. Austin était assis sur son tabouret et n'avait pas bougé, mais il avait arrêté de tatouer une fois qu'il avait tourné son attention vers sa sœur. Son client se contentait de sourire. Son grand tatouage dans le dos devait avoir nécessité plusieurs sessions. Il avait eu le temps de s'habituer à Austin et Maya. Celle-ci avait les mains sur les hanches et crispait tellement la mâchoire qu'elle semblait sur le point de se briser.

— Bon, les amis, laissez-moi voir cet ordinateur et vous régler ça, dit Autumn calmement. Je vous ai déjà dit que je pouvais vous donner un coup de main avec ce genre de choses.

Maya fronça les sourcils et étrécit les yeux.

— Attends. Tu n'es pas censée être chez Griffin, là ? Je croyais que tu commençais aujourd'hui ?

Autumn redressa le menton.

— Les grognements que pousse ton frère feraient passer Austin pour un jeune chiot.

Austin aboya un rire.

— Ah, quelle saleté, ce gosse. Qu'est-ce qu'il a encore fait ?

— Il ne veut pas d'assistante.

— Ça, j'aurais pu te le dire moi-même, répondit Austin, les yeux pétillants de rire. Mais ça ne veut pas dire qu'il n'en a pas besoin. C'est juste un connard, des fois. Ignore-le et fais ce que tu sais faire de mieux. Même si je ne trouve pas ça top que les filles et ma mère t'aient embauchée derrière son dos, je pense que tu sauras lui botter les fesses pour le remettre sur le droit chemin.

— Tous les mecs Montgomery ont besoin qu'on leur botte les fesses de temps en temps, déclara Maya.

Austin haussa un sourcil.

— Et les filles aussi, ma belle. Est-ce que tu veux qu'on parle de Jake ?

— C'est juste mon ami ! hurla Maya. Combien de fois il faut que je te le dise, putain ?

— Et c'est bon, intervint Autumn. Retournez à vos places, tous les deux.

Maya sourit à Austin, mais un peu comme un loup sourit à un agneau. Austin eut un rictus ironique, ses lèvres à peine visibles au milieu de sa barbe.

— Vous pensez que vous pourriez avoir une conversation sans gros mots ? demanda Callie avec de grands yeux innocents.

Maya renifla.

— Et ça, c'est la meuf qui vient de me raconter comment Morgan l'a attachée au lit et ne voulait pas la laisser jouir jusqu'à ce qu'elle dise qu'elle était une très mauvaise fille.

Les épaules d'Austin tressautèrent, et Sloane pouffa de rire tandis que Callie, même si son visage était devenu tout rouge, relevait le menton.

— Eh bien, j'étais réellement une très mauvaise fille et je méritais une punition. Et c'était une confidence, salope. Peut-être que c'est *toi*, la très mauvaise fille, et que je devrais demander à Jake de te punir, rétorqua-t-elle avec un grand sourire.

Autumn se traîna jusqu'au bureau pour ne pas tomber de rire.

— Le prochain qui parle de Jake se prend mon pied dans le derrière.

— Est-ce que quelqu'un vient de dire « Jake » ? demanda Griffin en rentrant dans le studio. Tu te l'es enfin tapé, Maya, ma belle ?

Maya poussa un grondement, et Autumn se figea. Qu'est-ce qu'il fichait là ? Il était censé être chez lui en train de faire semblant d'écrire et de penser à son attitude de connard.

Maya se jeta sur Griffin, les poings levés. Au lieu de chercher à l'éviter, il attrapa sa sœur et la fit tournoyer autour de lui.

— Je vais te tuer, dit Maya.

— Je suis sûre que tu vas essayer. Mais avant ça, il faut que tu travailles sur mon prochain projet de tatouage. J'ai un rendez-vous, tu te souviens ?

Maya renifla.

— Moi je m'en souviens, mais je suis surprise que ce

soit ton cas. En fait, comment tu es censé te souvenir de quoi que ce soit si tu te débarrasses de ton assistante avant même qu'elle ait pu commencer à bosser ?

Autumn carra les épaules tandis que Griffin regardait par-dessus sa sœur et croisait son regard. Il déglutit et crispa la mâchoire. Sa barbe de trois jours était toujours super sexy. Ce n'était pas comme si elle avait été hors de sa présence pendant bien longtemps. Comment est-ce qu'il arrivait à être encore plus *canon* qu'avant ?

C'était officiel. Elle était devenue folle. Prochain arrêt : aliénée, en train de baver. Et pas de baver parce que ce mec était trop beau. Elle s'y refusait. Définitivement.

— Je ne savais pas que tu serais là, dit Griffin l'air de rien.

— Tu ne m'as pas demandé.

— Tu ne m'as pas vraiment laissé le temps de le faire, hein ?

Autumn ouvrit la bouche pour hurler avant de se rappeler où elle était et qui était en train de les observer alors qu'ils se comportaient comme des gamins de six ans en train de se battre pour un jouet.

— Je ne savais pas que tu avais un rendez-vous ici aujourd'hui, choisit-elle de dire à la place.

Avec quelques clics sur le clavier, elle ouvrit l'agenda et repéra le rendez-vous de Griffin avec Maya, pris longtemps à l'avance.

— C'était sur mon carnet dans mon bureau, répondit Griffin avec aisance. Les tatouages, ce n'est pas quelque chose que je suis près d'oublier.

— Non, tu oublies juste tout le reste.

Elle grimaça. Bon sang. Ce type était *toujours* son patron. Il fallait qu'elle s'en souvienne.

Maya renifla.

— C'est bien vrai. Le tatouage passe avant le reste, dans la vie. N'est-ce pas, petit frère ?

Griffin secoua la tête.

— Tu es juste un cran au-dessus de moi, Maya. Tu n'es pas bien plus vieille.

— Ça compte quand même.

Elle fronça les sourcils.

— En tout cas, jusqu'au moment où je commencerai à dire que j'ai toujours vingt-huit ans ou un truc du genre. Alors là, tu seras plus vieux. Enfin bref, va t'installer et enlève ton tee-shirt. On est censé terminer ton épaule. Et pas la peine de faire ressortir tes muscles, mon cher frangin. Les seules personnes avec des seins présentes dans cette pièce sont soit de ta famille, soit mariées, soit n'ont pas l'air de pouvoir te piffer pour le moment.

Elle jeta un regard à Autumn et lui adressa un coup d'œil.

Oh super. Ça allait bien finir, tout ça. Maintenant, il fallait qu'elle se tienne dans la même pièce qu'un Griffin torse nu tandis que le vrombissement de l'aiguille emplissait ses oreilles et l'excitait encore davantage. Les Montgomery étaient une véritable plaie.

Autumn reporta son attention sur l'ordinateur et tenta de l'organiser un peu mieux. Austin et Maya étaient parfaitement méthodiques et dirigeaient un super business avec une file d'attente qui allait jusqu'à trois ans pour les grands tatouages et les œuvres créées sur mesure. Mais la plaisanterie récurrente qu'était leur incapacité à garder une réceptionniste ne devait pas leur faciliter la tâche. Quand Callie était l'apprentie d'Austin et non une artiste à plein temps, elle avait pu en faire davantage de ce côté-là, mais maintenant qu'elle commençait à avoir sa propre réputation, elle n'avait plus le temps pour ça. Autumn aidait quand elle pouvait et refusait de se faire payer. Surtout parce qu'un salaire nécessitait de la paperasse, et moins elle laissait de traces, mieux s'était. Jusqu'à présent, elle n'avait pas eu à signer quoi que ce soit avec Griffin, mais elle savait que ça allait venir. Elle *détestait* mentir, mais franchement, elle ne voyait pas quoi faire d'autre. Si ça commençait à devenir trop compliqué, elle prendrait la fuite comme elle le faisait à chaque fois.

Mais cette fois, elle savait que s'enfuir ferait plus mal que d'habitude.

Satanés Montgomery.

Elle prit une grande inspiration, se tourna vers le poste de travail de Maya et faillit avaler sa langue.

Griffin était assis à califourchon sur le fauteuil, face au dossier. Il avait les bras croisés devant son visage mais ne s'appuyait pas dessus. Au lieu de ça, il avait tourné la tête pour regarder Maya par-dessus son épaule tandis qu'ils parlaient du placement ou de Dieu sait quoi d'autre.

Autumn n'aurait pas d'orgasme rien qu'en le regardant. *Certainement pas.*

Elle serra les cuisses et maudit le jour où Griffin Montgomery était né.

Elle ne savait pas ce que Maya comptait faire à l'épaule et au dos de Griffin cet après-midi-là, et elle n'était pas sûre d'avoir l'énergie de rester pour regarder. Il fallait qu'elle garde pour elle… ce qui était en train de lui arriver. Rien ne servait de baver sur un homme pour qui elle travaillait, un homme qu'il lui faudrait quitter quand il deviendrait trop dangereux de rester.

Au lieu de baver, elle retourna à l'ordinateur et fit autant d'espace que possible. Cela ne lui prit guère de temps, et bientôt, elle se retrouva à se balancer sur ses talons, consciente qu'il fallait qu'elle parte. Elle était venue au studio pour vider son sac ou au moins se calmer. Mais maintenant, non seulement la source de ses ennuis était dans la même pièce qu'elle, mais en plus il était torse nu avec juste ce qu'il fallait de pilosité pour lui donner envie de le caresser jusqu'à ce qu'ils n'en puissent plus, alors elle savait qu'elle ne pouvait pas rester.

— Eh, Autumn, tu peux venir par ici vite fait, appela Austin.

Elle ferma les yeux et compta jusqu'à cinq.

— Bien sûr.

Elle fit de son mieux pour ne pas regarder vers le poste de travail de Maya et n'avoir l'air de rien. Elle avait le sentiment que c'était un échec complet. Qu'est-ce qui clochait chez elle, bon sang ? Elle aurait bien dit ses hormones. Peut-être qu'elle avait juste besoin de tirer son coup et que tout ça lui passerait. Bien sûr, avec ce genre de pensées, ce fut l'image de Griffin qui lui vint, derrière elle, en train de remonter sa jupe sur ses hanches tandis qu'il la renversait sur son fauteuil de réflexion et la prenait par-derrière.

Saloperie de Montgomery.

Tous autant qu'ils étaient.

— Qu'est-ce qui se passe ?

Eh bien ? Tout était normal.

Austin inclina la tête et l'observa.

— Mon client a dû répondre à une urgence au boulot.

Elle fronça les sourcils.

— C'est un pompier.

— Est-ce que tout va bien ? demanda-t-elle, perturbée.

Austin secoua la tête.

— Je n'en sais rien. J'espère que sa combinaison ne va pas abîmer le tatouage, mais combattre un incendie est plus important que ce que j'ai dessiné sur sa peau. Enfin bref, j'ai une heure de libre du coup. Sierra n'est pas au magasin en face, sinon je serais allé la voir. Qu'est-ce que tu dirais de t'asseoir là et de me laisser travailler sur ce tatouage sur ton flanc.

— Tu délires ? Je croyais que c'était mon tour ensuite ! hurla Maya depuis son poste de travail.

Autumn retint un sourire. Elle aimait la façon dont ils se chamaillaient toujours pour travailler sur les membres de leur famille, mais normalement pas pour les clients. Ça la réchauffa de l'intérieur. Peut-être qu'elle se rapprochait de...

Mince. Ce n'était pas bon. Il fallait qu'elle quitte la ville bientôt.

Mais avant de le faire, au moins, elle aurait un nouveau tatouage.

— Ça me va, dit-elle doucement.

— Parfait. Ça compensera le temps que tu passes à nous aider vu que tu ne veux pas accepter notre argent.

— Mais... mais je peux payer.

Elle n'avait peut-être pas une bourse inépuisable, mais elle pouvait se payer ce qu'il lui fallait.

Austin étrécit les yeux.

— Ne discute pas. Maintenant, tu t'assieds, tu remontes ton tee-shirt et tu le coinces sous ton soutien-gorge. Au boulot.

Elle ouvrit la bouche pour protester quand même, mais le barbu à la mine sévère qui se tenait devant elle haussa un sourcil. Bon, eh bien d'accord.

Elle fit ce qu'on lui disait, consciente que *quelqu'un* était en train de la fixer. Même si une part d'elle aurait pu souhaiter que ce soit avec chaleur que Griffin la contemplait, elle avait le sentiment que l'attirance n'avait rien à voir là-dedans. Quand elle se retrouva installée à califourchon sur le fauteuil, en diagonale du poste de travail de Maya, elle eut envie de se maudire.

Évidemment, il fallait qu'elle se retrouve face à Griffin avec ses bras sexy et son flanc exposé alors qu'elle avait son tee-shirt coincé dans son soutien-gorge. Les dieux se fichaient franchement de sa gueule.

Griffin croisa son regard et eut un sourire ironique.

— Ce n'était pas ce que tu avais prévu pour cet après-midi, hein ?

— Pas exactement, répondit-elle en crispant la mâchoire.

Elle prit une inspiration choquée quand Austin la toucha avec l'aiguille pour la première fois. Ça faisait toujours super mal au début, et puis ça se transformait en un bourdonnement tranquille qui envoyait des éclairs de plaisir mêlés de douleur jusque dans ses orteils. Griffin lui sourit alors, avec la même expression dans les yeux.

Elle se lécha les lèvres, le cœur battant.

Les yeux de Griffin tombèrent sur sa bouche, et ses pupilles se dilatèrent.

Oh mince. Ce n'était tellement pas le bon endroit pour ça. Tellement pas le moment. Tellement pas le bon mec.

Au lieu de laisser tout le monde voir l'effet qu'il lui faisait, elle baissa la tête et appuya son front sur ses bras ; Austin lui parlait de temps en temps, mais il semblait conscient qu'elle avait besoin d'intimité, même au beau milieu d'un studio de tatouage plein de monde.

Trois quarts d'heure passèrent en un éclair alors qu'elle se concentrait sur le fait de ne pas se concentrer sur Griffin. Bientôt, elle sentit Austin essuyer son flanc pour la dernière fois et commencer à lui parler des soins post-tatouage.

— Je pense qu'on en aura fini avec celui-ci avec rien qu'une dernière session, expliqua Austin. J'aurais pu finir l'ombrage aujourd'hui, mais ça commence à enfler un peu, et je préfère m'arrêter là pour que ce soit parfait.

Autumn le laissa prendre sa main pour l'aider à se stabiliser tandis qu'il la conduisait au grand miroir. Son regard parcourut la guirlande de fleurs sur son flanc : chaque fleur représentait un endroit où elle avait été obligée de vivre sans jamais trouver un espace qui ne soit qu'à elle.

— C'est parfait, murmura-t-elle.

À vrai dire, il avait l'air fini. Si elle devait filer de Denver en toute hâte, elle n'aurait pas besoin de trouver quelqu'un d'autre pour le retoucher, de toute façon, elle n'aurait jamais laissé quiconque modifier un tatouage Montgomery. Il fallait avoir l'œil d'un perfectionniste pour voir qu'il manquait quelques lignes ou un peu d'encrage en plus.

— C'est presque fini, dit-il doucement. Bon, et n'oublie pas de prendre soin de toi.

Il jeta un regard vers Maya et Griffin. Sa barbe vint chatouiller l'oreille d'Autumn.

— Et botte-lui les fesses si nécessaire, murmura-t-il.

Elle leva les yeux au ciel, puis fit glisser avec précaution son tee-shirt par-dessus le film plastique dont il avait recouvert le tatouage tout frais. Quand elle se tourna vers le poste de travail de Maya, ce fut pour voir le regard de Griffin sur elle, les paupières lourdes alors qu'il la contemplait. Elle n'était pas sûre d'être seule responsable de ce regard. Le mélange de peine et de douleur infligé par le tatouage que Maya traçait sur ses épaules devait y être pour quelque chose aussi.

— Je l'ai à peine aperçu, mais ça a l'air incroyable, dit-il.

Il se lécha les lèvres.

— À demain ? demanda-t-il d'une voix hésitante.

Elle déglutit avec difficulté. Elle était capable de faire ça. Capable de l'aider, puis de partir quand il le faudrait.

— Ça marche.

Là-dessus, elle prit congé et quitta le studio. La brise fraîche qui descendait des montagnes du Colorado vint refroidir ses joues rouges. Cet air frais et pur allait lui manquer...

Quand elle arriva chez elle et se gara dans l'allée, elle ne rêvait que de manger et de prendre une longue douche. Elle ne pouvait pas faire trempette dans la baignoire à cause du nouveau tatouage, et elle préférait ne pas boire jusqu'à ce que la peau ait cicatrisé un peu plus, parce que ça fluidifiait le sang.

Quand elle sortit de voiture, son sac bien-aimé à la main, elle se figea et sentit ses cheveux se dresser sur sa nuque. Elle déglutit et fit de son mieux pour avoir l'air nonchalante tandis qu'elle jetait un regard alentour. Elle n'avait peut-être vu personne, mais elle avait carrément la sensation que quelque l'observait.

Elle savait exactement ce que ça faisait.

C'était quelque chose qu'elle avait ressenti d'innombrables fois auparavant.

Elle se hâta de rentrer, ses clés et sa bombe lacrymo à la main au cas où quelqu'un l'approcherait. Dès qu'elle eut refermé la porte, elle mit le verrou, se précipita dans la cuisine et attrapa le grand couteau de boucher qu'elle savait parfaitement utiliser, puis elle vérifia le reste de la maison.

Personne.

Elle était en sécurité.

En tout cas, pour le moment.

Mais elle savait que son temps à Denver arrivait à terme. Elle était déjà restée trop longtemps... suffisamment longtemps pour former des liens qu'elle n'avait jamais eu l'intention de former.

Autumn tiendrait la promesse qu'elle avait faite aux Montgomery et à elle-même d'aider Griffin, puis elle partirait.

Ce serait plus sûr pour tout le monde. Parce que si elle restait, elle serait responsable du carnage.

C'était toujours sa responsabilité.

CHAPITRE SIX

— TU AS l'air d'avoir plus d'énergie, dit Griffin avec un petit sourire alors que son père le serrait dans ses bras.

Il n'était pas aussi costaud qu'il l'avait été, ses étreintes n'étaient plus aussi fortes, mais il n'y avait pas à dire : Harry Montgomery était une force de la nature. Griffin était venu pour manger cet après-midi, et puis pour voir ses parents.

— J'ai plus d'énergie, en effet, répondit doucement son père. Tu es venu pour une raison, ou simplement pour voir comment j'allais ?

Il sourit et recula.

— C'est ton tour, pas vrai ?

Griffin leva les yeux au ciel. Grillé. Peu importait. Ses frères et sœurs ne voulaient rien d'autre que le bien de leurs parents, et ces dernières années, ça avait été des montagnes russes émotionnelles, et pas qu'en bien. Entre le diagnostic de cancer de leur père et les traitements qui s'en étaient suivis, tout le bazar avec les enfants d'Austin et Sierra, la romance chaotique de Decker et Miranda et leur mariage presque gâché à cause d'Alex, puis l'enfer que Meghan avait dû traverser avant d'enfin pouvoir se poser avec Luc, Griffin s'inquiétait.

Griffin s'inquiétait de beaucoup de choses. C'était dans sa nature.

— On ne peut rien te cacher. C'est mon tour, c'est vrai, mais j'aime bien venir ici, de toute façon.

— Parce que ta mère te nourrit, surtout.

Griffin haussa les épaules avec un sourire impénitent.

— Eh bien, ça va dans la colonne des points positifs, c'est sûr.

Marie arriva dans le salon avec un plateau de boissons et une assiette d'antipastis dans les mains. Griffin se hâta d'aller la soulager.

— Tu aurais dû m'appeler pour que je vienne donner un coup de main, gronda-t-il en posant le plateau sur la table basse.

— Je ne suis pas impotente, dit-elle en l'embrassant sur la joue alors qu'il lui tendait une boisson. Mais j'aime bien que tu m'aides quand même.

Griffin se pencha et posa son front contre le sien comme il l'avait fait d'innombrables fois par le passé. Il se rappelait encore l'époque où c'était elle qui devait se pencher. Le temps filait, il le savait, mais bon sang, il n'avait pas envie que ça passe si vite, pas alors que son père n'était pas encore tiré d'affaire.

Il prit une inspiration tremblante, les émotions le submergeaient, et il se redressa.

— Tu n'as qu'à demander. N'importe quand. D'accord ?

Marie croisa son regard et hocha la tête.

— D'accord, Griffin, mon chéri.

Griffin s'installa sur l'un des canapés tandis que ses parents faisaient de même sur l'autre, et ils mangèrent et burent en parlant de leurs problèmes et réussites du quotidien. Il aimait ce genre de journées, être là assis en train d'écouter les deux personnes qui l'avaient élevé, qui l'avaient aimé de toutes les fibres de leur être. La vie n'était pas parfaite, loin de là, mais parfois, il parvenait à oublier ses inquiétudes et à simplement *écouter*.

Bien sûr, il ne pouvait pas ignorer la mine fatiguée de sa mère. Il savait qu'elle ne dormait plus aussi bien qu'avant. Ce n'était pas possible. Pas alors que l'amour de sa vie souffrait à côté d'elle. Mais les choses commençaient à s'améliorer. En tout cas, c'était ce qu'ils lui disaient. Il espérait qu'ils n'essaieraient pas d'enrober la dure réalité de jolies paroles pour le protéger si ça tournait mal. Il était plus solide que ça. Du moins, il l'espérait.

— Est-ce que vous avez des nouvelles d'Alex ? finit-il par demander, les mains autour de son verre.

La condensation faisait glisser ses doigts et il resserra sa prise. Il se rappelait la dernière fois qu'il avait vu son frère, la lueur de folie dans son regard. Il entendait encore le bruit du verre qui se brisait tandis qu'Alex criait et tempêtait. Il avait mis fin à la fête de mariage de

Miranda et Decker, ses démons personnels trop lourds pour être supportés par une seule personne. Sauf que Griffin ne savait pas ce qui avait poussé Alex à boire. Personne ne le savait.

Harry laissa échapper un soupir.

— Oui, il nous a enfin laissés lui parler au téléphone.

Griffin posa son verre avec précaution et croisa le regard de son père.

— Et ?

— Et il va rester en désintox, au moins pour le moment, dit doucement son père. Je crois qu'il est en train de trouver l'aide dont il a besoin. Enfin.

Griffin ferma les yeux et poussa un soupir. Son petit frère souffrait, et il n'y avait rien que Griffin puisse faire pour lui. Une fois qu'Alex serait sorti, il espérait être capable de trouver un moyen de l'aider, mais il n'était pas sûr que ce soit possible.

— Une étape après l'autre, mon cœur, murmura Marie.

Elle se racla la gorge et ajouta d'une voix plus forte :

— Il rentrera à la maison quand il en aura besoin. Et, avec un peu de chance, il nous laissera lui rendre visite. Il pense peut-être qu'il est seul, c'est ce que j'ai cru comprendre de ce coup de fil, mais nous sommes des Montgomery. On ne laisse pas tomber les nôtres, même s'ils font de leur mieux pour nous repousser.

Griffin sourit malgré lui. Oui, c'était bien vrai. Il prit une autre gorgée de limonade et hocha la tête.

— Il ne va pas pouvoir se débarrasser de nous si facilement.

— Bien dit, acquiesça son père.

Ils finirent leur repas, se dirent au revoir, et Griffin rentra chez lui, l'estomac plein et la tête aussi. Il savait qu'il fallait qu'il travaille puisqu'il n'avait pas écrit un mot ce matin-là et qu'il avait passé l'après-midi chez ses parents. Mais il fallait *toujours* qu'il travaille. Le ressentiment qui accompagnait cette pensée ne l'aidait pas à se sentir mieux.

Quand il se gara dans l'allée, il ne vit pas la voiture d'Autumn dont la vue commençait à lui devenir de plus en plus familière. Il ne savait pas pourquoi il s'attendait à ce qu'elle soit là, puisqu'il n'était pas chez lui, mais il était difficile d'ignorer la façon dont son cœur se pinça de déception en constatant son absence.

Cela faisait quatre jours depuis cet après-midi avec elle au studio de tatouage. Quatre jours qu'ils avaient passé à travailler chez lui en silence. Elle faisait le ménage, les courses et le nourrissait.

Elle ne s'était pas encore aventurée dans son bureau pour l'aider directement avec son travail.

Il avait le sentiment qu'elle l'aurait peut-être déjà fait s'il ne s'était pas conduit comme un tel connard. Sauf que c'était carrément dur de ne *pas* être un connard, des fois. Il appuya son front contre le volant et poussa un juron. Il avait besoin d'aide.

Il le *savait*.

Ça ne voulait pas pour autant dire que ça lui faisait plaisir.

Avec une autre grande inspiration, il sortit de voiture et rejoignit la porte d'entrée. Dès qu'il l'ouvrit, il comprit qu'il s'était trompé. Une odeur de soupe et de pain fraîchement cuit assaillit ses sens, et son estomac, pourtant censé être plein, gronda. Le parfum floral d'Autumn se mêlait à l'odeur riche de la nourriture, et son sexe se durcit.

Du calme.

C'était bizarre qu'elle soit là en son absence. Il savait qu'elle avait une clé grâce à ses adorables mais très pénibles sœurs, mais il n'aurait pas pensé qu'elle s'en servirait. Il n'avait pas non plus laissé de petit mot pour dire où il était puisqu'elle n'était pas là quand il était parti tout à l'heure. Ce n'était pas comme s'il aurait dû y penser, franchement. Elle ne *vivait* pas avec lui.

Elle travaillait pour lui.

Du moins, elle essayait.

Autumn entra dans le salon d'une démarche guillerette et se figea en le voyant. Elle avait un panier à linge sous un bras, et son téléphone dans son autre main.

— Oh, tu es là.

Il referma la porte derrière lui sans regarder ce qu'il faisait, ses yeux fixés sur elle. Elle portait une sorte de longue robe qui moulait ses courbes sans pour autant donner l'impression qu'elle avait choisi d'être sexy. À vrai dire, il semblait plutôt qu'elle avait voulu une tenue confortable. Il ne pensait pas qu'elle puisse véritablement dissimuler ses courbes et le charme qui émanait d'elle. Ses seins étaient hauts, plus volumineux que les paumes de Griffin, et bon sang, il avait envie de les tenir, de les serrer, d'apprendre leur texture et la forme de leurs mamelons... de découvrir leur couleur et leur goût.

Mais bien sûr, il ne ferait rien de tout cela.

Il était pro, même si ça ne se voyait pas toujours.

Il arracha son regard de ses seins et s'aperçut qu'elle avait rougi. Mince. Il gérait très mal. Au lieu de s'excuser comme il l'aurait dû, vu que ça n'aurait fait que rendre toute cette situation encore plus gênante, il se racla la gorge.

— Je n'ai pas vu ta voiture.

Elle hocha la tête et parcourut son corps du regard. Quand elle s'arrêta au niveau de son entrejambe, il dut faire appel à toute sa volonté pour ne pas se réajuster. Il savait que son sexe appuyait contre la fermeture éclair, il le sentait, mais il ne voulait pas qu'elle *sache* qu'il l'avait vue en train de regarder.

Bon sang.

— Ma voiture n'a pas démarré.

Une ombre passa sur son visage, et il se demanda ce que ça voulait dire. Il se posait toujours des questions quant à ses expressions, quant à *elle*.

— Meghan m'a déposée. Elle a dit qu'elle viendrait me chercher ou enverrait Luc si tu ne peux pas me ramener.

Elle grimaça.

— Désolée d'être pénible.

Il secoua la tête.

— Ce n'est pas de ta faute si ta voiture ne démarre pas. Je te ramènerai quand tu voudras y aller.

Il mit les mains dans ses poches, conscient qu'il venait juste de diriger son regard vers son sexe à nouveau.

— Tu n'as qu'à me dire. Et est-ce que tu as besoin de

quelqu'un pour jeter un coup d'œil à ta voiture ? Ou au moins l'amener au garage ?

Elle secoua la tête.

— Je m'en occupe. Je n'ai simplement pas pu le faire ce matin.

Elle marqua une pause.

— Mais merci.

— Ça marche, alors.

— Ça marche.

Ils se regardèrent pendant une bonne minute dans un silence gêné. Il ne savait pas quoi faire ensuite, quoi dire. Il était un adulte, bon sang, et pourtant il n'arrivait pas à formuler ses pensées. Il aurait au moins dû se détourner, aller s'asseoir devant son ordinateur ou quelque chose. C'était forcément mieux que de rester à la fixer comme un crétin malade de désir.

— J'étais en train de terminer la lessive, finit par dire Autumn.

— Je vois ça.

Il sortit une main de sa poche et désigna le panier à linge.

— Euh, je peux faire quelque chose ?

Elle cligna des yeux en le regardant.

— Non, je me débrouille.

Et puis elle eut un sourire ironique.

— Bien sûr, si tu avais fait ta lessive à la base, on ne serait pas dans cette situation et je serais sans doute au chômage.

Il renifla, reconnaissant qu'elle ait brisé la tension montante.

— Compris. Eh bien... je suppose que je vais retourner dans mon bureau, dans ce cas.

Elle lui sourit, et il déglutit devant la beauté de son sourire. Il ne savait pas d'où lui était venue cette pensée, et il n'était pas franchement à l'aise avec.

— Parfait. Je sais que tu as mangé chez tes parents, c'est ce que Meghan m'a dit, en tout cas, mais si tu as faim, j'ai préparé une soupe de bœuf avec de l'orge dans la mijoteuse, et comme tu as une machine à pain, j'ai fait une miche au levain.

Il se mit à saliver de nouveau.

— J'ai une machine à pain ?

Autumn leva les yeux au ciel.

— Oui. J'ai dû la nettoyer comme elle n'était pas dans sa boîte, mais il y avait toujours le polystyrène de présentation à l'intérieur.

— Oh, c'est cool. J'ai assez mangé, mais ça sent super bon, alors peut-être d'ici quelques heures.

Elle sourit à nouveau, et il fut obligé de cligner des yeux.

— C'est ce que je me suis dit. Donc oui, tu n'as qu'à aller dans ton bureau et écrire. Je vais finir la lessive. Mais une fois que j'aurai fini, tu penses que je pourrais m'aventurer dans ton antre et travailler sur tes fiches ?

Il fronça les sourcils.

— J'ai déjà des fiches.

Elle hocha la tête.

— C'est ce qu'a dit ton éditrice.

Il haussa les sourcils.

— Tu as parlé à mon éditrice ?

Elle hocha la tête à nouveau, le regard baissé, cette fois.

— Oui, heu, elle m'a envoyé un email aujourd'hui. Elle s'était adressée à Maya, et celle-ci lui a parlé de moi.

Griffin ferma les yeux. Ses satanées frangines. Il savait que son éditrice n'irait pas parler de ses deadlines ou de quoi que ce soit de confidentiel, mais le fait qu'elle soit copine avec Maya ne lui plaisait pas plus que ça.

— D'accord, alors. Mais si elle t'a dit que j'en ai déjà, qu'est-ce que tu comptes faire ?

Elle posa enfin le panier à linge, et il voulut se mettre des baffes pour ne pas le lui avoir pris des mains comme il avait fait pour le plateau de verres avec sa mère dans l'après-midi. Autumn le désarçonnait, et il ne savait pas quoi faire avec elle.

Elle poussa un soupir et l'observa.

— Je t'ai lu, Griffin. Est-ce que je te l'avais dit ?

Il n'en était pas sûr, mais il était content qu'elle l'ait lu. Il se sentit aussi un peu nu en y pensant.

— Je ne m'en rappelle pas.

Elle agita la main.

— Ça n'a pas d'importance. Mais je t'ai lu. J'aime bien tes livres, pour tout dire, Griffin.

Il se sentit empli de fierté, mais ne dit rien.

— Et en tant que personne qui apprécie ton travail, je veux m'assurer que tu puisses te concentrer. C'est pour ça que je suis là. Alors je vais prendre tes fiches et voir ce que je peux faire avec. Tu ne devrais pas avoir à tout faire toi-même. Tu devrais pouvoir regarder tes fiches, y glaner ce dont tu as besoin et continuer directement. Je veux que tu aies tout ce qu'il te faut là-dedans, que ce soit organisé pour que tu n'aies pas à t'en inquiéter. Est-ce que tu as listé le moindre personnage secondaire de tous tes livres ? Est-ce que tu as la couleur d'une robe qui apparaît à la page soixante-dix et qui sera peut-être importante dans le tome suivant ? Parce que c'est là-dessus que je peux t'aider. Si tu pouvais simplement te concentrer sur l'écriture, peut-être que ça t'aiderait.

Il savait ce qui l'aidait, même s'il était trop fatigué et trop têtu pour l'admettre.

Elle.

Autumn.

Sa seule présence l'aidait à écrire, et ça le tuait. Il avait écrit davantage au cours des derniers jours en sa présence qu'il ne l'avait fait en deux mois. Il ne savait pas si c'était parce qu'elle faisait le ménage et la cuisine ou pour une raison plus profonde à laquelle il n'avait pas envie de penser pour le moment. Ni plus tard, d'ailleurs.

Et si elle pouvait prendre en charge le travail administratif qu'il ignorait depuis bien trop longtemps, peut-être que ça aiderait aussi. Il adorait ses fans, ses lecteurs. Il savait que c'était grâce à eux qu'il gagnait sa vie en faisant quelque chose qu'il aimait. Le fait qu'il n'aimait pas le faire en ce moment ne voulait pas dire qu'il ne l'aimait pas du tout. C'était un mélange de haine et d'amour que son cerveau d'écrivain réclamait toujours davantage.

Sauf que cette fois, c'était d'*Autumn* qu'il réclamait davantage.

Et c'était sacrément dangereux.

— Griffin ?

Il secoua la tête et essaya d'éclaircir ses pensées.

— Je te montrerai ce que j'ai quand tu viendras dans mon bureau. Ça fait quelques années que je le fais, alors peut-être que ça a l'air de partir un peu dans tous les sens, mais je ne m'en sors pas trop mal.

Elle soupira.

— Je sais que tu t'en sors. J'ai lu tes romans, tu te rappelles ? Je t'entends taper dans ton bureau, alors je sais que tu es capable de travailler sérieusement. Tu me laisses t'aider de plus en plus au fur et à mesure, alors je vais continuer à insister jusqu'à ce qu'on soit au fond des choses.

Il hocha la tête, puis désigna la cuisine du menton.

— Je vais me prendre un truc à boire. Tu n'as qu'à monter dans mon bureau quand tu seras prête.

Il passa devant elle en faisant attention à ne pas la toucher. Dès qu'il fut dans la cuisine, la délicieuse odeur du bœuf à l'orge lui donna envie de se jeter aux pieds d'Autumn pour la supplier d'en faire davantage. Davantage de... eh bien, une fois encore, il préférait ne pas y penser. Mais bon sang, il se détestait encore un peu plus à cause de tout ça. Son frigo était plein, il y avait un bon petit plat dans la mijoteuse, et il avait appris qu'il avait une machine à pain grâce à la femme qui se trouvait dans son salon. Il était *évident* qu'il était incapable de prendre soin de lui comme un adulte. Il était un pauvre idiot, égoïste et paresseux.

— Pourquoi tu fais la moue ? Je n'ai pas acheté ce qu'il te fallait comme boisson ?

Il jura dans sa barbe et releva la tête pour voir

Autumn en entier. Elle avait les mains vides, mais elle les tordait devant elle. Il ne l'avait jamais vue faire cela auparavant, avoir l'air aussi hésitante. Et c'était de sa faute à lui. De sa faute si cette femme forte et merveilleuse était en train de se tordre les mains.

— Je suis juste énervé que ma maison soit propre et qu'il y ait à manger dans le frigo uniquement grâce à toi. Pas grâce à moi. Comme si j'étais un pauvre con dégueulasse.

Il ne savait pas pourquoi il avait laissé les mots quitter sa bouche, et vu ses yeux écarquillés et sa bouche ouverte, Autumn ne s'était pas attendue à ça non plus.

— Tu n'es pas un pauvre con dégueulasse. Tout ce que tu as dit, c'est ce pour quoi je suis là. Pour que tu puisses penser à d'autres choses. Bon sang, Griffin, tu en as gagné le droit.

Il renifla.

— Gagné ? Tu te fiches de moi ? Je mets juste des mots sur le papier. Ça ne gagne rien du tout.

Elle agita ses mains devant lui.

— Oh, la ferme. Tu en fais plus que tu ne penses. On ne peut pas quantifier la façon dont quelqu'un se sent en lisant un livre, en retrouvant un aspect de soi-même dans un personnage. Ou même un aspect de ce que la personne aimerait être. Je vois ce que tu fais, je vois comment tu travailles pour t'assurer que tes romans parlent de *toi*, même si les lecteurs pensent qu'ils parlent d'eux aussi. Ce ne sont pas que des mots, Griffin. C'est une histoire, une idée. C'est une vie. Tu fais tellement plus que ce que tu crois faire.

Il inclina la tête et observa la façon dont ses joues avaient rosi pendant ce discours impétueux, la façon dont sa poitrine se soulevait et retombait au rythme de sa respiration. Il aimait le feu dans son regard, le fait qu'elle *savait* des choses sur lui, la façon dont il travaillait, la façon dont il pensait, même s'il ne s'en était pas rendu compte lui-même. Les pupilles d'Autumn étaient écarquillées, sombres, et quand elle se lécha les lèvres, ce fut fini pour lui. Il voyait bien qu'elle en avait autant envie que lui, et pourtant, ils s'en étaient empêchés encore et encore, avaient ignoré ce qui se trouvait juste devant eux parce que c'était ce qu'il y avait de plus intelligent à faire.

Mais en dépit de ses accomplissements, Griffin n'était pas quelqu'un d'intelligent.

Pas du tout.

Il avait envie d'elle : son corps, son esprit, peut-être même son âme. Mais pour l'instant, il la voulait, *elle*.

— Et puis merde, Saison, gronda-t-il.

Il franchit les deux pas qui les séparaient, passa une main derrière sa nuque, enfouit ses doigts dans ses cheveux, puis il écrasa ses lèvres des siennes. Elle poussa un hoquet contre sa bouche avant que ses bras ne viennent l'enlacer et qu'elle enfonce ses ongles dans sa peau à travers le coton de sa chemise. La main libre de Griffin remonta le long de son flanc, de son bras, puis il prit sa joue et inclina son visage de façon à pouvoir approfondir le baiser. Leurs langues entrèrent en lutte, chacune cherchant à dominer l'autre. C'était peut-être lui qui l'avait dans ses bras, lui qui l'avait positionnée comme il le désirait, mais c'était elle qui le contrôlait, qui faisait courir ses ongles le long de sa chemise, sur sa peau, qui le poussait à aller plus loin, à l'embrasser jusqu'à ce qu'aucun d'eux ne puisse respirer, ne puisse penser à autre chose qu'en vouloir *davantage*.

C'était Autumn.

La femme qu'il voulait.

La femme qu'il désirait.

La femme qui *travaillait* pour lui, bon sang.

À cette pensée, il s'arracha à elle, le souffle coupé. Il fit un pas en arrière, se passa une main dans les cheveux et poussa un soupir tremblant.

— Putain.

— Je... Griffin...

Il leva une main, remarqua qu'elle tremblait, et l'abaissa.

— Je suis désolé. Vraiment désolé. Oublie ce qui vient de se passer. C'était un écart de conduite momentané.

Elle inclina la tête mais n'eut pas l'air blessé. Dieu merci.

— D'accord. Il faut que je rentre.

Elle ferma les yeux et gémit.

— Mais j'ai toujours besoin que tu me ramènes chez moi. Tu as raison. On va oublier ce qui vient de se passer, mais...

Il poussa un nouveau juron.

— Je vais chercher mes clés. Récupère le petit sac qui te suit partout, et allons-y.

Il croisa son regard.

— Je suis désolé.

Elle étrécit les yeux.

— Répète encore une fois que tu es désolé et je vais commencer à me sentir mal.

Il lui adressa un petit signe de tête.

— Compris.

Elle alla rapidement chercher son sac pendant qu'il prenait ses clés. Bientôt, ils furent en route pour chez elle, et un silence gênant emplit la voiture. Il l'avait embrassée, bon sang.

Non, ce n'était pas vrai. Ce n'était pas simplement un baiser. Il l'avait dévorée dans un échange d'âmes, de lèvres et de souffles. Et il ne pouvait pas recommencer. Pas s'il voulait conserver sa santé mentale. Il ne savait rien d'elle, il était conscient qu'elle avait des secrets, mais il la voulait quand même. Et c'était plus dangereux que tout le reste.

Il crispa ses mains sur le volant.

— Autumn.

— Non, Griffin. Je ferai en sorte de trouver quelqu'un pour me déposer chez toi demain pour venir travailler. Avec un peu de chance, je pourrai aussi emmener ma voiture au garage demain. On pourra travailler sur tes fiches d'écriture, et ensuite je me mettrai au boulot sur le site. Comme tu l'as dit, il ne s'est rien passé.

Il ouvrit la bouche pour lui dire à nouveau qu'il était désolé, qu'il avait merdé. Et pourtant, il ne savait pas ce qu'il avait envie de dire. Mais au lieu de parler, il entendit son cri et se tourna vers la gauche.

Des lumières brillantes emplirent sa vision, et le son du métal qui se pliait ainsi que les cris d'Autumn furent les dernières choses qu'il entendit avant que la douleur explose dans son corps. Il essaya de tendre le bras pour protéger la femme à côté de lui, mais il n'en fut pas capable.

L'obscurité le submergea, l'enveloppa d'une couverture inouïe d'infernale agonie.

CHAPITRE SEPT

AUTUMN N'AVAIT PAS VOULU MOURIR, elle n'avait pas voulu utiliser son dernier souffle sur un cri pour un homme qu'elle connaissait à peine, mais qu'elle avait l'impression d'avoir connu toute sa vie. Et elle n'était pas morte. Au lieu de cela, elle s'était retrouvée dans la salle d'attente d'un hôpital, couverte de bandages et de bleus, et entourée d'innombrables Montgomery. Elle s'était également retrouvée incapable de parler, craignant de s'effondrer si elle le faisait.

Elle n'avait pas laissé couler une seule larme, mais elle avait peur que dès qu'elle se mettrait à parler, elles tombent toutes d'un coup.

Les autres n'avaient eu besoin que de lui jeter un regard. Ils avaient hoché la tête et s'étaient assis à côté d'elle ou dans les parages, pour attendre qu'elle soit prête.

Ils risquaient de devoir attendre encore un moment parce qu'elle n'avait aucune idée de ce qu'elle était censée leur dire. Comment pouvait-elle les réconforter ? Leur dire que leur fils, leur frère, leur ami allait s'en tirer alors qu'elle ne savait même pas réellement ce qui s'était passé ?

La voiture était sortie de nulle part. Elle avait grillé un stop et s'était enfoncée dans la portière du conducteur. La police avait mentionné une conduite en état d'ivresse, et comme elle savait que Griffin n'avait rien bu, ce devait être l'autre conducteur. Son cerveau n'avait été capable de se concentrer que sur Griffin et le sang qui baignait ses vêtements à elle. Elle savait que ce n'était pas que le sien, et elle ne savait même pas si l'autre conducteur était vivant. Les Montgomery pourraient bientôt parler à la police et aux médecins pour en savoir davantage. Elle ne servait à rien tant qu'elle n'avait pas rassemblé le peu de courage qui lui restait et statué quoi faire.

À nouveau, elle allait se retrouver en présence d'autorités et devoir décider si elle leur mentirait ou leur dirait la vérité quant à son nom et au reste. En dépit de l'impression qu'elle avait parfois, ce n'était pas la police qu'elle cherchait à fuir, alors s'il le fallait, elle pourrait leur dire son nom. Tout était tellement... *compliqué*.

Pour la millième fois ce soir-là, elle repoussa les pensées qui se formaient dans son esprit, la peur de ce qui risquait d'arriver si elle en disait trop, et elle se concentra sur ce qui importait.

Griffin.

Il était inconscient quand les secouristes l'avaient retiré de l'épave de sa voiture. Ils avaient dit que c'était un miracle qu'Autumn n'ait rien de cassé et pas de traumatisme crânien. En fait, à part quelques petites coupures de-ci de-là et le fait qu'elle avait l'impression que son corps n'était plus qu'un bleu géant, elle n'avait pas été blessée du tout.

Elle aurait dû se sentir reconnaissante ; au lieu de ça, elle n'arrivait à penser qu'à Griffin.

Jake se glissa sur le siège vide que Luc venait de libérer et prit sa main dans la sienne. Elle baissa les yeux sur ses grandes mains, remarqua les traces de terre dans les plis de sa peau et sous ses ongles et se concentra là-dessus plutôt que sur l'absence de nouvelles de Griffin.

— Je pense que tu l'as déjà compris, mais quand tu seras prête à parler, on est là.

Elle regarda le très bel homme aux yeux verts qui considérait Maya comme sa meilleure amie.

— Merci, murmura-t-elle d'une voix rauque.

— Tiens.

Autumn releva la tête quand Maya lui tendit un gobelet rempli d'eau. Ses yeux étaient étrécis, sa mâchoire crispée, mais elle n'avait pas l'air en colère. Non, elle avait l'air terriblement inquiète, même si elle faisait de son mieux pour le cacher. Ça ne marchait pas le moins du monde.

— Merci, murmura Autumn à nouveau en prenant le gobelet.

Elle en vida la moitié rapidement et laissa l'eau à température ambiante apaiser la brûlure de sa gorge.

— On se retrouve bien trop souvent dans ce genre de

salles d'attente, grommela Austin depuis sa chaise de l'autre côté de la pièce.

Autumn pinça les lèvres et hocha la tête alors que les autres acquiesçaient. Ils commencèrent à parler des autres fois où ils s'étaient trouvés là pour des membres de la famille Montgomery, et Autumn se retrouva à prendre de grandes inspirations pour retenir ses larmes. Les voir ensemble comme ça ne faisait que lui rappeler à quel point elle était *seule*.

Elle n'avait personne.

C'était de sa faute, bien sûr. C'était elle qui était partie, mais c'était mieux que d'être restée. Ses parents et son frère lui manquaient peut-être plus que tout, mais ils ne l'avaient pas crue. Ils ne l'avaient pas soutenue au moment où elle avait eu le plus besoin d'eux. Et à cause de cela, elle n'avait pas pu s'appuyer sur eux au moment le plus crucial. Bien sûr, maintenant, quand elle regardait en arrière, qu'elle voyait la jeune femme qu'elle avait été au moment de son départ, la peur qui lui avait collé à la peau, elle comprenait que peut-être l'avaient-ils crue, mais qu'ils avaient choisi de l'ignorer à cause de leurs propres peurs.

Mais ça n'avait pas d'importance. Elle était partie autant pour les protéger que pour se protéger elle-même. Ce n'était pas sûr pour elle d'être avec eux. Elle regarda les Montgomery autour d'elle et sut qu'elle devrait bientôt partir. Ce n'était pas sûr pour eux non plus.

Ce n'était jamais sûr.

Les portes de la salle d'attente s'ouvrirent, et une infirmière poussa le fauteuil roulant de Griffin à l'intérieur. Autumn se leva, et son gobelet vide tomba par terre. Jake serra sa main et la quitta pour aller passer son bras autour des épaules de Maya, elle ne savait pas s'il ne faisait que la tenir ou s'il la retenait carrément. Et elle s'en fichait, en cet instant.

Il n'y avait que Griffin qui avait de l'importance en cet instant.

C'était dangereux.

Ils lui avaient fait revêtir une blouse, comme celle qu'elle-même portait puisque ses vêtements étaient couverts de débris de verre et de sang. Il était appuyé au dossier du fauteuil, plein de coupures et de bleus comme elle, mais son regard était alerte. Il passa en revue l'ensemble de la pièce alors que sa famille se rapprochait de lui, mais il ne s'arrêta sur personne, jusqu'à ce qu'il tombe sur elle. Dès que leurs yeux se croisèrent, ses épaules se détendirent et sa mâchoire se décontracta.

Autumn cligna des yeux, incapable d'exprimer ses inquiétudes, son soulagement quant au fait qu'il aille bien. Elle détourna son regard de lui, sans savoir quoi faire avec la façon dont il la scrutait. Ses yeux se posèrent sur sa main droite, et elle chancela en arrière, atterrissant contre la poitrine solide de Storm. Le plâtre à la main de Griffin lui donnait envie de vomir, son corps n'était pas loin de se mettre à trembler. Sa peau se fit moite et sa bouche s'assécha.

Sa main.

Son travail. Sa vie. Oh, seigneur.

Griffin.

Elle croisa son regard à nouveau et y vit la douleur,

cette fois, une douleur qui n'avait rien à voir avec les blessures physiques et tout à voir avec le fait de *savoir*.

— Est-ce que ça va ? demanda-t-il.

La pièce se fit silencieuse.

Elle hocha la tête, toujours incapable de parler autrement que par quelques murmures.

La gorge de Griffin se contracta alors qu'il déglutissait, et il se tourna pour regarder ses parents.

— Je vais bien.

— Oh, Seigneur, Griffin.

Marie toucha délicatement la joue de son fils.

— Qu'est-ce qui s'est passé ?

Griffin s'appuya contre sa mère tandis qu'il leur parlait du chauffeur qui leur avait foncé dessus. Autumn avait envie de partir. Elle se faisait l'impression d'une voyeuse, quelqu'un qui n'aurait pas dû se trouver là, en présence d'une famille aussi soudée. Si elle n'avait pas eu besoin de quelqu'un pour la ramener chez elle, si elle n'avait pas réagi comme ça au baiser de Griffin, il ne serait pas là, blessé, brisé. Sa carrière n'aurait pas été en jeu parce qu'elle était une menteuse égoïste qui ne méritait pas les regards inquiets et pleins de sollicitude qu'elle recevait. Elle se tourna pour partir, mais Storm posa les mains sur ses épaules. Elle poussa un petit gémissement, et Griffin se tourna vers elle à nouveau. Il étrécit les yeux en voyant Storm la toucher.

— Merde, murmura Storm.

Il retira lentement ses mains.

— Désolé, ma belle. J'avais oublié que la ceinture t'a laissé des marques.

— Tu devrais t'asseoir, dit Griffin d'une voix basse.

— Je vais bien, Griffin.

Elle parvint à parler un peu plus fort que précédemment.

— Tu viens dormir à la maison, dit Austin après quelques instants de silence.

— Non, tu as les enfants chez toi, il peut venir chez moi, dit Wes.

Bientôt, chaque Montgomery avait proposé, ou plutôt décrété, que Griffin viendrait chez elle ou chez lui. Cette démonstration d'amour et de compassion mit quasiment Autumn à genou.

Griffin secoua la tête, puis grimaça. Autumn avait fait un pas vers lui malgré elle avant de s'arrêter.

— Je veux simplement rentrer chez moi, dit-il enfin.

— Il faut que quelqu'un te réveille régulièrement, dit doucement Meghan. Tu ne peux pas rester seul cette nuit.

La bouche d'Autumn s'ouvrit avant même qu'elle se rende compte de ce qu'elle était sur le point de proposer.

— Je m'occuperai de lui.

Les Montgomery se tournèrent vers elle d'un seul mouvement. Pas intimidant du tout.

La bouche de Griffin se souleva, et elle vit le soulagement dans ses yeux. Il ne voulait pas que les gens restent avec lui, le voient dans cet état. Elle ne savait pas comment interpréter le fait qu'il semble ne pas avoir de problème avec sa présence à elle, mais ça lui convenait. C'était le moins qu'elle puisse faire.

— Je suis chez lui la plupart du temps, de toute façon,

poursuivit-elle. Je n'ai pas les mêmes responsabilités que vous en ce qui concerne les enfants, les problèmes de santé ou le travail.

Storm posa sa main en bas de son dos, et elle vit Griffin étrécir les yeux à nouveau.

— Ce n'est pas bête. Mais je t'y conduirai, comme je sais que tu n'as pas de voiture ici.

Elle aurait pu se foutre des baffes. Mince. Sa voiture était en panne, ce qui lui foutait une trouille pas possible puisqu'elle en avait besoin pour s'enfuir, et celle de Griffin était morte.

— On enverra quelqu'un s'occuper de ta voiture, Autumn. Comme ça, tu auras un moyen de transport, ajouta Wes.

— Et je passerai le matin pour te donner un coup de main ou te déposer chez toi si tu as besoin de prendre des trucs, ajouta Storm. Enfin, si tu comptes passer la nuit là-bas. C'est ce que tu comptes faire ?

Elle rougit sans savoir pourquoi, même si c'était elle qui avait proposé de passer la nuit là-bas.

— Je dormirai sur le canapé.

Griffin gronda.

Gronda carrément.

Peut-être que les analgésiques le rendaient plus possessif que d'habitude. Ou peut-être que c'était *elle* qui avait besoin d'une sieste.

— Ça ira, dit-elle.

— Toi aussi, tu auras besoin de te reposer, dit Miranda d'une voix douce.

— Je mettrai un réveil. Ça ira.

Griffin lui jeta un regard noir.

— Pas sur le canapé.

Elle rougit à nouveau avant de se rappeler la taille de sa maison.

— Eh bien la chambre d'amis alors. D'accord ?

— Très bien.

Elle laissa un soupir lui échapper et laissa le reste des Montgomery poser les questions qu'ils voulaient et dire au revoir. Chacun d'eux l'étreignit doucement avant de les aider jusqu'à la voiture de Storm. Elle s'assit à l'arrière avec Griffin, en silence, consciente qu'il n'arrêtait pas de la regarder comme s'il cherchait quoi dire. Ce n'était pas comme si elle savait quoi dire de son côté.

Storm l'aida à mener Griffin jusqu'à sa chambre, et elle renifla quand il remarqua la propreté des lieux. Au moins, elle avait fait du bon travail de ce point de vue-là. Storm les quitta sur un signe de tête et referma la porte derrière lui, laissant Griffin dans son lit et Autumn qui se tordait les mains à côté de lui.

— Je suis heureux que tu ne sois pas blessée, murmura Griffin.

Les larmes emplirent ses yeux, mais elle refusa de les laisser tomber. Il fallait qu'elle parte avant qu'il ne la voie pleurer.

Il tendit sa main gauche et lui toucha la joue.

— Autumn...

Elle se pencha et l'embrassa sur la tempe.

— Bonne nuit, Griffin. Je te réveillerai bientôt.

— Autumn... répéta-t-il.

Elle recula, et l'absence de son contact fut comme une brûlure négative.

— Bonne nuit.

Elle tourna les talons alors que la première larme coulait, consciente que Griffin l'avait vue quand même. Il était blessé à cause d'elle, il souffrait à cause d'elle. Et elle n'aurait pas dû être surprise.

Les gens qui s'approchaient d'elle de trop près finissaient toujours blessés.

Griffin baissa les yeux sur ses mains et fronça les sourcils. L'une n'avait que quelques égratignures. L'autre était totalement engoncée dans un plâtre. Les médecins lui avaient dit que s'il n'avait pas eu le bras tendu vers Autumn, elle n'aurait peut-être pas été cassée. Quoi qu'il en soit, il n'avait pas eu besoin d'être opéré, mais ce n'était pas passé loin.

Sa main n'avait pas sauvé la vie d'Autumn, mais en cet instant, il avait eu *besoin* de faire quelque chose pour protéger la femme assise sur le siège passager.

C'était idiot, mais il n'était pas sûr qu'il agirait différemment si la situation se reproduisait.

Bien sûr, maintenant, il était complètement foutu quant à sa deadline. Son éditrice était compréhensive et avait dit qu'elle la rallongerait puisqu'ils avaient encore du temps. À vrai dire, normalement, il était tellement en avance pour envoyer ses manuscrits que, théoriquement, il aurait encore pu tenir la date de lancement prévue originellement.

Il fallait simplement qu'il *écrive*.

Comment était-il censé faire ça avec une seule main, il n'en savait rien.

Il avait passé la nuit à somnoler car Autumn n'arrêtait pas de passer dans la chambre avec ses douces caresses et ses mots tout aussi doux. Elle voulait vérifier que son léger traumatisme crânien n'était pas plus grave qu'il ne semblait, mais c'était une nouvelle forme de torture de l'avoir si proche de lui alors qu'il était au lit et de ne rien pouvoir faire. Il se maudit. Bon sang. Il n'avait pas le droit de la désirer. C'était l'embrasser qui l'avait conduit à se retrouver là.

Il ne recommencerait pas.

Et s'il continuait à se répéter ce mensonge, peut-être qu'un jour, il finirait par y croire.

— Griffin ?

Autumn entra dans la chambre, un plateau dans les mains.

— Je sais que tu as passé la matinée au téléphone, mais j'ai préparé le petit-déjeuner.

Il observa son visage, les cernes sous ses yeux, et il eut envie de l'attirer contre lui, de lui dire que tout allait bien. Mais il savait que ce n'était pas tout à fait vrai. Il ne savait pas ce qui se passait entre eux, ni ce qu'il allait faire pour son satané bouquin. En plus de tout cela, il savait qu'elle avait des secrets et n'était pas sûr qu'elle soit un jour prête à les partager.

Il se racla la gorge.

— Tu n'étais pas obligée.

Elle mit le plateau sur la table à côté du lit et posa ses mains sur ses hanches.

— Si. Ça fait partie de mon boulot.

Il ne comprit pas pourquoi cette déclaration lui fit mal, ça n'aurait pas dû.

Autumn poussa un soupir.

— Et puis je voulais le faire. Il vaut mieux que tu ne t'agites pas trop, tu es encore sous le choc d'une commotion cérébrale.

Il haussa un sourcil.

— Merci, dit-il d'une voix neutre.

Elle leva les yeux au ciel.

— Oh, la ferme. Je... oh, je ne sais pas ce que je voulais dire, de toute façon. Enfin bref, je t'ai préparé un petit-déjeuner. Et je suis sûre que ta famille va soit débarquer en masse, soit un par un parce qu'ils se seront mis d'accord sur un planning. Alors, après manger, tu prendras une douche, tu t'habilleras, et ensuite on verra ce qu'on va faire quant à ton roman.

Il se lécha les lèvres à l'idée d'elle sous la douche avec lui, ses mains qui parcourant son corps et s'assurant que le moindre centimètre de sa peau était tout propre.

— Ne laisse pas tes pensées s'égarer, mon grand. C'est ta main qui est cassée, pas ta jambe. Tu n'as pas besoin de moi pour prendre ta douche.

Il croisa son regard.

— Peut-être que j'ai besoin...

— Griffin.

Il ferma les yeux.

— Désolé. Je sais qu'on a dit qu'on ne parlerait pas de ce qui s'est passé dans la cuisine, mais...

— Et ça, c'est en parler, l'interrompit-elle.

— On devrait vraiment en parler un jour.

C'était qui, ce mec ? Bon sang, il ne parlait jamais de ses relations. Depuis Lauren, il avait toujours évité de parler de sentiments et ce genre de conneries, à moins que ce soit dans un roman.

La pensée de Lauren lui fit marquer une pause. Qu'est-ce qui clochait chez lui ? Il ne pensait jamais à son prénom. Il faisait de son mieux pour ne pas penser à elle du tout. Peut-être que sa commotion cérébrale était plus sévère qu'il ne le pensait. Ou peut-être que tout ça, c'était à cause de la femme qui se tenait devant lui.

— Ou bien, on peut se contenter de faire notre travail.

Son regard se posa sur le torse nu de Griffin, et elle se figea. Quand elle se lécha les lèvres, il dut réajuster son boxer. Les joues d'Autumn se tintèrent de rose à ce mouvement, et elle revint vers son visage.

— Il le faut.

Il inclina la tête.

— Et pourquoi ça ?

— Parce que je travaille pour toi. Je ne peux pas coucher avec toi, et ensuite devoir t'obéir parce que je suis ton employée. C'est la meilleure façon de se faire du mal et de se créer des problèmes. Ensuite, bien sûr, tu es blessé et il faut qu'on voie si tu peux utiliser un logiciel pour ton travail ou si tu peux taper d'une seule main, ou si je peux aider d'une façon ou d'une autre. Je ne sais pas.

Mais tout ça mis bout à bout, ça veut dire que je ne peux pas t'embrasser à nouveau. D'accord ?

— C'est moi qui t'ai embrassée, lui rappela-t-il, conscient qu'il insistait.

Elle secoua la tête.

— Et j'ai répondu à ton baiser.

— On peut simplement agir comme des adultes.

Elle se rapprocha, et il n'était pas sûr qu'elle en soit seulement consciente.

— Des adultes à quel propos ? Je suis amie avec ta famille, je passe beaucoup de mon temps chez toi. Ça ne marchera pas, Griffin.

Elle se pencha en avant et posa la main sur le lit à côté de lui.

— Ça ne marchera pas.

Il leva sa main libre et saisit son visage. Elle écarquilla les yeux et regarda ses pieds avant de revenir vers son visage.

— Comment... comment je suis arrivée ici ?

Il eut un petit sourire.

— Sur tes jambes, en marchant. Ton esprit dit une chose, et ton corps en dit une autre. Je ne vais pas profiter de toi, Autumn, mais il faut que tu sois consciente de tes options.

Elle déglutit avec difficulté, et une lueur craintive apparut dans son regard, ce qui inquiéta Griffin.

— Je n'ai jamais d'options.

— Dis-moi, Saison. Dis-moi ce qui t'inquiète.

Elle se détacha de lui.

— Je ne peux pas.

Sa voix était froide, cette fois, l'émotion disparue.

— Laisse-moi placer le plateau pour que tu puisses manger.

Il grogna sans savoir quoi faire, quoi dire ensuite. Il voulait savoir ce qui la faisait réagir, et elle n'arrêtait pas de se soustraire à lui. Est-ce que c'était juste l'attrait de la nouveauté ? Une énigme à résoudre. Il ne le pensait pas, mais il ne voulait pas la blesser si jamais c'était juste ça. Elle était peut-être super forte, mais il y avait aussi chez elle une vulnérabilité dont tout le monde n'était pas conscient.

— Autumn.

Il prit délicatement son poignet. Elle tressaillit, mais il ne la lâcha pas. Bon sang. Il était arrivé quelque chose à cette fille, quelque chose qu'il ne pouvait nommer.

— Autumn, redit-il, plus doucement cette fois. Je suis là si tu as besoin de moi.

— C'est moi qui suis censée être là pour toi, dit-elle sans le regarder. Tu es blessé à cause de moi, tu souffres à cause de moi.

Il jura et l'attira plus près de lui. Elle se retrouva assise au bord du lit, et il se redressa pour pouvoir appuyer son front contre le sien.

— Saison.

— Je déteste ce surnom.

— Je sais. Ne va *jamais* penser que c'était de ta faute. Un ivrogne nous a percutés. Tu aurais pu être *tuée* à cause de lui. En aucun cas ce n'était de ta faute. Compris ?

Elle s'appuya contre lui, imperceptiblement, et la tension dans les épaules de Griffin se dissipa légèrement.

— Ta main, Griffin, murmura-t-elle d'une voix à peine audible.

— Je sais, ça fait chier, mais on va s'en sortir.

Elle renifla avec dérision, et ça le fit sourire.

— Il faut que j'y aille, Griffin.

De sa main gauche, il la força à tourner son visage vers lui, et leurs yeux se croisèrent.

— Je sais. Mais ce n'est pas fini. Loin de là.

Il effleura ses lèvres des siennes, une fois, deux fois, à peine un souffle. Il garda les yeux ouverts pour voir sa réaction et ne fut pas déçu. Ses pupilles se dilatèrent alors que l'inquiétude et la passion se disputaient en elle.

Il ne savait pas ce qu'il faisait, il ne savait pas pourquoi il le faisait, mais il savait qu'il ne pouvait pas s'arrêter. Il avait besoin de cette femme, il avait besoin d'en savoir plus sur elle, il avait *besoin* d'elle.

Et bientôt, tout serait clair. Parce que si ce n'était pas le cas, il avait le sentiment qu'ils finiraient tous les deux brisés. Ça lui était arrivé une fois par le passé, et il n'était pas sûr qu'ils y survivraient si ça devait se reproduire.

CHAPITRE HUIT

POURQUOI AUTUMN AVAIT DIT OUI, elle n'en avait pas la moindre idée. Peut-être qu'elle était devenue folle. Ou peut-être que c'était elle qui souffrait d'une commotion cérébrale depuis l'accident, et pas Griffin. Comment elle s'était retrouvée au milieu d'un barbecue d'intérieur chez les Montgomery, dans une robe cocktail et des talons, elle se le demandait bien.

Cela faisait trois jours depuis l'accident, et à part la main de Griffin, ils étaient presque de retour à la normale, tous les deux, en ce qui concernait leur santé. La normale, pour le reste, avait disparu si loin qu'elle ne savait même plus quoi à elle ressemblait pour eux deux.

Il n'avait pas essayé de l'embrasser à nouveau, et elle ne s'était pas appuyée contre lui pour venir chercher ce baiser. Bien sûr, elle en avait envie, mais crever d'envie pour quelque chose de fortement déconseillé était habituel, ces jours-ci. Griffin était son patron, le frère de ses amies, rien de plus.

Et si elle continuait à se le répéter, peut-être qu'elle finirait par y croire, plutôt que de faire des trucs comme, oh... venir à ses dîners de famille. En robe.

Mais sérieusement, à quoi est-ce qu'elle pensait, au juste ?

— Pourquoi tu tires cette tête ? demanda Griffin en la rejoignant.

Il tenait un verre dans sa main non plâtrée et le lui tendit.

— Je t'ai pris une limonade, puisque c'est toi qui nous ramènes à la maison.

Il lui fit un clin d'œil en disant cela, et elle se retint de lever les yeux au ciel.

Sa maison à lui, se remémora-t-elle. Pas la sienne. Contrairement à ce que ses hormones réclamaient, elle n'avait pas dormi chez lui depuis cette première nuit. Storm avait remplacé sa batterie, si bien qu'elle pouvait se déplacer comme elle voulait et servir de chauffeur à Griffin quand il n'y avait personne d'autre dans sa nombreuse famille pour le faire.

— Merci, dit-elle en acceptant la limonade. Et toi, tu bois quoi ?

Il sourit alors que Storm les rejoignait avec un verre pour son frère. Storm renifla et releva le menton d'une manière typiquement masculine.

— Et voilà, j'ai mon verre.

— Mais... Mais pourquoi tu n'as pas simplement gardé celui que tu avais et laissé Storm m'en donner un ?

Storm renifla à nouveau.

— Besoin d'antihistaminiques, mon vieux ? demanda Griffin. Je voulais t'apporter un verre, et plutôt que de risquer de ruiner la moquette de ma mère, j'ai demandé de l'aide à Storm.

Elle ne comprenait pas les hommes. Et elle ne comprenait *réellement* pas les hommes de la famille Montgomery.

— Tu es bizarre, mais admettons.

— C'est comme ça que je te plais.

Storm renifla. Encore.

— Sérieusement, tu as besoin d'un mouchoir ? demanda Griffin.

Autumn retint un éclat de rire.

— Ça va. Je profite juste du spectacle.

Autumn étrécit les yeux.

— Il n'y a pas de spectacle.

— C'est sûr, c'est sûr, beauté, dit-il avec un clin d'œil.

— Ne l'appelle pas beauté, dit Griffin. Elle préfère Saison.

Elle ferma les yeux et pria pour trouver de la patience en elle. La plupart du temps, Griffin était supportable mais une fois dans une pièce avec ses frères quand il était d'une certaine humeur, il redevenait un gamin qui s'amusait à torturer son entourage. Si seulement elle avait pu boire quelque chose d'un peu plus fort.

Griffin possédait tellement de facettes. Il y avait le Griffin marrant qui la taquinait elle, et ses frères et sœurs. Le Griffin surprotecteur qui s'était apparemment battu avec Decker pour avoir osé toucher Miranda. Le

Griffin sombre et mélancolique qui se déversait dans les pages de son roman. Et puis il y avait le Griffin possessif, celui qui l'agrippait par les cheveux et dévorait sa bouche, la laissant tremblante, suppliant pour obtenir davantage.

Ça lui faisait tourner la tête.

— Je crois que tu lui fous mal au crâne, dit Storm en interrompant ses pensées.

Il lui sourit, les yeux pleins de rire.

— Je ne sais pas comment tu fais pour travailler avec lui chaque jour. Tu as beaucoup plus de volonté que moi.

— Je ne suis pas si terrible, intervint Griffin.

Elle se mordit la lèvre et fit un clin d'œil à l'homme qui n'arrêtait pas d'envahir ses pensées.

— Oh ? Euh... comme mon employeur est juste là, je devrais probablement ne dire que des trucs gentils.

Griffin souffla, mais se rapprocha d'elle, et elle sentit son souffle chaud dans son cou.

— Tu aimes venir chez moi, maintenant, non ? Ce n'est pas comme au début.

Elle ne put s'empêcher de frissonner face à sa proximité et elle était consciente que Storm n'avait pas manqué le geste. Il haussa un sourcil, mais ne fit pas de commentaire.

Heureusement.

— De quoi vous parlez, par ici ? demanda Wes en les rejoignant.

Le jumeau de Storm sourit et lissa sa cravate. Autumn adorait le fait qu'ils soient si différents, même s'ils semblaient partager un lien spécial au sein de tous les

Montgomery. Enfin, un lien additionnel, vu qu'elle n'avait jamais vu une famille aussi proche qu'eux.

— De la force d'Autumn, répondit Storm avec aisance.

— Parce qu'elle travaille avec Griffin ? Oui, je dirais bien qu'elle a des nerfs d'acier, mais ça serait méchant pour notre petit frère.

Griffin leur fit un doigt d'honneur, et cette fois, ce fut Autumn qui renifla.

— Surveille ton langage ! gronda Meghan du coin où elle se trouvait avec Luc.

Ils n'étaient pas en train de se rouler des pelles, pas encore, mais ils s'appuyaient l'un à l'autre comme s'ils avaient hâte d'être seuls.

— Je n'ai rien dit ! rétorqua Griffin.

— Les gestes, ça compte, dit Luc sans retirer ses yeux de Meghan.

Ces deux-là auraient déjà dû être mariés.

Les deux enfants que Meghan avait eus d'un précédent mariage, Sasha et Cliff, pouffèrent de rire. Ils étaient assis par terre, en train de jouer avec le fils d'Austin, Leif. Le bébé d'Austin et Sierra, Colin, dormait tranquillement dans les bras de sa grand-mère à côté d'eux. Harry était assis dans son fauteuil et regardait ses petits-enfants avec un drôle de sourire sur le visage.

Autumn étrécit les yeux en l'observant. Il y avait quelque chose de différent, chez lui, mais elle n'aurait pas su dire quoi exactement. Elle ne le connaissait pas bien, mais il y avait quelque chose... de changé, disons. Ce n'était pas à elle de dire quoi que ce soit à ce sujet, alors elle détourna son regard de lui et des enfants et revint vers Griffin alors qu'il parlait aux jumeaux d'un chantier pour Montgomery Inc.

— Tu n'as pas le droit de nous aider, se hâta de dire Wes. Ta main.

— J'ai toujours l'autre, protesta Griffin.

— Ce n'est pas ça, mon vieux, dit Storm. Franchement. Tu te rappelles l'incident avec la scie, non ?

Autumn écarquilla les yeux.

— La scie ? Oh mon Dieu ? Qu'est-ce que tu as fait ?

Griffin grimaça.

— On ne parle pas de l'Incident.

Il se tourna vers ses frères.

— Et je vous remercierai de ne pas ramener ça dans la conversation à chaque fois que je veux aider.

— Tu as ta propre deadline, Griffin. On s'en sortira avec la nôtre, répondit Wes, plutôt gentiment.

Elle sentit Griffin grimacer, cette fois, même si ça n'apparut pas sur son visage. Elle savait qu'il s'était remis à écrire davantage, avant l'accident, mais depuis, il n'avait pas écrit un mot. Il se soignait, sous sa surveillance, mais dès le lendemain, il faudrait qu'ils trouvent une nouvelle routine. Ils ne pouvaient pas continuer à repousser l'écriture.

— Vous êtes encore en train d'embêter Griffin à cause de l'Incident ? demanda Miranda en s'appuyant contre Decker.

Ils n'avaient pas l'air bien assortis, elle avec ses traits délicats et son sourire de prof, lui avec son look sombre, sa barbe et les tatouages qui couvraient son corps, mais à la façon dont ils se regardaient, on ne pouvait pas douter qu'ils étaient faits l'un pour l'autre.

— On ne parle pas de l'Incident, grogna Griffin.

Maintenant, Autumn avait réellement envie de savoir, mais elle ne poserait pas la question au milieu d'un groupe. Elle attendrait qu'ils soient seuls pour ne pas le gêner. Oh, pourquoi fallait-il qu'elle pense à être seule avec lui ? Ce n'était pas bon pour sa tête... ni son cœur.

— Est-ce que quelqu'un a mentionné l'Incident ? demanda Austin en les rejoignant, sa main dans celle de Sierra.

— Vraiment, les garçons, arrêtez de vous moquer de Griffin, dit celle-ci avec un sourire.

Ses longs cheveux châtains tombaient en vagues sur ses épaules, et on aurait dit que quelqu'un avec de grandes mains s'était amusé à les empoigner. Bien joué, Sierra.

— Oui, arrêtez de vous moquer de moi, dit Griffin avec un sourire. Et maintenant que vous êtes tous rassemblés, je vais faire visiter la maison à Autumn.

Il refila son verre à Storm qui, bien sûr, renifla, et il prit la main d'Autumn.

— Viens.

— Pas de bisous dans ton ancienne chambre ! ordonna Decker.

Autumn rougit.

— Je n'arrive pas à croire que tu viens de faire ça, murmura-t-elle alors qu'il l'entraînait dans le couloir où personne ne pouvait les voir. Maintenant, ils vont penser qu'on est en train de se rouler des pelles ou je ne sais quoi. Je travaille pour toi, M. l'Écrivain.

Il lui sourit, et le cœur d'Autumn se serra. Ce n'était pas censé arriver. Son cœur n'était pas censé bouger, il était censé s'aligner sur son esprit. Sauf que son esprit n'arrêtait pas de lui envoyer des images de Griffin sur elle, sous elle, derrière elle, en train d'utiliser sa main gauche pour lui montrer à quel point il était doué.

Bon sang.

— J'aime bien quand tu rougis, Saison. Tu comptes me dire à quoi tu pensais ?

— Je pense à l'Incident.

Il étrécit les yeux.

— Non, ce n'est pas vrai. Et non, je ne te parlerai pas de l'Incident. Tu devrais me dire à quoi tu étais réellement en train de penser.

Il prit ses joues dans ses mains, et elle se lécha les lèvres.

— Qu'est-ce que tu es en train de faire ? souffla-t-elle.

— Qu'est-ce que tu penses que je suis en train de faire ? demanda-t-il en baissant la tête.

Son souffle réchauffa ses lèvres, et tout ce qu'elle aurait eu à faire pour sentir sa bouche sur la sienne, c'était de relever à peine la tête.

Elle ne bougea pas.

Elle ne pouvait pas.

— Une erreur, murmura-t-elle. Tu es en train de faire une erreur.

Il fronça les sourcils, mais ne recula pas.

— On est chez tes parents, Griffin.

Elle déglutit.

— Lâche-moi, s'il te plaît.

Il recula et fit un pas en arrière en se raclant la gorge.

— Tu as raison. Ce n'est ni l'endroit ni le moment.

— Il ne peut y avoir ni bon endroit ni bon moment, Griffin.

Il inclina la tête et l'observa.

— Tu en es sûre ?

Non. Pas du tout. Mais elle ne pouvait pas répondre ça, elle n'aurait même pas dû le penser.

— Qu'est-ce que tu fais, Oncle Griffin ? demanda Sasha, faisant sursauter Autumn.

Elle se tourna vers la petite fille et essaya de sourire.

— Bonjour, Sasha. Je pensais que tu étais en train de jouer avec ton frère et ton cousin.

— Je dois aller faire pipi, et tu es devant la porte, dit-elle avec un sourire. Tu allais embrasser Oncle Griffin ?

Autumn ferma les yeux.

— Non. Pas du tout.

— D'accord.

Autumn rouvrit les yeux alors que Sasha se faufilait entre eux et refermait la porte des toilettes derrière elle.

— Eh bien, ça a été plus facile que je ne l'aurais cru, dit Griffin, pince-sans-rire.

Il s'appuya au mur en face d'elle et sourit.

Il ne s'était pas rasé depuis qu'elle avait commencé à travailler pour lui et, maintenant, il avait une vraie barbe qu'il lui fallait peigner tous les matins. Elle n'aurait jamais cru avoir un faible pour les barbes, mais bon sang, elle avait envie de passer les mains dedans et de l'ébouriffer pour la sentir contre sa peau.

Il haussa les sourcils, et elle poussa un soupir.

— Retournons voir ta famille, dit-elle au lieu de se jeter sur lui comme elle en avait envie.

Elle était capable de résister. Peut-être.

— Même si je ne sais toujours pas ce que je fais là. Ce n'est pas un de vos barbecues habituels, d'après ce que j'entends. Je ne vois que de la famille.

Il haussa les épaules.

— Maya va arriver avec Jake. Tu n'es pas la seule qui ne fait pas partie de la famille. Et je voulais que tu sois là. Mes parents voulaient que tu sois là.

Elle ne savait pas quoi en penser.

— Mais ils ne sont pas plus ou moins ensemble, Jake et Maya ?

— Ils n'arrêtent pas de dire le contraire, et ma mère m'a dit que Jake amenait sa copine.

Il fit la moue, et Autumn cligna des yeux.

— Jake a une copine ? Comment ça se fait qu'on n'était pas au courant ?

— Je n'en savais rien jusqu'à ce que ma mère en parle. Apparemment, c'est en train de devenir sérieux. C'est pour ça qu'elle voulait l'inviter. Ou peut-être qu'elle l'a invitée pour que Maya voie ce qu'elle manque. Je n'en sais rien.

Autumn secoua la tête.

— Je ne comprends pas ta famille.

— Bienvenue chez les Montgomery. Tu viens pour les tatouages et la bouffe, tu restes pour les potins.

Ça la fit sourire, et ils retournèrent vers le salon dans lequel le silence s'était abattu. Dès que le regard d'Autumn tomba sur le vestibule, elle comprit pourquoi.

Maya et Jake étaient arrivés.

Avec une adorable blonde dans une mignonne petite robe rose et blanche.

La différence entre le look de cette fille et celui de Maya, avec son jean moulant et son débardeur noir qui révélait le plus possible de ses tatouages et piercings, n'aurait pas pu être plus évidente si elles s'étaient tenues côte à côte.

Le fait que Jake se tenait entre elles, l'air de ne se rendre compte de rien, rendait le tout encore plus perturbant.

Maya fusilla sa famille du regard, comme pour leur intimer de ne pas faire de remarque qui risquerait de la blesser. Ou, connaissant Maya, de blesser Jake.

— Oh, Jake, tu as amené Holly, finit par dire Marie Montgomery.

Elle passa son petit-fils à Meghan.

— Ça me fait vraiment plaisir. Il était grand temps que nous rencontrions la femme qui a volé le cœur de notre Jake.

Holy rougit jusqu'aux racines, et Jake passa un bras autour de ses épaules. Maya le contempla comme si elle ne l'avait jamais vu jusqu'à ce jour, mais elle n'avait pas l'air blessée... pas l'air jalouse. Simplement... différente. Comme si elle ne savait pas quoi faire, maintenant que son meilleur ami avait quelqu'un à tenir dans ses bras.

Peut-être que les Montgomery s'étaient trompés et

que Maya et Jake n'étaient pas faits l'un pour l'autre comme ils l'avaient tous cru. Peut-être que ça se passerait bien.

Ou peut-être que quelqu'un finirait le cœur brisé.

Et c'était une autre raison pour laquelle Autumn ne pouvait pas craquer pour Griffin ou la famille Montgomery. Quand elle devrait partir, et ça pouvait arriver d'un jour à l'autre, désormais, il faudrait que ce soit rapide. Sans douleur. Elle ne pouvait pas laisser trop de liens derrière elle, trop de connexions.

Elle savait qu'il était trop tard, qu'il y aurait un peu de douleur, mais ce ne serait pas insurmontable.

Du moins, elle l'espérait.

Marie serra Jake dans ses bras et fit de même avec Holly. La jeune femme écarquilla les yeux un instant avant de lui rendre son étreinte.

— Merci de m'avoir invitée, dit-elle doucement. Je sais que c'est un dîner de famille, mais Jake et Maya ont dit que ce ne serait pas un problème, vu que vous vouliez me rencontrer.

— On ne mord pas. Trop.

Maya lui fit un clin d'œil et sourit.

Autumn croisa le regard de Griffin. Il se contenta de hausser les épaules, et elle poussa un soupir. Eh bien, au moins, le dîner serait intéressant. Bien sûr, elle savait que ça l'aurait été même sans l'histoire Holly/Jake/Maya. Les Montgomery étaient capables de l'intriguer rien qu'en respirant.

Et c'était pour ça qu'il fallait qu'elle parte dès qu'elle aurait trouvé un endroit où aller.

— Bon, c'est bien que tu sois là, dit Marie. Je vais te présenter tout le monde, et ensuite, on pourra tous se placer sur les canapés. Harry et moi avons quelque chose à vous dire.

Elle eut un petit sourire, et Autumn sentit Griffin se raidir à côté d'elle.

— Je ne savais pas qu'on ferait cette annonce aujourd'hui, mais je suis heureuse que tu sois là, puisque tu fais partie de la vie de Jake.

— Qu'est-ce qui se passe ? demanda Maya.

— Va t'asseoir, ma chérie. On vous expliquera dans un instant.

Autumn jeta un regard à Harry, qui se renfonça dans son fauteuil alors que Marie présentait Holly aux autres Montgomery. Ils avaient tous l'air sous le choc, comme Griffin. Entre Holly et maintenant cette mystérieuse annonce, ça faisait beaucoup.

— Dis-nous maintenant, dit Austin en guidant Sierra sur le canapé à côté de lui.

Leif s'assit sur le sol et s'appuya contre les jambes de son père.

— Oui, qu'est-ce qui ne va pas, papa ? demanda Miranda.

Decker s'assit à côté de Sierra et prit Miranda sur ses genoux. Il caressa son dos dans un geste apaisant.

— Est-ce que tu vas suivre un autre traitement ? demanda Meghan.

Elle était assise sur l'autre canapé, à côté de Luc. Les enfants s'étaient installés sur leurs genoux et se tenaient la main. Ils étaient suffisamment âgés pour savoir que quelque chose n'allait pas... ou du moins, qu'il se passait un truc.

— Dis-nous, tu veux, intervint Wes.

Il était appuyé au canapé, Storm à côté de lui. L'autre jumeau ne parla pas, il se contenta de froncer les sourcils en regardant son père.

Maya s'assit à côté de Luc alors que Jake et Holly prenaient les sièges vides à côté d'elle. Ses épaules se raidirent l'espace d'un clin d'œil, et Autumn n'était pas sûre que quiconque s'en soit aperçu à part elle.

Griffin prit sa main, et elle la serra. Ils n'avaient pas bougé du couloir, mais vu comment était placé le salon, ils avaient quand même une vue parfaite. Autumn ne pouvait s'empêcher de penser qu'elle, Holly, et peut-être Jake, n'avaient pas leur place ici en cet instant. Mais alors qu'elle pensait cela, Griffin la ramena contre lui. Elle se laissa faire et l'autorisa à s'appuyer contre elle, juste un peu. S'il avait besoin de son soutien, elle était là. Mais il faudrait qu'elle fasse de son mieux pour rester forte.

Elle regarda la famille Montgomery, consciente qu'elle ne reverrait jamais un groupe aussi soudé. Ils s'aimaient malgré les inquiétudes et les douleurs de la vie. Le fait que l'un d'eux manquait à l'appel ne lui échappa pas. Alex aurait dû être là, et elle espérait qu'un jour, ce serait le cas. Il fallait qu'il guérisse d'abord.

— Papa.

C'était Austin qui avait grondé ce mot et les autres firent silence.

— J'ai vu mon médecin, hier, dit leur père d'une voix tranquille. Et depuis ce rendez-vous, je suis officiellement en rémission. Je ne pourrai pas dire que je suis guéri avant un certain temps, mais c'est bien parti.

Le silence était tel qu'on aurait entendu une mouche voler. Tout le monde retint son souffle jusqu'à ce que ça explose d'un coup. Les gens sautèrent sur leurs pieds, s'étreignirent, crièrent. D'autres se mirent à pleurer et à faire des câlins à ceux qui se tenaient à côté et à leur père. Les enfants commencèrent à danser en riant pour leur grand-père.

Et au milieu de tout ce chaos, Autumn n'avait d'yeux que pour un seul homme.

Griffin ne détacha pas son regard de son père, qui lui fit un petit signe de tête. Il tremblait légèrement, et Autumn posa ses yeux sur lui pour s'assurer qu'il allait bien.

— Griffin ?

Il se laissa tomber à genoux, la poussa contre le mur, posa la tête contre son ventre et enroula sa taille et ses fesses de ses bras.

— Merci mon Dieu. Merci mon Dieu.

Ses larmes trempèrent sa robe, et elle se baissa autant qu'il était possible dans cette position pour faire courir ses mains sur le dos de Griffin et dans ses cheveux.

— Tout va bien, murmura-t-elle. Tout va bien.

Il hocha la tête contre son épaule, coinça son visage entre son cou et son menton et la serra fort. En cet instant, elle se fichait de ce à quoi ils ressemblaient, de ce que les autres penseraient. Elle ne se souciait que du fait que cet homme avait refoulé tant de choses, tellement porté sur ses épaules, qu'il venait de s'effondrer un peu, au point d'avoir besoin de tout laisser ressortir.

Elle le laissa pleurer pendant que les autres faisaient la fête et permettaient à leurs émotions de s'exprimer de la façon dont ils en avaient besoin. Elle s'occuperait du reste du monde plus tard. Pour l'instant, seul comptait Griffin. Seul comptait l'homme dans ses bras.

Et bientôt, il lui faudrait découvrir ce que tout cela voulait dire.

Bientôt.

CE N'ÉTAIT PAS la première fois qu'elle dînait avec Jake et une fille avec qui il couchait. C'était, par contre, la première fois que Maya ne savait pas quoi faire de ses mains, qu'elle ne savait pas quoi dire.

Elle n'aimait pas cette sensation. Elle n'aimait pas devoir réfléchir pour trouver quoi dire ou quoi faire quant à cette gentille fille nommée Holly.

Maya ne détestait pas Holly. Pas du tout. Il n'y avait rien de détestable chez Holly. Elle était douce, pleine de compassion, elle tenait à Jake. Et comme Jake était le meilleur ami de Maya, elle n'aurait rien pu souhaiter de plus chez sa compagne.

Bon, Holly n'avait pas le moindre tatouage et n'aimait probablement que le faire en missionnaire avec les lumières éteintes, mais si c'était ce que Jake voulait, tant mieux pour lui. Ce n'était pas à Maya de s'inquiéter de ses amantes.

Sauf que cette fois, elle n'arrivait pas à s'empêcher de trouver ça différent.

Jake ne faisait pas que coucher avec cette fille. Il était en train d'en tomber *amoureux*.

Ça commençait à devenir sérieux. Il avait présenté Holly à sa famille, les fameux Gallagher qui valaient bien les Montgomery en ce qui concernait les histoires complètement folles et les tatouages. Et maintenant qu'il l'avait présentée aux Montgomery, Maya avait le sentiment que, bientôt, Jake mettrait un genou en terre et demanderait à Holly d'être sienne pour toujours.

Maya aurait dû être heureuse pour lui. En dépit de ce que sa famille pensait, elle n'avait jamais aimé Jake autrement que comme son meilleur ami. Elle ne s'était jamais autorisée à penser à lui en d'autres termes. Parce que dès qu'elle ferait ça, elle le perdrait pour toujours. C'était comme ça qu'elle fonctionnait. Dès qu'elle s'envoyait en l'air avec un mec, elle foutait tout en l'air derrière. Elle préférait que Jake soit son meilleur ami et n'avoir jamais couché avec lui, que de passer une nuit ou deux avec lui et perdre l'homme à qui elle pouvait tout dire.

Mais... mais quelque chose clochait.

Son cœur se serra.

Elle se frotta la poitrine alors que Jake et Holly riaient à propos d'un truc qu'ils avaient vu dans le parc. Maya se força à sourire, consciente que Jake ne s'en apercevait pas. S'il lui avait prêté attention, plutôt qu'à la femme dont il tombait amoureux, il aurait vu que c'était forcé, il aurait vu son mensonge.

Mais il ne voyait pas.

Il ne voyait qu'Holly.

Et ça devait lui suffire.

Parce que ce n'était *pas* de la jalousie qu'elle ressentait.

Pas du tout.

Maya Montgomery n'était pas amoureuse de Jake Gallagher.

Jake était son meilleur ami. Pas l'homme aux côtés de qui elle vieillirait.

Jake serait avec Holly, et Maya serait...

Maya s'en sortirait.

Il le fallait.

ÉCRIRE, c'était nul.

Griffin avait envie de se taper la tête contre le bureau à nouveau, mais il s'en empêcha. En grande partie parce qu'Autumn était en train de le regarder et qu'il ne voulait pas avoir l'air d'un idiot. Depuis l'accident, il avait fait tout ce qu'il pouvait en dehors de l'écriture pour ne pas avoir à essayer de taper à l'ordinateur. Contrairement à une croyance populaire, les écrivains n'allument pas une bougie, puis ne tapent pas tout leur manuscrit d'un coup, en une seule séance. Il n'était pas comme Jim Carrey sur son ordinateur dans ce film où il jouait un homme qui avait les pouvoirs de Dieu pendant une semaine, à taper sur le clavier comme un dingue jusqu'à ce que des mots apparaissent.

Griffin ne pouvait pas taper sur grand-chose, avec sa main cassée. Il savait que s'il avait tendu la main, c'était pour essayer de protéger Autumn, même si ça n'aurait pas pu changer quoi que ce soit, vu le type de collision, mais il referait sans doute exactement la même chose si cela se reproduisait. Il ne voulait pas qu'elle soit blessée. Il ne voulait même pas y penser.

Et il examinerait ces pensées et ces émotions plus tard, parce qu'il ne pouvait pas franchement le faire alors qu'elle était dans la pièce, en train de le regarder avec une pitié dégoûtante. Mais la résolution féroce qui se mêlait à la compassion dans son regard inquiétait davantage Griffin.

Elle voulait régler le problème, et elle aurait probablement écrit ce roman elle-même si elle l'avait pu. Peu importait le nombre de fois où il lui avait dit que l'accident n'était pas de sa faute, elle refusait de l'écouter. Elle s'en voulait, et plus il se tenait assis devant son clavier comme si c'était un ennemi, pire elle se sentirait.

Et c'était pour ça que Griffin devait régler ce problème. Maintenant.

— On va trouver quelque chose, dit doucement Autumn.

Il se tourna pour regarder par-dessus son épaule et souleva un coin de sa bouche en une espèce de sourire.

— Oui.

Il revint à son clavier qui semblait se moquer de lui avec toutes ses touches.

— J'imagine.

— Tu pourrais toujours taper d'une seule main...

Il renifla, mais lui sourit à nouveau. Ça dut davantage ressembler à un rictus, car elle grimaça.

— Je pourrais essayer, mais ce n'est pas l'idéal de

taper avec un doigt en regardant le clavier alors que la deadline approche. Mais c'est une idée.

— Et tu es droitier, alors tu ne peux pas non plus écrire à la main.

Il hocha la tête.

— En effet.

Et même s'il avait pu, ça voulait dire que quelqu'un aurait dû le dactylographier derrière, or il n'était pas sûr d'aimer l'idée que quelqu'un, surtout elle, voie son roman dans sa forme brute.

— Et les logiciels de dictée ? Tu n'aurais pas besoin d'utiliser tes mains. Et je crois qu'il y a simplement besoin de le télécharger.

Il laissa un soupir lui échapper.

— J'en ai déjà un, à vrai dire, et j'ai essayé quelques fois pour économiser mes poignets.

Il fit tourner son fauteuil pour lui faire face.

— C'est n'importe quoi. Je passe plus de temps à corriger ce que le programme pense que je dis qu'à dire des trucs. C'est horrible pour de la fiction, vraiment. Ça censure tous les gros mots ou le sexe, et ça ne comprend jamais les prénoms. Sans parler des problèmes d'accord. Mais c'est mieux que de regarder une page blanche sur l'écran et de ne pas pouvoir rendre le manuscrit à temps.

Autumn pinça les lèvres avant de parler à nouveau.

— Tu peux essayer ça un moment... et je peux remplacer le logiciel, si tu veux.

Il fronça les sourcils.

— Hein ?

— Tu peux me dicter. Je taperai pour toi. Tu n'as qu'à

dire à voix haute ce que tu veux écrire. Je sais que ce sera difficile, mais je comprends les prénoms et les gros mots et tout ça. Je te promets que je ne jugerai pas et que je ne changerai rien à ton texte. Je serai tes mains, si tu le veux bien.

Il se renfonça dans son fauteuil et laissa son regard tomber sur le plâtre. Elle voulait taper pour lui ? Il n'aurait même pas été imaginer quelque chose du genre. De l'extérieur, ça semblait être la solution parfaite. Mais de l'intérieur, ce serait comme mettre son âme complètement à nu devant elle. Il n'était pas sûr d'en être capable, de pouvoir lui montrer qui il était réellement à travers ses mots. Mais c'est ce qu'il faisait chaque jour avec ses livres, non ? Sauf que les lecteurs n'en savaient rien. Ils ne savaient pas que, chaque fois qu'il faisait marcher ses personnages sur la corde raide, il en faisait de même. Chaque fois qu'il les faisait courir, il courait à côté d'eux, hors d'haleine et perdu jusqu'à la prochaine action.

Pouvait-il laisser Autumn voir cette part de lui ?

Avait-il le choix ?

— Laisse tomber, se hâta de dire Autumn en se levant.

Elle passa les mains sur sa jupe comme pour lisser des plis inexistants.

— Je n'aurais pas dû dire ça, sachant que tu es si secret quant à ton travail. Ta meilleure option, c'est sans doute de taper avec un doigt.

Elle se tourna pour sortir, et Griffin poussa un juron dans sa barbe.

— Attends. Reviens. J'étais en train de penser à ce

que ça voudrait dire, que tu sois mes mains. Je n'étais pas en train de refuser. Assieds-toi une minute. D'accord ?

Il lui fit signe de s'installer dans son fauteuil de réflexion plutôt que sur le siège qu'elle venait de quitter.

— Tu peux même te mettre là, c'est plus confortable, de toute façon. Et peut-être que ça nous aidera à trouver quoi faire.

Elle étrécit les yeux, observa son visage, puis se dirigea lentement vers le fauteuil de cuir. Elle s'assit tout au bord, un peu raide.

Il n'avait pas envie de penser à quel point elle était canon comme ça, toute sage et convenable, avec un soupçon de nomade hippy en plus. Il avait envie de la renverser dans ce fauteuil et de la baiser jusqu'à ce que tous leurs membres soient mélangés, en sueur sur le cuir, avides de davantage.

— Ça pourrait marcher... dit-il lentement. Mais ça ne sera pas facile. Je n'ai jamais... je n'ai jamais exprimé mes pensées à voix haute comme ça. Elles vont toujours droit sur le page, tu comprends ?

Elle se détendit un peu, laissant ses mains tomber le long de son corps, et elle s'appuya au dossier moelleux.

— Je sais. C'est pour ça que c'est la dernière idée que je t'ai proposée.

Il renifla.

— Eh bien, merci d'avoir essayé d'épargner ma fierté.

— Je fais de mon mieux.

Il eut un vrai sourire alors, même si sa carrière commençait à lui échapper à toute allure et qu'il n'avait plus qu'une seule main pour essayer de la rattraper.

— Je ne sais pas comment dicter mon livre, Autumn. Je ne sais même pas comment j'écris. C'est juste... Ça se fait, c'est tout.

Il fronça les sourcils.

— Non, ce n'est pas vrai. Je fais un plan si possible, je planifie les arcs narratifs, et je prie pour que ça fonctionne. Puis je m'assieds à mon ordinateur et je laisse les mots tomber tout seuls. C'est un travail, pas une passion. Ou pas uniquement une passion. Ce livre s'est montré plus difficile que les autres pour je ne sais quelle raison.

— Peut-être parce que tu étais si inquiet de ce qui arriverait si tu ne faisais pas ton travail que tu t'es retrouvé à ne pas le faire.

— Il y a de ça.

Autumn se lécha les lèvres, et il se mit à bander en voyant sa jolie petite langue rose passer sur sa bouche pulpeuse. Elle déglutit, et il croisa son regard. Elle avait envie de lui et luttait contre ça. Eh bien, bon sang, lui aussi il luttait. Et une fois qu'il lui aurait ouvert son monde, qu'il lui aurait ouvert ses mots, ça rendrait le fait d'avoir envie d'elle dans son lit encore plus compliqué. Mais ça en valait peut-être le coup.

— Heu... tu pourrais commencer par me parler du roman sur lequel tu travailles, peut-être que ça t'aiderait ?

— Tu n'en as pas l'air sûre.

Il se pencha en avant. Le parfum de la lotion qu'elle utilisait lui donnait envie de la goûter, de la toucher.

— C'est la première fois que je fais ça, tu sais.

— Et si tu me parlais du roman que tu es en train de lire ?

Elle fronça les sourcils.

— Qu'est-ce que ça vient faire là-dedans ? Ce livre n'a rien à voir avec le tien.

— Ce n'est pas forcément vrai. Je veux savoir comment fonctionne ton cerveau, ce qui te plaît dans ce que tu lis. Et peut-être que de parler de livres, en général, ça m'aidera à parler du mien d'une certaine façon, comme une interview.

— D'accord. Je lis une romance. J'aime les romances. J'aime voir deux, ou des fois trois, personnes trouver leur place dans le monde, à travers la douleur et les sacrifices, à travers la vie quotidienne, jusqu'à une fin heureuse.

Il sourit.

— Je lis des romances aussi, Autumn. Ce n'est pas que pour les femmes.

Ses sourcils se relevèrent d'un coup.

— Tu déconnes ? Tu n'écris pas de romances.

— C'est vrai. Je trouve ça difficile d'arriver à une fin heureuse et j'aime un peu plus le suspense des thrillers en ce qui concerne ce que j'écris. Mais je lis de tous les genres possibles. Ce n'est pas parce que je n'en écris pas que je ne le respecte pas.

— Mais... mais tu as *tué* la fin heureuse de ton personnage.

— Ah bon ? demanda-t-il, franchement perdu. Elle n'était pas sa fin heureuse, Autumn. Il n'est pas arrivé à la fin. Aucun de mes personnages n'y est.

— Mais si c'est ce qu'ils veulent ?

— Alors je saurai qu'il est temps de mettre fin à la série. Je n'y suis pas encore.

Et il ne savait pas si ça arriverait un jour, au rythme où il allait. Il fallait encore qu'il trouve sa direction pour ce livre, sans compter pour ses personnages principaux dans les autres livres de ses deux séries.

Elle poussa un soupir.

— Je peux dire un truc sans que tu te mettes en colère ?

Il inclina la tête et observa son visage.

— Tu peux dire ce que tu veux, mais je ne peux pas prévoir ma réaction par avance.

Elle eut un petit sourire et se mordit la lèvre. Cette satanée lèvre qu'il avait envie de mordre lui-même.

— Tes personnages sont toujours en train de courir. Toujours en train de passer d'une chose à une autre, sans jamais s'arrêter par peur de ce qui les attend. Est-ce que tu fais ça exprès ?

Il se figea avant de se forcer à se détendre.

— C'est un livre à suspense, c'est normal qu'ils courent. Ils ne sont pas en sécurité, s'ils restent sur place.

— Je comprends, murmura-t-elle, si bas, qu'il aurait pu croire avoir imaginé les mots.

Elle l'intriguait. C'était le cas depuis le début, et maintenant, ses secrets venaient titiller son cerveau d'écrivain. Il avait envie de dévoiler ce qu'il pouvait, de la mettre à nu jusqu'à ce qu'elle soit sienne... au moins pour le moment.

Elle se racla la gorge.

— Est-ce que tu comptes un jour offrir à tes personnages une histoire d'amour qui fonctionne ?

À l'évidence, elle n'avait pas envie de parler de ce

qu'elle venait de murmurer. Griffin n'insisterait pas. Pour le moment.

— Peut-être. Ça dépend de comment ça se passe pour eux.

— Mais ils ont besoin de quelque chose, non ? Une raison pour laquelle ils veulent trouver les méchants, pour laquelle ils se battent. Ils ont besoin d'une raison d'être pour ces missions, autre que simplement sauver le monde. N'est-ce pas ?

Il eut un petit sourire.

— C'est vrai. Mais ça ne veut pas forcément dire que cette raison d'être sera de la romance. Se trouver soi-même, c'est tout aussi important que trouver le coupable.

Et c'était la base de ses séries, même si tout le monde ne le comprenait pas. Même si maintenant qu'il y pensait pour de bon, il savait qu'il y avait plus que ça.

Pourquoi s'embêter à résoudre les mystères, à trouver les méchants, pour reprendre les mots d'Autumn, pour revenir dans une maison vide.

Pourquoi s'embêter à écrire quand on était seul comme lui...

Lauren emplit son esprit une fois encore, et il cligna des yeux. Ça faisait des années qu'il n'avait pas pensé à elle, et voilà qu'elle s'imposait à lui deux fois en deux semaines.

— Qu'est-ce qui a mis ces ombres dans tes yeux ? demanda-t-elle d'une voix douce et hésitante.

Il se racla la gorge. Elle verrait bientôt en lui quand il ouvrirait son esprit pour commencer à écrire. Il pouvait bien lui dire.

— Je pensais à Lauren.

Elle eut un mouvement de recul, et une expression douloureuse s'inscrivit sur son visage un bref instant avant qu'elle ne la masque avec soin.

Et mince.

— Lauren était ma petite amie au lycée. Elle est morte d'un cancer juste après le bac. Elle voulait être éditrice dans une grande maison d'édition et vivre en ville. Ce n'était pas ce que je voulais, moi, mais je pensais pouvoir composer avec ça. On était jeunes, mais bon sang, j'ai des frères et sœurs qui étaient déjà mariés et tout, à cet âge.

Il croisa son regard et posa les mains sur ses cuisses en se penchant en avant.

— Le fait que ces deux mariages se soient terminés ne m'a pas échappé.

— Tu l'aimais.

— Je l'aimais autant que peut aimer un adolescent. Je ne sais pas si c'est le même amour qu'un adulte. C'est peut-être la raison pour laquelle je ne fais pas tomber mes personnages amoureux, parce que ça ne m'est pas arrivé depuis une éternité. Mais bon, je ne traque pas des terroristes et je ne désamorce pas des bombes tous les jours non plus, donc je ne me dois pas d'écrire que sur ce que je connais. Je m'égare.

Il poussa un soupir.

— Le cancer a frappé vite et fort. On l'a diagnostiqué avant le bal de fin d'année, et elle est morte cet été-là. Je ne sais pas si ça aurait fonctionné entre nous, une fois adultes, mais on n'a jamais eu l'occasion d'essayer. C'est à ça que je pensais. Au fait que je n'ai pas la romance ou la fin heureuse que tu penses que mes personnages méritent.

— Elle te manque, murmura-t-elle, les yeux dans les siens.

Il n'y avait pas de larmes dans ses yeux, mais il y vit de l'émotion.

— Oui. C'était mon amie. Decker était mon meilleur ami, et c'est toujours le cas même si on a grandi et que nos vies ont changé. Mais Lauren était mon amie. Ma première expérience dans plein de domaines. Elle n'est plus là, et c'est nul qu'elle n'ait jamais eu l'occasion de vivre sa vie.

Son visage se plissa.

— C'est nul qu'elle n'ait jamais pu lire un livre que j'ai publié.

Autumn se leva et marcha jusqu'à lui. Il s'appuya en arrière et la regarda alors qu'elle se tenait entre ses jambes et faisait courir ses mains sur ses bras, comme profondément plongée dans ses pensées.

— Je suis désolée de t'avoir rappelé tout ça.

Il secoua la tête.

— Ne le sois pas. Je préfère me rappeler que l'oublier. Elle méritait mieux que ça.

Il saisit le poignet d'Autumn de sa main valide.

— Je ne t'ai pas parlé d'elle pour te dire que c'était la femme de ma vie et que je n'ai été avec personne d'autre depuis, ce serait un mensonge. Ça fait plus de dix ans. Elle a peut-être contribué à faire de moi la personne que j'étais à l'époque, mais pas celle que je suis devenu. Je ne sais pas vraiment pourquoi j'ai pensé à elle à ce moment, à part qu'on était en train de parler de fins heureuses perdues. Elle en a été une pour moi, mais j'espère qu'elle ne sera pas ma seule chance d'être heureux.

Autumn prit son visage entre ses mains et l'observa. Il poussa un soupir, avec l'envie qu'elle continue à le tenir délicatement comme ça. Voilà qu'il était là en train de parler de Lauren alors que tout ce qu'il voulait, c'était Autumn. Il aurait dû se sentir honteux, sale, mais ce n'était pas le cas. Il savait que Lauren aurait voulu qu'il continue à vivre. Et c'était ce qu'il avait fait, d'une certaine façon. Sauf qu'il ne savait pas ce qu'il était en train de faire désormais, que ce soit dans sa vie ou avec ses mots. Peut-être que c'était ça, le problème. Peut-être que c'était pour ça qu'il continuait à penser à une fille qui avait disparu depuis longtemps. Parce qu'à l'époque, il pensait savoir qui il était. Peut-être qu'il était temps pour lui de le décider à nouveau.

Qui il était avec Autumn.

Il passa sa main sur sa hanche par-dessus sa robe et la laissa là.

— J'ai envie de t'embraser à nouveau, Autumn. Est-ce que tu es d'accord pour ça ?

Elle hocha la tête.

— Je crois que je suis d'accord pour davantage. C'est plus que stupide. Il faut que je t'aide avec ton travail et... je ne resterai pas longtemps, Griffin.

Elle le fixa avec intensité.

— Je ne reste jamais nulle part bien longtemps.

La main de Griffin se crispa sur sa hanche, et il se força à la détendre.

— J'aimerais que tu me dises pourquoi. J'aimerais que tu me confies les secrets que je vois dans tes yeux.

Elle les ferma et serra la mâchoire.

— Je ne peux pas.

— Alors est-ce que tu peux m'offrir ce que tu as à offrir ? Ce dont tu as besoin ? Parce que je le prendrai, Autumn. J'ai envie de toi, tu le sais. J'ai eu envie de toi depuis le début et je ferai de mon mieux pour ne pas te blesser, pour ne pas laisser ce qui se passera à partir de maintenant interférer avec ce qu'on doit faire d'autre dans nos vies. Mais il faut que tu me dises si ça te convient. Il faut que tu me dises que tu as envie de moi toi aussi, et que tu sais qu'une fois que tu partiras pour de bon, tu ne me détesteras pas à cause de cela.

Elle rouvrit les yeux et baissa la tête.

— Je ne peux pas te détester pour ce qui ne dépend pas de toi. Je ne peux pas te détester de t'enfuir parce que, au final, c'est moi qui partirai.

Il ne savait pas pourquoi ça faisait mal, mais il le mit de côté comme il l'avait fait les autres fois où des paroles l'avaient blessé. Les mots avaient bien plus de pouvoir que la plupart des gens ne le comprenaient. C'était pour ça qu'il écrivait. Il serait avec Autumn, ici et maintenant. Et quand ça se terminerait, il conserverait ces souvenirs là où il gardait ceux qui n'appartenaient qu'à lui, pas à ses livres, pas à ses univers. Si seulement elle lui disait pourquoi elle fuyait, pourquoi elle gardait des secrets. Mais elle n'était pas prête pour ça et, pour le moment, il faudrait que ça suffise. Il ne savait pas ce qui arriverait ensuite, une fois qu'elle aurait ouvert les yeux et le verrait entièrement tel qu'il était, verrait ce qu'il avait à offrir, mais il prendrait tout ce qu'il pouvait d'ici là.

— Ne parlons plus, murmura-t-il. Pas ce soir.

Elle secoua la tête.

— Pas d'attaches, Griffin. Cette histoire, ce n'est pas à propos de ce que tu as perdu, ou de ce que tu penses que je cache. C'est juste nous.

— Ça me va, Autumn. Maintenant, penche-toi un peu. Je veux goûter tes lèvres.

Là-dessus, elle fit ce qu'il demandait et se pencha en avant pour venir poser ses lèvres sur les siennes. Il gémit à ce contact, et la main sur sa hanche se crispa à nouveau. Elle s'ouvrit pour lui, fit glisser sa langue contre la sienne. Il l'attira plus près, si bien que ses genoux se collèrent à l'assise de la chaise, et il l'entoura de ses cuisses. Sa main glissa de sa hanche jusqu'à ses fesses dont il épousa le contour.

Il recula et prit une grande inspiration.

— Désolé, je n'ai qu'une main, Saison, dit-il en riant.

Elle l'embrassa au coin de la bouche, le long de sa mâchoire, derrière son oreille. Il laissa échapper un gémissement étranglé quand sa main se faufila le long de son torse et qu'elle le saisit à travers son jean.

— Moi j'en ai deux, Griffin. C'est largement suffisant, j'espère. Et je parie que tu peux te servir de cette main et de ta bouche si sexy pour me faire jouir plus d'une fois cette nuit. Qu'est-ce que tu en dis ?

Elle se mordit la lèvre, puis vint mordre la sienne.

Il donna un coup de hanches contre la main d'Autumn, alors que la sienne jouait avec son string à travers sa robe.

— Oh que oui. J'adore ta bouche, Saison. J'adore la façon dont tu la mords, sa sensation contre la mienne. J'adore le pli qu'elle prend quand tu dis des cochonneries. Et je vais adorer la voir autour de ma queue.

Elle se lécha les lèvres et recula. Il relâcha sa prise pour la laisser se redresser.

— Et tes lèvres sur ma vulve alors ? Tu comptes coopérer là-dessus ?

Il frotta son sexe qui tendait le jean de sa main valide.

— Je pense que je peux faire ça. Vu que je n'ai qu'une seule main, tu veux bien te déshabiller pour moi ? Lentement.

Elle prit ses seins dans ses mains et inclina la tête.

— Je pense que je peux faire ça, dit-elle en répétant ses mots. Tu veux regarder ?

Il croisa son regard.

— Aussi longtemps que tu voudras bien, Autumn. Aussi longtemps que tu voudras bien

AUTUMN REMONTA LENTEMENT SA ROBE, exposant sa culotte et son soutien-gorge. Elle le fit lentement, terriblement lentement, pour pouvoir regarder la façon dont les yeux de Griffin couraient le long de son ventre, jusqu'à ses seins, redescendaient un peu plus bas avant de revenir vers ses yeux. À la façon dont sa respiration se bloqua, elle savait qu'il avait envie d'elle, qu'il en mourait d'envie. Elle ne s'était jamais sentie aussi puissante, aussi sexuelle.

Elle rejeta le vêtement sur le dossier de la chaise supplémentaire et se mordit la lèvre à nouveau, consciente que ça plaisait à Griffin. Elle avait vu la façon dont ses yeux s'assombrissaient quand elle le faisait. Elle *savait* qu'il aimait ça. Le fait qu'il lui ait carrément dit que ça le faisait bander lui donnait envie de mordre encore plus fort.

Elle avait envie de le mordre, de lécher le moindre

centimètre carré de sa peau. Elle avait envie de le sentir profondément en elle, qu'il la tringle jusqu'à ce qu'ils soient tous les deux dépassés, épuisés. La réalité ne pouvait pas être aussi puissante que son fantasme, aussi grisante, mais pour elle ne savait quelle raison, c'était parfait, à la fois trop et pas assez. Rien que de penser à lui, pour tout dire. Elle était Boucle d'Or avec les trois choix devant elle, et elle voulait tous les prendre.

Et il ne l'avait même pas touchée.

Pas encore.

— J'aime tes courbes, Saison. Tes hanches sont comme des poignées parfaites pour moi.

Il eut un petit sourire penaud.

— Enfin, ça fait une poignée, disons. Si j'avais deux mains, eh bien...

Il se racla la gorge.

— Où est-ce que j'en étais ? Ah oui. Tes courbes. J'aime ton ventre, si doux et pourtant ferme en même temps. Je vais adorer en lécher la moindre parcelle, découvrir ton goût et venir me repaître de toi.

Elle inclina la tête et passa ses mains dans son dos, où ses doigts vinrent jouer avec l'agrafe de son soutien-gorge.

— Juste mon ventre ? C'est tout ce que tu veux goûter ?

Il se leva alors, grand, fort et puissant. Il la dominait de toute sa taille, mais elle n'avait pas peur. Elle aurait dû. Elle aurait dû prendre la fuite sans un regard en arrière. Mais elle en était incapable. Incapable avec cet homme, en cet instant.

Elle resta où elle était, curieuse de voir ce qui suivrait.

C'était peut-être ce qu'il y avait de plus dangereux dans tout cela.

— Je te veux tout entière, Autumn.

Il croisa son regard, et elle sentit sa respiration se bloquer dans sa gorge.

— Tout entière.

— Pour l'instant, corrigea-t-elle.

Il marqua une pause.

— Pour l'instant, murmura-t-il avant d'écraser sa bouche de la sienne.

Quand avait-il réussi à se rapprocher autant ? Quand avait-il posé la main sur elle pour venir dégrafer son soutien-gorge ? Elle était si absorbée par lui qu'elle se faisait peur.

Mais encore une fois, elle ne prit pas la fuite. Elle resta là où elle se trouvait.

Pour lui.

Pour elle-même.

Son soutien-gorge tomba légèrement et ne resta en place que parce que le torse de Griffin était collé à elle. Elle passa un bras dans son dos et se laissa transporter davantage par le baiser tandis qu'elle mettait son autre main devant ses seins, entre eux.

— Laisse-moi voir, gronda-t-il.

Il tira sur son soutien-gorge et la mit à nu devant lui. Ses tétons durcirent contre la chemise de Griffin, et elle frissonna.

— Tellement roses, murmura-t-il. Tellement parfaits.

Il baissa la tête et en prit un dans sa bouche, le suçotant et mordillant jusqu'à ce qu'elle s'agite contre lui, et qu'elle serre les cuisses pour ne pas jouir dans l'instant, sans même sa main sur elle.

— Griffin.

— Laisse-toi aller avec moi, Autumn.

Il lécha et mordilla son autre sein tout en faisant rouler son téton de sa main valide. Elle se balança contre lui, et son sexe couvert par le jean vint se loger tout contre sa culotte. Griffin la mordit. Fort. Et elle jouit, le corps brûlant, les genoux faibles. Elle enfonça ses ongles dans ses épaules, elle avait besoin de s'agripper à quelque chose pour ne pas tomber au sens littéral, et pas simplement dans le plaisir et la tentation.

— Tu es belle quand tu jouis, dit-il doucement. Toute rose et haletante.

Il l'embrassa dans le cou avant de venir lécher sa mâchoire et de l'embrasser sur la bouche.

— J'ai hâte de te voir jouir à nouveau.

— J'ai encore ma culotte, et toi, tu es tout habillé, parvint-elle à dire. Il y a quelque chose qui déconne, là.

Il sourit, les yeux pétillants.

— Alors on va devoir faire quelque chose à ce propos.

Elle embrassa sa mâchoire et lécha sa barbe à cet endroit. Bon sang, elle adorait cette barbe. Son petit faible pour les barbus commençait à devenir incontrôlable.

— J'ai envie de t'avoir en moi.

Il l'embrassa à nouveau, avec davantage de passion, cette fois.

— Une chose d'abord.

Avant qu'elle puisse protester, il lui avait retiré sa

culotte et l'avait assise sur son fauteuil de réflexion. Il s'agenouilla entre ses jambes et se lécha les lèvres.

— Griffin...

Elle gigota, c'était un peu bizarre, au début, d'être fesses nues sur le cuir.

— Je croyais que tu allais me baiser.

— Ça va venir.

Il posa ses mollets sur ses épaules et se baissa, le visage juste au-dessus de sa vulve.

— Mais d'abord, je vais te goûter.

Elle fronça les sourcils, même si elle avait envie de danser de joie. Elle adorait quand un homme lui faisait un cunni et savait s'y prendre. Bien sûr, tous les hommes ne savaient pas s'y prendre. Mais à la façon dont il avait embrassé et léché ses seins, elle avait le sentiment que Griffin, tout sombre et barbu qu'il était, était un as dans ce domaine.

— Enlève au moins ta chemise, que je puisse profiter du spectacle, le taquina-t-elle.

— Je compte te donner un orgasme d'une telle puissance que tu n'en auras rien à faire de ce que je porte, mais admettons, je peux faire ça pour toi.

Il se recula, et les jambes d'Autumn retombèrent de ses épaules. Il fit glisser sa chemise par-dessus sa tête, et elle déglutit. Ses tatouages couvraient une bonne partie de sa peau et lui donnaient envie de les explorer de la langue. Ce qui n'était pas couvert d'encre était lisse et bronzé. Bien sûr, il avait des poils sur le torse qui n'attendaient que ses doigts. Elle aimait les torses avec juste ce qu'il fallait de pilosité et une petite piste de poils qui menaient à une verge de taille importante. Elle l'avait déjà vu torse nu, bien sûr, mais c'était différent, là. Désormais, il était à elle, en tout cas pour le moment.

— Bon, où est-ce que j'en étais ?

Il se pencha et remit ses jambes là où elles étaient auparavant. Il embrassa l'intérieur de ses cuisses, et elle frissonna. Elle s'appuya en arrière dans le fauteuil pour trouver une position plus confortable. Autant profiter de sa merveilleuse langue dans les meilleures conditions.

Ses lèvres effleurèrent ses cuisses à nouveau avant qu'il vienne embrasser son aine, ce creux si terriblement érotique qu'elle faillit en soulever ses fesses du fauteuil. Enfin, c'est ce qu'elle aurait fait s'il ne l'avait pas maintenue en place d'un bras en travers de son ventre. Elle essaya de gigoter, mais sa prise se raffermit. Satané Griffin !

Il lécha lentement ses lèvres et utilisa sa main libre pour la faire s'ouvrir. Elle aurait rougi, mais sa langue sur son clitoris lui fit perdre tout langage. Il la stimula en prenant son temps, mordillant et léchant jusqu'à ce qu'elle soit si trempée qu'il n'y avait aucun moyen pour lui de manquer le goût de son excitation. Sa barbe vint frotter contre l'intérieur de ses cuisses, envoyant des frissons le long de sa colonne vertébrale, jusqu'à ses tétons. Quand il la lécha à nouveau, cette fois en mordillant délicatement son clitoris, elle sombra à nouveau.

Son corps trembla, et elle enfouit ses doigts dans les cheveux de Griffin sans savoir si elle essayait de le rapprocher encore de son sexe ou si elle le repoussait pour pouvoir respirer. Elle avait simplement envie, non, besoin, de le toucher. Il lapa délicatement ses chairs tandis qu'elle redescendait un peu, et il s'assit devant elle.

Il croisa son regard, puis il s'essuya le visage de l'avant-bras. L'excitation d'Autumn macula les deux. Elle aurait dû se sentir gênée, mais ça ne fit que la faire mouiller davantage.

Il se releva en hâte pour se débarrasser de son pantalon et de son boxer. Elle se lécha les lèvres en avisant son sexe, long, juste ce qu'il fallait en largeur, et super dur. Ses bourses pendaient, pleines et lourdes. Elle avait envie de les prendre dans sa bouche, de les sucer et de s'amuser avec. Mais vu l'expression dans les yeux de Griffin, elle n'en aurait probablement pas le temps pour le moment.

Plus tard.

Plus tard, elle prendrait son sexe dans sa bouche et le sucerait.

Pour l'instant, elle le regarda dérouler un préservatif sur sa verge, et ses yeux s'assombrirent quand ils croisèrent les siens.

— Je n'en ai qu'un, dit-il d'une voix basse, grondante. Il était dans mon portefeuille. Juste pour nous.

Il eut un sourire fugace.

— J'avais des espoirs. Le reste de la boîte est dans ma chambre. Alors pour le moment, je vais te baiser sur mon fauteuil de réflexion, et quand il sera temps de passer au deuxième round, on pourra aller dans ma chambre. Il y a plus d'angles là-bas.

Elle se lécha les lèvres et hocha la tête avant de se lever. Il haussa un sourcil.

— Assieds-toi et laisse-moi te chevaucher, dit-elle.

Elle prit ses bourses dans sa main, et il retint sa respiration.

— Comme ça, on ne te fera pas mal à la main. Plus tard, tu pourras me baiser sur le dos, à genoux ou comme on voudra. Pour le moment, laisse-moi être dessus. Ça devrait être toi assis dans ton fauteuil de réflexion, après tout.

Il prit son visage de sa main libre et l'embrassa, lentement, cette fois. La douceur douloureuse de ce baiser faillit la briser, mais elle le laissa faire, elle se laissa basculer dans cet instant.

Le baiser s'intensifia alors qu'il les faisait tourner pour pouvoir s'asseoir. Elle se détacha de lui suffisamment longtemps pour s'installer à califourchon sur lui. Son sexe appuya contre l'ouverture de son corps, mais elle ne s'abaissa pas sur lui, pas encore.

Elle croisa son regard et déglutit. Il avait passé sa main cassée derrière sa tête et ne détachait pas les yeux d'elle. Son autre main était sur son clitoris, et il la caressait quasiment jusqu'à l'extase. Elle posa une main sur son épaule pour se stabiliser, l'autre sur son sexe pour le guider en elle. Les yeux dans les yeux, elle se laissa lentement glisser sur lui.

Griffin entrouvrit la bouche, et ses pupilles se dilatèrent alors qu'elle le prenait en elle. Son corps trembla, son sexe était trop gros, mais elle continua à descendre. Elle savait qu'il rentrerait et qu'elle n'oublierait jamais cette sensation de se sentir parfaitement emplie.

Une fois qu'elle fut assise, le sexe de Griffin profondément en elle, elle s'interrompit et essaya de reprendre sa respiration. Une pellicule de sueur les couvrait tous les deux, et elle fut forcée de prendre une inspiration tremblante.

— Bouge quand tu seras prête, Saison. *Bouge.*

Elle se pencha en avant et l'embrassa, un doux contact des lèvres qui produisit une profonde fracture en elle. Une fois encore, elle l'ignora, consciente qu'elle n'avait pas le choix.

Quand elle se sentit prête, elle agita lentement ses hanches et se mit à bouger à une allure régulière, sans jamais rompre le contact de leurs regards. La main de Griffin passa de sa tête à sa hanche, à ses seins, lentement, oh, si lentement, pour explorer son corps tandis qu'ils bougeaient ensemble. Elle renversa la tête en arrière alors qu'il s'enfonçait en elle et venait frapper ce point si merveilleux que beaucoup pensaient n'être qu'un mythe. Il remit sa main sur sa tête et força leurs regards à se croiser à nouveau.

— Autumn, viens, bascule avec moi.

Elle donna encore un coup de reins, se brisa sur ce dernier pic et elle jouit fort autour de lui. Il cria son nom alors que le sien quittait les lèvres d'Autumn dans un murmure. Il se vida dans le préservatif en de longs jets chauds et enivrants.

Ils étaient tous les deux hors d'haleine, leurs corps couverts de sueur, épuisés, et pourtant, elle savait qu'ils n'en avaient pas fini pour cette nuit. Loin de là.

Sauf qu'après cette nuit, elle ne savait pas ce qui se passerait, jusqu'où elle devrait fuir pour se mettre en sécurité. Elle ne serait jamais entièrement en sécurité et alors que Griffin était enfoncé dans son corps et son âme, en cet instant, elle eut peur d'avoir trouvé l'endroit le plus sûr qu'elle puisse souhaiter.

Avec lui.

Le lendemain, Autumn se passa les mains dans les cheveux et essaya de ne pas avoir l'air coupable. Ce n'était pas facile, avec la douleur dans ses cuisses et les suçons qui couvraient son corps. Griffin ne fit pas de commentaire à ce propos, il se contenta d'un regard bien trop satisfait et d'effleurer ses lèvres des siennes.

Il ne l'avait pas touchée à nouveau.

Au lieu de ça, ils avaient travaillé sur son roman et il le lui avait dicté. C'était un processus lent, mais au moins, ça fonctionnait. Plus ou moins. Il ne l'avait pas effleurée comme avant, ne l'avait pas embrassée, pas pendant qu'ils travaillaient. Elle comprenait et lui en était reconnaissante. Peut-être que d'autres gens n'auraient pas compris pourquoi ils agissaient de façon si différente dans le bureau même où ils avaient fait l'amour la veille, mais ça fonctionnait pour eux.

Au moins pour le moment.

Elle verrait bien ce qui se passerait quand ils décideraient qu'ils voulaient remettre le couvert une septième fois.

Oui, sept. Il l'avait prise six fois de suite, la veille. Elle avait été surprise de réussir à se réveiller pour travailler. Les choses devenaient sacrément plus compliquées, mais elle ne parvenait pas à le regretter. En tout cas, pas pour le moment.

Bien sûr, maintenant qu'elle était assise dans le café d'Hailey, Taboo, elle avait dans l'idée qu'elle risquait de commencer à regretter en partie. C'était une soirée entre filles, après tout. Ce qui voulait dire qu'il y aurait des Montgomery, et des amies des Montgomery, qui étaient bien trop clairvoyantes.

Elles allaient *deviner*.

Alors il fallait qu'elle trouve un moyen ou un autre pour le cacher.

— Tu es là !

Miranda l'enlaça et la serra contre elle.

— J'avais peur que Griffin t'ait bloquée dans sa tour pour travailler sur son livre.

Autumn sentit ses joues s'embraser au souvenir des mains de Griffin autour de ses poignets, l'immobilisant tandis qu'il allait et venait en elle. Oui, il l'avait bloquée, aucun doute...

Miranda recula et inclina la tête.

— Intéressant.

Autumn redressa le menton.

— Qu'est-ce qui est intéressant ?

— Oh rien, dit la benjamine des Montgomery avec un sourire. Hailey a sorti le grand jeu pour notre soirée entre filles.

Autumn était certaine que Miranda avait vu quelque chose passer sur son visage, mais elle laissa couler. Pour l'instant. C'était un problème qu'il valait mieux ignorer pour le moment.

— Eh on ne peut pas sortir dans un bar et boire à cause des grossesses et des allaitements, alors je me suis dit que j'allais faire plein de pâtisseries et voir ça comme un point positif.

Hailey lui fit un clin d'œil, et Autumn lui répondit d'un sourire. Il y avait aujourd'hui une mèche violette dans ses cheveux blond platine, et Autumn supposa qu'il s'agissait d'une coloration à la craie. Elle adorait le fait que chacune des femmes dans cette pièce soit unique et marque le monde à sa façon.

Sauf qu'elle ne savait pas trop qui *elle-même* était.

Elle repoussa ses pensées. Ce n'était ni le lieu ni l'endroit.

— J'aime autant les pâtisseries qu'elles semblent aimer mes hanches, dit Autumn en plaçant les mains sur sa taille.

— Tu as de superbes courbes, tu devrais en être fière, dit Maya.

Elle s'assit à côté de Holly, ce qui surprit terriblement Autumn. Non seulement elle ne s'était pas attendue à ce que Holly soit là, mais le fait que Maya semble être en paix avec sa présence la stupéfiait.

— Oh, je fais de mon mieux, dit Autumn en faisant un signe à l'autre femme. En tout cas, ça ne va pas m'empêcher d'essayer ça. Est-ce que c'est un cheesecake brownie ?

Elle se mit à salive. Hailey lui tendit une petite assiette.

— Approche, ma jolie.

— Tentatrice, la taquina Autumn en prenant le brownie.

Elle mordit dans le diabolique gâteau ultra moelleux et gémit.

— Oh mon Dieu. Je meurs. Je te jure, je meurs.

— Mission accomplie. Mais essaie de survivre encore un peu. J'ai fait des trucs salés aussi, mais je me suis dit qu'on commencerait par le dessert.

Hailey fit une pause.

— Et qu'on finirait avec aussi. Enfin, on peut tout mélanger.

— Ça me va, dit Callie avec un sourire.

La jeune tatoueuse lécha le sucre glace sur ses lèvres et ferma les yeux.

— Je te jure, j'ai des envies de sucré *et* de salé en ce moment.

— Tu es enceinte ! glapit Sierra.

Callie hocha la tête, et toutes les femmes dans la pièce se mirent à la congratuler, à applaudir et crier.

Autumn avait remarqué qu'il y avait quelque chose de différent, chez Callie, la dernière fois qu'elle était passée au studio, mais elle n'avait pas été capable de déterminer quoi. Un bébé. C'était super !

— Morgan doit être fou de joie, dit Meghan en l'étreignant. Il t'a attendue une éternité.

— Est-ce que tu viens de traiter mon mari de vieux ? demanda Callie avec un clin d'œil. Il a juste le bon âge, merci bien.

La différence entre eux n'était pas *si* terrible, mais Morgan devait avoir autour de quarante ans, si Autumn ne se trompait pas. Callie était encore dans la vingtaine. Au final, ça n'avait pas d'importance vu comment ils tenaient l'un à l'autre.

Certaines choses étaient écrites.

Et Autumn ne connaîtrait jamais ça.

Des pensées de Griffin s'imposèrent à son esprit, et elle les repoussa. Il n'était pas pour elle sur le long terme. Personne ne l'était. C'était plus sûr si elle se tenait à distance. Plus sûr pour tout le monde.

Miranda se tourna vers Hailey et étrécit les yeux.

— Tu savais que Callie était enceinte avant nous. Tu as mentionné des grossesses.

Hailey se contenta de hausser les épaules.

— Je vois tout. Je sais tout.

Autumn renifla.

— C'est ça, ma belle.

Hailey étrécit les yeux.

— J'en vois plus que tu ne le penses.

Autumn se ravisa rapidement. Il valait mieux ne pas foutre en rogne la femme qui faisait les gâteaux.

— Je suis tellement heureuse pour toi, Callie, dit doucement Sierra. Austin va être super content. Il te considère comme une sœur, tu sais.

— Il n'en a pas assez comme ça, dit Maya, pince-sans-rire, avant de taper son poing contre ceux de Miranda et Meghan.

— On ne peut jamais avoir une trop grande famille, dit Miranda avec un sourire.

Elle se figea, alors que tout le monde la regardait fixement.

— Je ne suis *pas* enceinte. Decker et moi, on attend un peu. Ça ne fait pas longtemps que j'ai commencé ce travail, et on prend plaisir à baiser dans tous les coins de la maison sans avoir à se soucier de quiconque.

— C'est ma petite sœur, ça, marmonna Maya.

— Jalouse ? demanda Meghan avec une lueur féroce dans le regard. C'est difficile de baiser sur le canapé quand tu as des enfants, mais c'est à ça que servent les nourrices et l'école.

Maya souffla.

— Oh, non. Je suis très bien comme ça.

Il n'échappa pas à Autumn que Maya faisait de son mieux pour ne pas regarder vers Holly en disant ça.

— Mais sérieusement, reprit Miranda. Je profite de la vie telle qu'elle est, avec le travail et tout. Oh ! Je ne vous ai pas dit ? Je ne suis plus la petite nouvelle. On a embauché un nouveau prof.

Elle frissonna.

— Techniquement, il ne remplace pas... vous savez... mais c'est un début.

Elles savaient toutes de quoi Miranda parlait, même si personne ne l'évoqua à voix haute. Elle avait connu l'enfer à cause d'un prof qui avait des vues sur elle. Autumn savait trop bien ce que ça faisait.

Elle déglutit. Il valait mieux ne pas y penser.

Jamais.

Même si en réalité, c'était toujours en arrière-plan de ses pensées.

— Alors, des bébés de prévus pour toi, Meghan ? demanda Callie en mangeant un cake pop.

Meghan sourit.

— Peut-être.

Elle tendit les mains devant elle alors que tout le monde se mettait à parler en même temps.

— Je ne suis pas enceinte, mais on ne va pas attendre que le mariage soit passé pour commencer à essayer. Je suis plus vieille que je ne l'étais pour Cliff et Sasha, alors on ne sait jamais.

Sierra tendit la main et serra celle de Meghan avec force.

— Fais attention à toi.

Meghan embrassa sa main avant de la lâcher. Autumn ne se sentit soudain pas à sa place à la vue de toutes ces femmes dont les histoires étaient entremêlées. Mais on l'avait invitée, et entre Griffin et son amitié avec Meghan, elle faisait un peu partie des Montgomery.

C'était Holly, la vraie nouvelle, mais elle n'avait pas l'air de se sentir mal à l'aise. À vrai dire, elle avait l'air ravie d'être là. Douce et innocente. Et heureuse.

La porte tinta en s'ouvrant, et tout le monde se retourna pour voir Tabby entrer, les cheveux attachés en une queue de cheval au sommet de son crâne.

— Vraiment désolée d'être en regard. J'avais un truc à finir au boulot. Oh, c'est des cake pops ?

— Est-ce que mes frères t'exploitent ? demanda Maya. Tu veux que j'aille leur botter les fesses ?

— Non. Je voulais simplement prendre de l'avance pour demain.

Tabby sourit et mordit dans une petite bouchée ronde de cheesecake à la fraise.

— Oh mon Dieu, Hailey. Je peux t'épouser ? Je sais que le sexe lesbien, ça serait nouveau pour moi, mais je peux apprendre.

Autumn recracha sa gorgée d'eau alors que tout le monde explosait de rire. Hailey essuya les larmes qui coulaient sur ses joues.

— Tabby, ma chérie, tu es super sexy, mais aucune de nous deux ne serait satisfaite. On aime trop les queues.

Ça les fit repartir de plus belle. La seule qui semblait un peu mal à l'aise, c'était Holly, mais Autumn n'avait pas l'impression que quiconque s'en soit rendu compte à part Maya. Le groupe commença à parler de leurs journées et des petites histoires qui faisaient d'elles qui elles étaient. Autumn se renfonça dans son siège et les écouta en faisant de son mieux pour ne pas trop participer. Elle aimait regarder, apprendre ce qu'elle pouvait de la normalité.

Parce qu'Autumn Minor n'avait jamais été normale.

Et elle savait qu'elle ne le serait jamais.

CHAPITRE ONZE

— JE NE PENSAIS PAS que je te verrais un jour tenir un bébé comme ça, dit Griffin alors que Decker berçait le fils d'Austin.

Les filles avaient voulu se faire une soirée entre elles, alors c'étaient les garçons qui s'occupaient des enfants. Austin avait décidé de réunir tout le monde chez Decker pour qu'ils s'occupent *tous* des enfants. Ça ne dérangeait pas Griffin, il adorait ses nièces et ses neveux. Mais ça lui foutait toujours un coup de voir les gens de sa famille fonder leur propre famille. Tout le monde grandissait, les gens vivaient leurs vies et, parfois, Griffin avait l'impression de rester sur la touche.

Mais ce n'était pas le moment de s'inquiéter de ça.

Là, il voulait profiter de l'instant.

Decker se contenta de sourire et continua à bercer le petit, en se balançant d'avant en arrière tout en fredonnant une petite mélodie. Colin émit un gargouillis, et

Griffin se rapprocha. Decker ne fléchit pas. Le grand barbu tatoué continua à tenir le minuscule bébé dans ses bras comme s'il avait fait ça toute sa vie.

Austin sourit depuis le seuil, il s'appuya à l'encadrement de la porte et croisa ses bras puissants devant son torse solide.

— Il dort ? demanda le fier papa, la voix basse.

— Oui, je crois, murmura Decker. Le berceau est prêt ?

Jake sortit de la pièce du fond, Sasha sur le dos, avec un grand sourire.

— Il est prêt. Sasha m'a aidé à le mettre en place.

— Il a *vraiment* besoin d'aide, dit Sasha avec affectation.

Griffin dut mettre sa main devant sa bouche pour s'empêcher de rire et de réveiller le bébé. Luc détacha sa fille du dos de Jake et l'embrassa tendrement sur la joue.

— Tu as raison. Et maintenant, allons te mettre au lit à ton tour. Tu dors avec Leif et Cliff dans la chambre d'amis. Ça te va ?

Elle hocha sagement la tête.

— J'aime bien dormir avec eux. Même si les garçons, ça pue.

— Tu vas en baver quand elle sera grande, dit Wes en rentrant dans le salon, Storm sur ses talons.

— Ça ne me dérange pas, dit Luc avec un sourire.

Il conduisit Sasha derrière, là où Leif et Cliff étaient en train de se faire un château fort.

— Je me demande si je vais avoir une fille, dit Morgan machinalement, et Griffin sourit.

Il lui donna une claque dans le dos et se mit à rire.

— Je n'arrive toujours pas à croire que tu vas être papa.

— Tu ne perds pas de temps, dit Austin avec un sourire.

Morgan haussa un sourcil, avec l'air du businessman qu'il était. Il avait peut-être échangé le costume pour une chemise décontractée et un jean, mais il restait un peu plus net que les autres. Peu importait qu'il ait le plus grand tatouage d'eux tous sur son dos, il débordait de classe.

Et il allait devenir père.

C'était fou la vitesse à laquelle les choses changeaient.

— Certains diraient qu'il en a déjà trop perdu, murmura Sloane en apportant des chips et de la sauce dans le salon.

Il ne moufta pas alors que les autres levaient les yeux au ciel. Sérieusement, ça faisait des années qu'il faisait la cour à Hailey sans réellement lui faire la cour, et c'était lui qui parlait de ne pas aller assez vite ? Audacieux.

Morgan poussa les épaules de Sloane, et ils se laissèrent tous les deux tomber sur le canapé avec leurs sodas à la main, tout sourire. C'était peut-être Callie qui avait fait son tatouage, mais il était devenu ami avec Sloane avec le temps.

Griffin aimait la façon dont les petits groupes au sein de sa famille et de ses amis se mêlaient entre eux, dans leurs univers respectifs et le cadre général qui les soutenait. L'écrivain en lui avait envie de démêler ces fils pour les étudier sans jamais les blesser. Le Montgomery en lui voulait simplement profiter du fait que sa famille était là, en bonne santé, heureuse.

Ses parents étaient chez eux, amoureux et en sécurité.

Les femmes de sa vie profitaient de leur soirée ensemble.

Alex n'était peut-être là ce soir, ici, mais il ne perdrait jamais sa place. Peu importait jusqu'où son plus jeune frère était tombé, Griffin serait là pour l'aider à se remettre sur pieds. Il ne savait pas combien de temps il lui restait à passer en désintox, mais avec un peu de chance, il serait bientôt autorisé à lui rendre visite pour voir par lui-même comment se déroulait sa guérison.

— Qu'est-ce qui ne va pas ? demanda Decker en s'approchant de lui.

Il devait avoir rendu Colin à Austin, car celui-ci n'était nulle part en vue et le reste du groupe s'était installé dans le salon à s'envoyer des vannes et à manger bien trop de cochonneries pour des hommes de leur âge.

Griffin se tourna vers son meilleur ami et soupira.

— Je pensais à Alex.

Decker hocha la tête et s'appuya au mur à côté de lui.

— Ça fait chier qu'il ne soit pas là. Et ça fait encore plus chier qu'il ne laisse personne aller le voir. Enfin, au moins il parle à Marie et Harry. C'est déjà ça, j'imagine.

— Est-ce que tu vas lui pardonner d'avoir gâché votre mariage ? demanda Griffin sans savoir d'où sortait cette question.

Decker fronça les sourcils.

— Il n'y a rien à pardonner.

— Qu'est-ce que tu veux dire ? Il a foutu la réception en l'air et a fait peur aux gosses. Il s'est retrouvé en sang avec Luc.

Luc se tourna vers eux en entendant son prénom et fronça les sourcils. Decker lui fit signe que ce n'était rien, et Luc finit par hocher la tête après les avoir observés un moment. Il revint à la conversation à laquelle il prenait part, mais Griffin n'avait pas manqué la curiosité sur son visage.

Decker soupira.

— Alex était mal. Ce n'était qu'une question de temps avant qu'il touche le fond.

Il marqua une pause.

— Enfin, je pense que c'était le fond pour lui. On ne le saura pas jusqu'à ce qu'il nous le dise. Miranda et moi ne pensons pas que ça a gâché notre mariage. On s'est mariés entourés de nos amis et de notre famille chez les Montgomery. C'était exactement ce qu'on voulait. Est-ce qu'on aurait préféré qu'Alex ne se soit pas effondré ? Bien sûr. Est-ce qu'on voudrait que tout aille bien pour lui ? Encore plus. Est-ce qu'on voudrait pouvoir arranger les choses pour lui ? Carrément. Mais on ne peut pas. Alors on passe à autre chose. J'aime ta sœur de toute mon âme. On n'avait pas besoin d'une journée ensoleillée absolument parfaite, avec zéro problème, pour que ce soit parfait pour nous. C'était notre moment. On n'avait pas besoin de davantage.

Griffin croisa le regard de son ami, dérouté par ses paroles. Il savait que Decker aimait Miranda, bien sûr. Il l'avait vu de ses propres yeux dans tout ce que Decker faisait. Il savait que depuis que ces deux-là étaient tombés amoureux, Decker s'était éloigné de leur amitié parce que c'était ce qui arrivait quand on devait faire de la place pour son âme sœur. Il n'avait pas du tout perdu son ami, mais leur relation avait changé. Et alors qu'elle se transformait, l'homme qui se tenait devant lui s'était transformé également. Il avait été blessé, battu, et il avait des secrets bien à lui que nul autre n'aurait pu tenir, mais il avait trouvé la personne qui était non seulement capable de le guérir, mais aussi de s'améliorer à son contact pour le reste de leurs jours.

Miranda était cette personne pour Decker, et ça tuait Griffin d'avoir eu besoin de tant de temps pour s'en rendre compte. Oh, il l'avait su depuis un moment, depuis bien avant leur mariage, à vrai dire, mais au début, il avait merdé et s'était battu contre son meilleur ami. Il ne lui avait pas fait confiance en ce qui concernait sa petite sœur et avait failli tout perdre à cause de cela.

Griffin n'avait pas le même tempérament que la plupart des Montgomery. Il s'embrasait lentement avant de se transformer en véritable volcan. Il avait agi sans réfléchir et le regrettait amèrement depuis.

— Je suis désolé de t'avoir frappé à cause de Miranda, lâcha-t-il. Tellement désolé de ne pas t'avoir fait confiance. J'aurais dû. Tu es le mec le plus cool que je connaisse, Decker. Et je suis tellement heureux que vous ayez un futur ensemble tous les deux.

Les joues de Decker rosirent un instant, et le salon se

fit silencieux. Griffin était conscient que tous les regards s'étaient portés sur eux, mais en cet instant, il s'en fichait.

— Je comprends pourquoi tu l'as fait. Et tu t'es déjà excusé. C'est du passé, mon vieux. Excuse-toi encore, et ça risque d'être à mon tour de te foutre une trempe.

Griffin se mit à sourire, et ses épaules se détendirent. Il ne s'était même pas rendu compte qu'il s'était crispé.

— Ça ne lui ferait probablement pas de mal, avec sa tête de bois, dit Austin en riant. Venez vous asseoir. On a des ailes de poulet, de la sauce et des sodas. On s'est dit que ça valait mieux que de la bière, avec les enfants dans les pattes, surtout qu'il faudra qu'on conduise pour rentrer.

Decker leva les yeux au ciel.

— Merci de jouer les hôtes chez moi, dit-il d'un air pincé. Je n'ai toujours pas compris pourquoi on n'était pas allé chez toi. C'est toi qui as un berceau pour le bébé.

— On était chez moi la dernière fois. À partir de maintenant, on fait un roulement. Dieu merci, Autumn nettoie la baraque de Griffin, sinon on y choperait probablement tous des microbes.

Griffin s'assit par terre, la seule place qui restait, et adressa un doigt d'honneur à son frère de sa main valide.

— Va te faire foutre.

— Non, merci. Je suis pris.

Austin mordit dans une aile de poulet et gémit.

— Ça m'a manqué. Sierra nous a mis au régime, pas de trucs frits. Le gras me manque.

— Tu te rends compte que les filles sont en train de

manger du chocolat, des gâteaux et je ne sais pas quoi d'autre en ce moment, hein ? demanda Sloane.

Il haussa les épaules alors que tout le monde le regardait.

— J'ai vu Hailey cuisiner pour ce soir. Elle a prévu de gaver tout le monde vu qu'elle sait que personne ne mange comme ça d'habitude.

— Tu aimes bien savoir ce que Hailey fait, hein, dit Griffin, l'air de rien.

Sloane le fixa.

— Comment va Autumn ? Tu t'es finalement décidé à la mettre dans ton lit comme tu voulais le faire depuis le premier jour ?

Griffin poussa un grondement.

— Je la ferme si tu la fermes, dit Sloane. J'aime bien Autumn. Ne lui fais pas de mal.

Griffin crispa la mâchoire et, heureusement, personne d'autre ne souhaita intervenir. Il ne voulait pas faire de mal à Autumn, il n'en avait pas l'intention, mais il avait le sentiment qu'ils seraient tous les deux à ramasser à la petite cuillère quand tout ça serait fini. Il ne savait pas ce qu'il voulait, et elle ne comptait pas rester.

Putain.

Il repoussa ces pensées et écouta les autres parler de la future paternité de Morgan et du fait que Luc et Meghan essayaient d'avoir un bébé. Les choses bougeaient vite, trop vite parfois, semblait-il, mais il faisait de son mieux pour se laisser porter. Les Montgomery et leurs amis se casaient les uns après les autres.

— J'ai une question, pour tout dire, déclara Morgan en se renfonçant dans le canapé à côté de Sloane.

— Ah ? demanda Griffin.

— Pas pour toi, pour Wes et Storm. Ça fait un moment que j'observe la façon dont tout le monde interagit, et je crois que j'ai compris la dynamique. Parfois, les gens me surprennent, mais en général, j'arrive à imaginer leurs liens. Celle que je n'arrive pas à comprendre, c'est Tabby.

— Qu'est-ce que tu veux dire ? demanda Wes.

Storm fronça les sourcils.

— Qu'est-ce qui ne va pas avec Tabby ? Elle travaille pour nous.

— Oui, mais je pensais qu'il y avait plus avec l'un ou l'autre de vous, voire les deux. Je n'arrive pas à déterminer ce qui se passe.

Griffin s'étouffa.

— Les deux ? Eh bien, ça, c'est un truc que je n'aurais pas été imaginer.

Les jumeaux le fusillèrent du regard.

— Quoi ? Je pensais qu'elle était avec l'un de vous deux, ou qu'elle l'avait été, ou que vous y pensiez.

Ils secouèrent la tête dans un bel ensemble.

— Seigneur, non, dirent-ils en même temps avant de se jeter un regard noir.

— Je ne vois pas Tabby comme ça. C'est mon amie et ma collègue. Rien de plus.

Wes regarda son jumeau.

— Il y a quelque chose que tu veux me dire ?

Storm leva les mains.

— Je ne l'ai même jamais embrassée. Je ne la vois pas comme ça. J'aime la façon dont elle nous fait marcher au pas au boulot pour que je puisse me concentrer sur d'autres trucs, mais ce n'est pas la fille qu'il me faut. Sérieusement.

Il se tourna vers les autres et les fusilla du regard.

— Et je vous prierais d'arrêter de faire comme si on était dans une sorte de ménage à trois entre jumeaux. On ne partage pas nos copines. Jamais.

Wes frissonna.

— Oh bon Dieu, non. Je sais que l'amie d'Austin, Sassy, a deux maris, mais ils ne sont pas frangins et... juste non, bon sang. J'aime une femme à la fois. Et je ne partage pas avec Storm. Jamais.

Griffin haussa les sourcils.

— Je crois qu'on a compris. Tabby n'est pour aucun de vous deux.

— Toi tu renifles Autumn, alors ne viens pas traîner autour de Tabby, dit Storm en pointant sa canette de soda vers lui.

Griffin étrécit les yeux.

— Je ne fais rien de tel. Et ne parle pas comme ça, comme si Autumn était une espèce de proie.

Les autres le dévisagèrent, et il poussa un juron.

— Fermez-la, marmonna-t-il.

— Enfin... interrompit Jake. Je ne sais pas ce que c'est, votre problème avec les plans à trois. Ça peut être cool. Enfin, je n'ai jamais eu un plan à trois qui impliquait un de mes frères mais... partager une fille, dans l'absolu, ça peut être super sexy. Surtout si on baise avec le mec aussi.

Griffin cligna des yeux. Il savait que Jake était bi, il ne l'avait jamais caché, mais l'idée des rapports à plusieurs, c'était nouveau.

— Tu déconnes ? dit Austin. Des plans à trois ? Vraiment ?

Decker renifla.

— Tu ferais mieux de ne pas trop l'ouvrir à ce sujet, mon vieux, dit-il à Austin.

Griffin se prit la tête entre les mains.

— Ça fait beaucoup trop d'infos, là, se plaignit-il. Parlons de sport sans rien faire d'autre. D'accord ?

Jake eut un sourire impénitent.

— Je dis juste ça comme ça. Si tu es célibataire et que tout le monde est partant...

— Tu as intérêt à ne pas être en train de parler de Maya, là, marmonna Wes. Je n'ai pas envie de savoir.

Jake retrouva son sérieux.

— Je n'ai jamais couché avec Maya.

— Alors tu parles d'Holly ? demanda Griffin malgré lui.

Jake pâlit un peu, comme s'il n'avait pas eu l'intention de dire tout ça.

— C'était il y a longtemps. Holly et moi, on est bien comme ça.

Il y eut un silence gênant, et Griffin ne sut pas quoi dire pour dissiper le malaise. À la place, Sloane tendit les chips à Jake.

— Si vous avez fini de parler de vos queues, j'ai envie de vous parler de ce client. J'ai besoin d'un peu d'aide.

Jake se détendit, alors que les autres commençaient à

parler de tatouage et non plus de sexe. Mais Griffin garda un œil sur lui. Il semblait qu'ils avaient tous leurs secrets. De ceux qui, si on les dévoilait au reste du monde, risquaient de blesser plus de gens que la seule personne concernée.

Il garda le silence tandis que les autres parlaient, sans trop savoir ce qu'il voulait dire. Il ne savait pas où il en était dans sa vie, qui il était. Il ne le savait plus. Il commençait tout juste à tirer ça au clair après toutes ces années. Les choses changeaient, les gens changeaient, et Griffin apprenait à changer en même temps.

Au lieu que ce soit son roman qui emplisse ses pensées, comme ça aurait dû être le cas, c'était Autumn qui le préoccupait.

Cette femme le blesserait. Il le savait. Elle le blesserait et lui laisserait des cicatrices comme personne auparavant.

Et pourtant, il avait du mal à se retenir de la rejoindre, de la ramener dans son lit.

Les choses avaient changé, aucun doute, et il ne savait pas s'il était prêt à voir le résultat.

JAKE SIROTA sa bière en se demanda comment il s'était retrouvé là, au juste. Là, chez son frère Graham, tandis que ses autres frangins, Owen et Murphy, jouaient au air-hockey dans la salle d'à côté et se balançaient des jurons, au coude à coude comme d'habitude. Aucun des deux ne parvenait à distancer l'autre.

Il n'avait pas eu l'intention de venir pour ce dîner en famille, vu qu'il venait juste d'en faire un chez les Montgomery, mais même si ceux-ci auraient voulu l'adopter, il avait quand même une famille à lui.

Bien sûr, sa personnalité charmante n'était pas la seule raison pour laquelle ils voulaient qu'il soit là.

La vraie raison était blottie contre lui sur le canapé, en train de rire à une blague que Graham avait faite.

Les frères Gallagher riaient quand ils en avaient envie, faisaient souvent la gueule, et ne se souciaient pas de ce que les gens pensaient. Ils étaient grands, barbus et tatoués, un peu comme les Montgomery, mais quand même moins massifs. Et puis, il n'y avait pas de sœurs pour ajouter de l'œstrogène dans le lot, alors ils étaient un peu plus bourrus.

Enfin, c'était ce que Jake pensait.

Normalement, c'était Maya qui fournissait la dose d'œstrogène, mais elle ne l'avait pas accompagné cette fois-ci.

Au lieu de ça, il était venu avec Holly.

Sa petite amie. Qu'il aimait beaucoup et qui le lui rendait. Il avait le sentiment qu'elle était bien partie pour tomber amoureuse, et s'il laissait tomber ce qui n'arriverait pas avec... eh bien avec... Il s'arrêta. Non, il refusait de penser à eux. Il pouvait tomber amoureux d'Holly s'il se laissait aller. Il fallait simplement qu'il se laisse aller.

— Je dois utiliser la salle de bain, murmura Holly avant de l'embrasser doucement sur la joue. Je reviens tout de suite.

Elle lui sourit avant de partir dans le couloir.

— Elle est mignonne, dit Graham avec aisance en se renfonçant dans son fauteuil en cuir.

— Adorable, même, dit Owen en entrant dans la pièce, Murphy sur les talons.

— Trop bien pour toi, déclara celui-ci avec un sourire.

— Je ne peux pas dire le contraire, répondit Jake en prenant une grande gorgée de bière.

— Mais pourquoi tu n'as pas amené Maya ? demanda Graham. Je croyais que vous...

Jake secoua la tête et vida sa canette. Il lui en aurait déjà fallu une deuxième. Mais il n'en prendrait pas d'autres puisqu'il devait conduire. Et puis, après avoir vu ce qui était arrivé à Alex Montgomery... bon, il valait mieux éviter.

— Maya et moi sommes amis. Et je pense qu'on peut continuer à être amis alors que je sors avec Holly. Elle n'est pas là parce que vous avez dit que vous vouliez rencontrer ma petite amie, et c'est Holly... Alors, voilà, vous avez l'idée.

Ses frères l'observèrent, et il fit de son mieux pour éviter de réfléchir à pourquoi il se sentait acculé, pourquoi il avait l'impression d'être en train de perdre quelque chose qu'il n'avait jamais possédé.

Holly était parfaitement charmante.

Charmante.

Parfaite pour lui.

Parce que, franchement, il avait joué au délire torturé et bordélique avant, et ça ne marchait pas. Il avait besoin de quelque chose de tranquille, facile. Holly était la fille qu'il fallait pour la vie qu'il voulait.

Pas *elle*.

Et *lui* ne voulait pas de Jake.

Alors voilà.

Son téléphone vibra, et il le sortit de sa poche. Le nom qui s'afficha fit courir un choc électrique le long de sa colonne vertébrale.

— Il faut que je prenne cet appel, dit-il en se levant.

Il posa la bouteille vide sur la table basse. Ses frères le regardèrent bizarrement, mais il s'en fichait. Ils essayaient toujours de comprendre comment il fonctionnait, et une fois que Jake l'aurait compris lui-même, alors peut-être que ça suivrait pour eux aussi.

Il referma la porte du fond derrière lui et souffla dans ses mains. Le froid attaquait rapidement.

— Allô, dit-il en décrochant.

Il ne savait pas quoi dire d'autre, après tout.

— Allô.

La voix profonde à l'autre bout du fil assécha sa bouche, mais bon, c'était toujours comme ça. Ce n'était pas la première fois que Border appelait. Non, il appelait environ deux fois par mois. Jake aurait pensé qu'après tout ce temps, il se serait remis de... ça.

Mais non.

Et la gentille fille qu'il avait laissée à l'intérieur allait devoir l'aider à passer à autre chose parce qu'il n'y arriverait pas tout seul.

Parce que Jake Gallagher refusait de commettre à nouveau les mêmes erreurs. Il ne laisserait pas ses désirs passer au-dessus des besoins qu'il pensait avoir.

Alors, il allait mettre fin à cet appel, mettre tout ça derrière lui, retourner auprès d'Holly et envisager avec elle un futur qui lui conviendrait.

On n'obtenait jamais exactement tout ce qu'on désirait, dans la vie, alors peut-être que Jake apprendrait à se contenter de ce qu'il avait. Parce que Holly serait bien pour lui, et il ferait de son mieux pour être parfait pour elle.

C'était ce qu'elle méritait, et bien plus encore.

Tandis que Jake, eh bien Jake ne méritait rien.

Plus maintenant.

BORDER RACCROCHA et fronça les sourcils. Il y avait eu quelque chose de différent, dans cet appel, mais de toute façon, il ne savait pas pourquoi il continuait à appeler. Jake ne semblait pas avoir envie de lui parler comme avant. À vrai dire, à chaque appel, il semblait s'éloigner davantage.

Border ne pouvait pas lui en vouloir, puisque c'était lui qui s'était éloigné en premier.

Il poussa un soupir et passa la main sur son crâne fraîchement rasé. Il se redressa et planta les pieds fermement de chaque côté de sa moto. Il faisait trop froid pour rouler, et bientôt, le verglas rendrait ça carrément dangereux, mais il fallait qu'il avance encore un peu. Ensuite, il prendrait sa camionnette, accrocherait la moto à l'arrière et rentrerait chez lui.

Chez lui.

À Denver.

Parce que ça faisait bien trop longtemps qu'il vivait une vie nomade et qu'il n'avait pas trouvé ce qu'il cherchait. Bien sûr, il n'avait pas su ce qu'il cherchait, à la base.

Mais il était prêt à rentrer chez lui.

Prêt à retrouver Jake.

Prêt à comprendre où est-ce qu'il avait merdé toutes ces années auparavant.

Prêt à découvrir qui était Maya, au juste... et pourquoi Jake se montrait si évasif à son propos.

Il semblait qu'il était prêt pour tout un tas de choses.

Il espérait simplement qu'il n'était pas en train de se raconter des histoires. Parce que s'il se trompait, il foutrait en l'air tout ce qu'il possédait. Ou peut-être simplement qu'il ne possédait pas grand-chose, de base.

Il n'y avait qu'une seule façon de le savoir.

Il démarra sa moto, s'assura que le casque et la visière étaient bien en place, et partit sur la route infinie.

Mais contrairement à la dernière fois qu'il avait fait ça, il n'essayait pas de trouver une absolution qui ne viendrait jamais.

Au lieu de ça, il avait un but.

Un plan.

Ou, en tout cas, un futur qu'il espérait être capable de démêler avant qu'il ne soit trop tard.

CHAPITRE DOUZE

— C'EST ÇA. Prends-la. Prends ma queue.

Autumn cambra les reins et prit Griffin plus profondément en elle. Elle tordit les draps dans ses mains et gémit quand il enfonça ses doigts dans la chair de ses hanches. Il coulissa en elle, son sexe lubrifié par son excitation, et il l'emplit, l'étira plus que jamais auparavant.

Il remonta sa main le long de sa colonne vertébrale et entoura ses cheveux autour de son poing pour la ramener à lui.

— Ça te plaît, Saison ? Tu aimes quand je te baise comme ça ? Tu aimes quand tu arrives à peine à respirer tellement je te remplis et que tu es sur le point de jouir à nouveau ?

Elle avait envie de dire oui, oh bon sang, oui, mais elle était incapable de parler. À la place, elle agrippa les fesses de Griffin, et ses épaules se tendirent à leur maximum à cause de ce mouvement. Il gronda, et les vibrations résonnèrent au plus profond d'elle. Elle trembla, si proche de l'orgasme qu'elle n'y voyait plus rien, ne respirait plus.

Tellement. Proche.

Et c'est là que le réveil sonna.

Un œil s'ouvrit, l'autre refusa. Sa poitrine se soulevait, son corps était chamboulé.

Bien sûr, c'était un rêve. Impossible que ce soit autre chose. Elle n'avait couché avec lui qu'une seule nuit, et maintenant, elle se retrouvait à enchaîner les rêves érotiques à son sujet. Sans arrêt.

Est-ce que c'était grave si le vrai Griffin était encore plus imposant et plus cochon que celui de ses rêves ?

C'était officiel. Autumn était en train de devenir dingue. Ou peut-être que c'était déjà trop tard et qu'elle était bien partie pour finir à l'asile où elle continuerait à rêver d'un homme magnifique alors qu'elle serait toute seule au lit, la culotte autour des chevilles et la main entre ses cuisses.

Elle fit machinalement courir ses doigts sur son clitoris et frissonna, mais son excitation était retombée.

Mince.

Elle remonta sa main et l'essuya sur les draps avant de se débarrasser de sa culotte. Il fallait qu'elle prenne une douche et se prépare pour aller chez Maya. Ils avaient mis au point un emploi du temps avec lequel elle ne travaillait pas chez Griffin tous les jours. Il était dans la phase de révision de ce qu'il avait déjà écrit, afin de s'assurer qu'il était prêt pour la partie suivante, ce qui voulait dire qu'il pouvait se débrouiller à une main sur le clavier pendant qu'elle s'occupait d'aider les autres Montgomery via ses quinze autres jobs dans la ville.

Facile.

Et pourtant, tout ce qu'elle voulait c'était se jeter en travers de ses genoux et le supplier de la doigter jusqu'à ce qu'elle jouisse.

Pas bien, Autumn.

Pas bien du tout.

Elle poussa un soupir, roula jusqu'au bord du lit et grogna en se mettant sur ses pieds. Ses cheveux se dressaient sur sa tête, et son corps était couvert de sueur. C'était une chose de se retrouver à transpirer quand elle était avec Griffin, c'était un peu différent quand elle était toute seule. Il lui fallait une douche et une tonne de café.

Malheureusement, elle ne pensait pas en avoir.

Le frigo de Griffin était peut-être rempli au point de déborder, mais elle avait oublié de faire des courses pour elle. Moins d'un mois avec ce mec, et elle prenait déjà ses sales habitudes.

Elle aurait voulu qu'il prenne des habitudes sales avec elle.

Bon, c'était assez.

Il était temps de prendre une douche et d'arrêter de penser à Griffin. Du moins d'essayer.

Avec un autre soupir, elle se débarrassa rapidement de son tee-shirt, vu qu'elle avait déjà retiré sa culotte, et alluma l'eau chaude. Enfin, ce qui passait pour de l'eau chaude dans cette maison. Ce n'était pas le meilleur quartier, mais elle avait des murs et un toit pour la garder plus ou moins au chaud en hiver. Et puis le propriétaire n'avait pas fait trop attention à la paperasse. Bien sûr, elle avait changé son nom de façon pas tout à fait légale, mais ça faisait illusion.

Enfin, pas avec les flics.

Bon sang.

Elle ferma les yeux et se plaça sous le jet en repoussant les souvenirs et les erreurs passées. Elle préférait penser à Griffin et à ses doigts de fée. Il ne pouvait peut-être utiliser qu'une seule main en ce moment, mais il s'en servait comme un dieu. Elle l'imaginait derrière elle dans la douche, la serrant contre son ventre, son sexe logé fermement entre ses fesses. Il aurait une main devant eux et se maintiendrait debout en s'appuyant au mur. Il ferait courir sa main sur ses seins, les prendrait un à la fois et pincerait ses tétons jusqu'à ce qu'elle lui hurle d'en faire davantage.

Elle imita le geste, prit son sein dans sa main en imaginant que c'était celle de Griffin. Il la ferait ensuite glisser vers le bas pour venir jouer avec son clitoris, le ferait rouler doucement avant de le pincer, de le frotter. Il ferait coulisser deux doigts en elle, vite et fort, jusqu'à ce qu'ils soient tous les deux haletants et que les bruits humides de la douche et de son sexe emplissent l'air. Elle se doigta en ne pensant qu'à Griffin et à ses mains. L'eau tiède coula sur son clitoris, et elle avala de grandes goulées d'air, essayant de retrouver sa respiration.

Griffin se pencherait en avant, soufflerait son nom en un murmure :

— Saison.

Et la saison serait celle de la moisson, de la récolte.

Le plaisir s'épanouit, et elle le cueillit, jouissant avec force.

Ses genoux tremblèrent, et elle dut se laisser glisser lentement sur le sol de la douche pour retrouver son souffle. Se masturber dans la douche n'était pas chose aisée, et ça aurait été mieux avec Griffin, mais avec son plâtre... bon... ce n'était pas la seule raison pour laquelle il n'était pas dans la douche avec elle.

De la distance leur ferait du bien à tous les deux. Elle ne pouvait pas craquer pour son patron, le frère de ses amies. Elle ne pouvait pas craquer pour un homme qu'elle serait bientôt forcée de quitter.

Sur cette pensée plaisante, elle se releva et se lava à l'eau qui avait cessé d'être chaude depuis longtemps. Elle frissonna à nouveau, pas de façon agréable, cette fois, se sécha et s'habilla rapidement. Elle tressa ses cheveux et décida que ça suffisait. Il faisait trop froid pour qu'elle sorte avec la tête mouillée alors elle enfila un bonnet. Elle n'était pas assez riche pour mettre de l'argent dans l'électricité du sèche-cheveux. Heureusement, l'eau était comprise dans le loyer, sinon sa petite rêverie avec Griffin lui aurait coûté cher.

Elle enfila rapidement plusieurs couches de vêtements, passa son sac en bandoulière et ouvrit la porte d'entrée avant de s'arrêter net.

Ses mains tremblèrent mais elle fit de son mieux pour ne pas crier.

Un oiseau mort, un corbeau ou une corneille, vu l'apparence, était posé sur le seuil. Il n'y avait pas de sang, mais il semblait s'être rompu le cou... ou s'être fait rompre le cou. Il y avait de nombreuses explications rationnelles. L'oiseau avait pu voler dans la porte et mourir. Un autre animal avait pu le tuer ailleurs et le déposer là, sans laisser de sang.

Ou *il* l'avait peut-être retrouvée.

Elle serra davantage son sac et avança sur le seuil en regardant autour d'elle. Elle ne ressentait pas sa présence, ne le voyait pas, mais ça ne voulait rien dire. Elle ne l'avait pas senti les autres fois non plus... jusqu'à ce qu'il soit trop tard.

Un frisson parcourut ses bras et elle ferma la porte à clé avant de se hâter vers sa voiture. Elle ne courut pas. Il aimait quand elle courait.

Elle reviendrait enterrer l'oiseau quand elle aurait le temps. La pauvre créature méritait bien ça. Mais elle ne pouvait pas le faire maintenant, pas alors qu'*il* pouvait toujours être là. Pas alors qu'elle n'arrivait pas à respirer normalement.

Elle démarra sa voiture et se dirigea vers chez Maya. Les mains crispées sur le volant, elle pensa à tout ce qu'elle avait dans son sac. Entre son coffre et son sac, elle avait tout ce qu'il lui fallait. Elle n'était pas obligée d'aller chez Maya. Elle pouvait conduire tout droit jusqu'à ce qu'elle ait besoin de s'arrêter pour de l'essence. Elle pouvait quitter Denver et ne jamais revoir les Montgomery.

Ne jamais revoir Griffin.

Ça aurait été le plus intelligent.

Le plus sûr.

Mais une fois de plus, Autumn ne fit pas ce qui était

intelligent. Elle n'avait pas envie de partir. Et elle priait pour que, à cause de cela, elle n'ait pas signé l'arrêt de mort de ses amis.

L'arrêt de mort de Griffin.

Griffin inclina la tête et observa les jumeaux parler à un fournisseur de bois ou il ne savait qui au juste. Franchement, Griffin ne connaissait pas grand-chose au fonctionnement de Montgomery Inc., mais il essayait d'être un bon frangin et de donner un coup de main de temps en temps. Et quand il écrivait bien et qu'il avait besoin d'une matinée de congé pour souffler, ça lui faisait du bien d'être là, aussi.

Bien sûr, personne ne le laissait s'approcher d'une scie, alors il se retrouvait généralement à peindre des trucs. Ou à coller des trucs. Ou à hocher la tête pendant que les autres pensaient à voix haute. Ça ne le dérangeait pas, mais à un moment donné, il faudrait que les gens arrêtent avec cette histoire de scie. Ce n'était arrivé qu'une fois.

— Tu es en train de penser à l'Incident, hein ? demanda Storm avec un sourire. On ne te laissera pas en utiliser une.

— Oh putain, non, dit Decker en les rejoignant.

Il accrocha son marteau à sa ceinture porte-outils et renifla.

— Pas moyen que tu t'approches de quoi que ce soit de coupant ou pointu. Miranda me botterait les fesses.

— Elle fait la moitié de ta taille, dit Griffin, pince-sans-rire.

— Et elle est costaude.

Decker hocha la tête sagement, et les frères se mirent à rire. Pour sûr, Miranda était costaude.

— Mais sérieusement, ça fait des années, plaida Griffin. Je ne vais pas me couper le bras.

Decker jeta un regard aigu à son plâtre.

— Tu en as déjà un en moins, il vaut mieux ne pas prendre le risque. J'ai un pinceau et un pot de peinture pour toi si tu as envie de faire la frise dans cette pièce. Ou bien tu pourrais prendre des notes pour moi.

Il grimaça.

— Si tu peux faire ça d'une seule main.

Luc se rapprocha en retenant un sourire.

— Je n'ai pas le droit de faire grand-chose non plus, et c'est mon boulot.

— Tu t'es fait tirer dessus, Luc, dit Griffin. Tu n'as pas le droit de porter de trucs trop lourds pour le moment.

Wes se passa une main sur le visage.

— Sérieux, c'est un vrai feuilleton, cette famille. On a des blessures par balles, des naissances secrètes, des accidents de voiture...

Il croisa le regard de Griffin.

— Et la plupart de ces choses sont arrivées quand les autres ont trouvé leurs femmes. Alors, frangin, tu as quelque chose à nous dire sur Autumn ?

Griffin redressa le menton.

— Je ne vois pas ce que tu veux dire.

— Pour un type qui gagne sa vie avec des mots, tu

n'en as pas beaucoup à consacrer à Autumn, fit remarquer Decker.

Griffin haussa les épaules. Il essaya d'avoir l'air nonchalant, conscient d'échouer lamentablement.

— Elle m'aide. Beaucoup. À vrai dire, j'avance dans ce roman.

Pour tout dire, il arrivait à la fin. Il n'avait aucune idée de comment elle s'y prenait. Tout ce qu'Autumn avait à faire, c'était de se tenir près de lui, et soudain, il arrivait à écrire. Il parvenait à imaginer ce que ses personnages avaient besoin de faire, le chemin qui devait être parcouru.

Il ne savait pas si c'était elle ou le fait qu'elle ait fait le ménage, tout ce qu'il savait, c'était qu'il commençait à la vouloir dans sa vie plus qu'il ne l'aurait dû. Et c'était sacrément flippant. Et si quand elle partait, parce qu'elle partirait, il perdait tout ? Et s'il n'arrivait plus à écrire une fois qu'elle ne serait plus là ?

Et s'il voulait qu'elle soit plus qu'une muse, une amoureuse des livres ?

Et si c'était juste *elle* qu'il voulait ?

— C'est une bonne chose, non ? demanda Decker en lui donnant une tape dans le dos. Il faut bien que tu avances vers ta deadline, ou je ne sais pas quel était ton objectif au juste. Tu ne nous dis rien, alors je suis content qu'Autumn t'aide.

Son meilleur ami étrécit les yeux.

— Et ne me dis pas que c'est uniquement du travail. J'ai vu la façon dont tu la regardes et dont elle te regarde. Tu as couché avec elle.

Les autres le fixèrent, et Griffin baissa la tête. Il n'avait pas envie de parler d'Autumn. Pour une raison ou un autre, il avait envie que cela reste privé. Même dans une grande famille comme celle des Montgomery, il avait envie de quelque chose qui ne soit qu'à lui, qu'à elle, qu'à *eux*. Il ne savait pas si ça resterait privé, et bon sang, ça ne l'était pas en cet instant, mais s'il restait discret, peut-être qu'ils le lâcheraient.

— Ce ne sont pas tes affaires, mon vieux, finit-il par dire.

Decker haussa un sourcil.

— C'est bizarre, de ta part.

Griffin lui fit un doigt d'honneur.

— Je croyais que tu avais dit que c'était oublié.

— Oh, c'est le cas. Mais c'est toujours marrant de t'embêter.

Decker fronça les sourcils.

— Ne la lui fais pas à l'envers, d'accord ?

— Qu'est-ce que tu veux dire ?

Entre lui et Autumn, ce n'était pas sérieux. Pas d'attaches. Il ne voulait pas s'attacher, et elle encore moins. Ils obéissaient simplement aux désirs de leurs corps, et quand le temps viendrait, elle partirait, et il continuerait à faire ce qu'il avait toujours fait. Il n'avait pas besoin d'elle et elle n'avait pas besoin de lui. Il n'y avait pas à épiloguer.

— Je veux dire, elle n'a pas de famille a priori, alors elle n'a pas de grand frère pour dire au mec avec qui elle sort toutes les choses qu'il devrait savoir.

Griffin ouvrit la bouche pour répliquer, mais il se

figea. Il ne savait pas si elle avait un frère, il ne savait rien d'où elle était avant d'arriver dans la vie des Montgomery, comme si elle était tombée du ciel. Il n'avait aucune idée de qui elle était, et peu importait à quel point il essayait de passer outre, il n'était pas sûr d'en être capable. Elle en savait plus sur lui que bien d'autres. Il lui avait même parlé de Lauren. Et pourtant, il ne savait rien d'elle, à part à quoi ressemblait son visage au moment de l'orgasme.

Et s'ils continuaient à coucher ensemble sans attaches, ça devrait suffire.

Il fallait que ça suffise.

Mince.

Il détestait ne pas avoir de visibilité. Ce n'était pas uniquement dû à sa personnalité d'écrivain, mais aussi parce qu'il était un Montgomery.

— Merci de te soucier d'elle, Deck, mais il n'y a rien de sérieux entre nous, alors pas besoin de t'inquiéter.

— Je ne m'inquiète pas, répondit Decker tranquillement.

Les autres étaient restés étrangement silencieux durant cet échange, et Griffin ne savait pas quoi en penser.

— Je m'inquiète pour toi aussi. Alors fais attention.

Griffin n'avait pas besoin d'entendre ça. Il fallait qu'il fasse le vide dans son esprit avant de retourner travailler. Peut-être qu'il roulerait des pelles à Autumn quand elle viendrait, mais ça ne serait rien de sérieux, et il n'aurait pas de sentiments pour elle.

— Si tu en as fini avec cette conversation à cœur

ouvert, je vais passer à Montgomery Ink vu que vous avez l'air de vous en sortir sans moi.

Luc secoua la tête.

— Continue à te défiler, Griffin. Ça finira bien par te rattraper.

Il ne savait pas ce que « ça » était censé être, alors il fit un signe de tête aux gars et retourna vers sa voiture de location. Son assurance la lui prêtait jusqu'à ce qu'ils aient évalué le montant que Griffin recevrait pour la sienne, qui avait été complètement détruite. Il aurait probablement déjà pu en acheter une autre, il avait l'argent pour ça, mais il avait d'autres choses en tête.

À savoir son roman et Autumn.

Et sa famille, son père... Alex.

Des fois, ça faisait trop.

Avec un soupir, il prit la direction du centre-ville et se fraya un chemin entre la circulation et les piétons qui n'avaient pas l'air de savoir que traverser n'importe comment était un délit. Entre les hommes d'affaires qui se prenaient trop au sérieux, les étudiants qui oubliaient de relever la tête de leur téléphone et les hipsters qui se fichaient de l'existence des passages piétons, Griffin avait bien besoin d'une tasse de café ou de quelque chose de plus fort quand il se gara sur le parking réservé aux employés de Montgomery Ink.

Il était de mauvaise humeur, fatigué, et Autumn lui manquait.

Et ceci l'énervait.

Il claqua sa portière et se dirigea vers Taboo pour commencer par une tasse de café. Hailey se tenait derrière le comptoir et elle haussa un sourcil en le voyant arriver avant de faire glisser vers lui une tasse de son café préféré, aromatisé aux noisettes avec des copeaux de chocolat sur le dessus.

— Comment tu savais que j'allais venir ?

Elle sourit.

— Je t'ai vu te garer, faire la gueule, et je me suis dit qu'une tasse de ton café favori ne te ferait pas de mal. Je me suis trompée ?

Elle inclina la tête. Ses yeux expressifs percevaient bien trop de choses.

— Merci, dit-il au lieu de répondre à sa question.

Il se pencha au-dessus du comptoir et l'embrassa sur la joue avant de déposer un billet de vingt sur le marbre.

— Garde tout, Hailey. Il faut que tu paies tes factures.

Elle leva les yeux au ciel, puis se figea. Griffin fronça les sourcils et se tourna vers la porte qui reliait Taboo à Montgomery Ink. Sloane se tenait sur le seuil, les bras croisés sur son torse massif. Sa mâchoire était si crispée que Griffin avait peur qu'il fasse sauter les plombs de ses dents.

— Sloane.

Il lui adressa un signe de tête et fit de son mieux pour signifier avec son langage corporel qu'il n'était pas en train de marcher sur ses plates-bandes. Ce n'était pas évident, alors que Hailey était juste là, en train de les observer tous les deux, et que techniquement, elle n'était pas *avec* Sloane. Et puis, c'était une femme indépendante, il valait mieux ne pas jouer à « prem's » avec elle, au risque de se retrouver avec un œil au beurre noir.

— Montgomery, grogna l'autre.

Mince. Griffin n'était pas petit, aucun des Montgomery ne l'était, mais Sloane était *immense*.

Griffin évita de regarder vers Hailey à nouveau. Il l'avait déjà remerciée et n'avait pas franchement envie de se retrouver avec d'autres os cassés. Sa main lui faisait un mal de chien, et il pensait que Sloane risquait de lui faire plus mal qu'une voiture.

Sloane l'observa encore un moment avant de se tourner de côté pour le laisser passer en silence. Griffin poussa un soupir tandis qu'il pénétrait dans le studio de tatouage et y croisait le regard d'Austin. Son grand frère renifla et secoua la tête.

— Tu fais encore le con avec Hailey ? demanda Austin.

Il avait une main sur son carnet à dessin et faisait tournoyer un crayon de l'autre. Il n'y avait pas tant de monde que ça, dans le studio, et Griffin se dit que ce devait être le calme avant la tempête. Les artistes du studio, surtout Austin et Maya, avaient une liste de réservations de plusieurs années devant eux pour les gros projets et prenaient des gens pour des tatouages plus petits entre temps. Callie passait d'un pied sur l'autre tandis qu'elle travaillait sur l'ordinateur et Maya avait la tête baissée, concentrée sur son carnet elle aussi. Ce n'était pas parce qu'ils n'avaient pas l'aiguille à la main qu'ils n'étaient pas en train de travailler. Il fallait beaucoup de travail préparatoire pour un tatouage pas plus gros qu'un timbre-poste, et son frère, sa sœur et leurs employés étaient les meilleurs dans leur domaine. C'était bien pour ça que Griffin avait tant de tatouages lui-même.

— Je lui ai dit merci pour le café.

Il prit une gorgée et gémit.

— Bon sang, c'est une déesse.

Sloane passa devant lui et faillit renverser sa tasse en le bousculant. Austin adressa à Griffin un regard qui disait « tu es un crétin », mais il eut la bonne grâce de ne pas le dire à voix haute.

Sloane referma la porte du bureau derrière lui, et Austin renifla.

— Tu es vraiment un crétin, Griffin.

Bon, Austin n'avait *pas* de grâce. Tant pis.

— Il y a une raison à ta présence, ou tu essaies d'échapper à Autumn ? demanda Maya sans décoller le regard de son carnet.

— Je n'essaie d'échapper à personne, rétorqua-t-il, les dents serrées.

— C'est ça, mon cœur, dit Maya avec un sourire. Pour tout dire, je suis en train de travailler sur un croquis pour Autumn, là. Tu veux le voir ? Je suis sûr que tu es capable d'imaginer exactement où est-ce qu'on va le mettre.

Il ferma les yeux et refusa de regarder le dessin. Son sexe s'était fait douloureux, et il savait qu'il était en train de bander au milieu d'un foutu studio de tatouage parce qu'il était incapable d'arrêter de penser à Autumn. Sa sœur adorait le taquiner, mais bon sang, il n'avait pas envie de gérer ça.

Alors il pivota sur ses talons et retourna dans Taboo sous les rires des autres, posa sa tasse sur le bar et quitta le bâtiment. Il n'avait plus qu'à rentrer et écrire. Ou se branler, peut-être. Il n'en savait rien.

Mais il ne pouvait pas gérer ce qui se passait en lui, là. Pas alors qu'il n'avait pas la moindre idée de ce que c'était et que sa fratrie s'amusait bien trop à se foutre de lui à cause d'Autumn. Il n'avait peut-être pas dit qu'il était avec elle, n'avait pas fait grand-chose pour donner cette impression en public, à part le moment où elle l'avait pris dans ses bras après la bonne nouvelle concernant son père, mais tout le monde savait qu'il se passait *quelque chose* entre eux.

Sauf que Griffin ne savait pas ce qu'était ce quelque chose.

Et il allait devoir faire de son mieux pour que, quoi que ce soit, ça ne devienne pas sérieux.

Pas d'attaches, avait-elle dit.

Il pouvait faire ça.

Même si ça le tuait.

CHAPITRE TREIZE

AUTUMN AJUSTA ses lunettes sans correction sur l'arête de son nez et retint un sourire. Griffin avait été de sale humeur toute la journée, et elle en avait marre. Elle était arrivée le matin et s'était mise au travail. Ça parlait de courses-poursuites et d'explosions, mais tout en restant fidèle aux personnages et aux émotions qui leur étaient intégrantes. Il s'installait dans son fauteuil de réflexion ou bien il faisait les cent pas dans la pièce en essayant d'exprimer les pensées qui lui venaient, et elle les tapait à toute vitesse. Ils avaient atteint leur quota de mots, et maintenant, elle allait s'amuser un peu. Il avait besoin de s'amuser. Même s'il n'avait pas écrit autant qu'il l'aurait dû avant qu'elle n'arrive, ça n'avait pas été drôle pour lui. Elle voyait la pression dans son regard à chaque fois qu'il regardait la date, mais elle savait qu'il s'y mêlait de l'espoir. Ils se rapprochaient de plus en plus de la fin, et elle avait hâte de voir ce qui se passerait ensuite.

Elle marqua une pause.

La fin du roman.

Pas la fin en général.

La fin de... ce qu'il y avait entre eux.

Bien sûr, c'était vrai aussi.

Elle repoussa ses pensées et ajusta ses lunettes à nouveau. Ce qu'elle s'apprêtait à faire était peut-être une énorme erreur, mais elle avait envie d'essayer.

Elle avait envie d'essayer tout un tas de choses, avec lui. Elle fit rapidement courir ses mains le long de sa jupe crayon très serrée. Il y avait une fente dans le dos. Sans cette fente, il aurait été difficile de faire passer le vêtement par-dessus ses hanches.

Oui, elle avait pensé à des positions où elle serait au-dessus ou bien penchée en avant pendant qu'elle choisissait la jupe à prendre pour cet après-midi. Une question de priorités.

Son chemisier était boutonné jusqu'au cou et la couvrait jusqu'aux poignets. Elle s'amuserait bien à défaire lentement les boutons quand le moment viendrait. Ou bien peut-être que ce serait lui qui les déferait pour elle. Ses escarpins n'étaient pas les plus beaux, mais ils étaient hauts, noirs et criaient « baise-moi ». Pas si mal comme tenue, vu le peu qu'elle possédait.

Elle rassembla ses cheveux en une espèce de chignon et y cala deux stylos en priant pour qu'ils veuillent bien obtempérer. Quelques mèches retombèrent en boucles dans sa nuque, et des petits cheveux vinrent encadrer son visage. Ça fonctionnait pour le look qu'elle voulait, alors elle n'essaya pas de les remettre dans le chignon. Si elle essayait, il y avait de bonnes chances pour que toute la coiffure se casse la gueule.

Griffin était dans son bureau et attendait qu'elle revienne pour qu'ils se remettent au travail. Oh, ils travailleraient encore un peu et puis, avec de la chance, ils s'amuseraient. Parce que peu importait la quantité de travail qu'il lui restait à accomplir, Griffin avait besoin de s'amuser aussi.

Et bon sang, elle aussi.

Si rejouer un porno avec un mauvais scénario, mais du sexe ultra chaud leur permettait de s'amuser, alors très bien, elle se mettrait en position et prendrait tout ce qu'il avait à lui offrir.

Elle retint un reniflement. Bon, peut-être qu'elle n'aurait pas dû regarder *autant* de mauvais pornos pour s'assurer qu'elle avait la bonne tenue et les bonnes répliques. Malheureusement, ça ne l'avait pas excitée jusqu'à ce qu'elle pense à Griffin et elle dans ces positions. Et alors là... eh bien, disons qu'elle avait dû se soulager dans la douche la veille.

Une fois de plus.

Ça allait faire mal quand elle partirait.

Mince. Pas maintenant.

Elle releva le menton et rentra dans le bureau d'une démarche aguicheuse. Il n'y avait pas d'autre démarche possible avec ces talons.

— Tu es de retour. Parfait.

Griffin avait les yeux sur ses notes, et sa main valide jouait avec ses cheveux. Il était tellement sexy avec cette coupe qui laissait de la longueur sur le dessus tandis que les côtés étaient courts. Elle avait hâte de pouvoir passer ses mains dans ses cheveux.

Elle se tint devant le bureau et se pencha un peu en avant tout en jouant avec un stylo.

— Je suis là, dit-elle d'une voix légèrement haletante, exprès.

Autumn fut parfaitement consciente du moment où il releva la tête. Sa respiration se bloqua dans sa gorge, et il émit ce petit grognement qui, quand il le faisait entre ses jambes, la faisait quasiment jouir sur commande. En l'occurrence, elle dut serrer les cuisses. Il y avait quelque chose d'électrisant à être celle qui menait la séduction, qui prenait le contrôle des opérations.

— Hum... tu t'es changée.

Elle inclina la tête.

— Je me suis dit que j'allais passer quelque chose d'un peu plus... confortable.

Le regard de Griffin suivit ses courbes, ses jambes, se posa sur ses talons avant de remonter.

— Ça me plaît.

Il lui sourit, et elle se détendit un peu. Il n'était pas en train de lui dire qu'elle était folle et de la faire dégager de son bureau. Ouf. Il rit même un peu. C'était carrément mieux que son humeur d'ours mal léché de tout à l'heure.

— Merci, dit-elle avec raideur.

— Mais c'est une bonne tenue pour la prise de notes ?

Elle fit courir ses mains le long de son corps en se redressant.

— Pour toutes sortes de prises, Monsieur.

Il sourit pour de bon et, de son stylo, tapota son carnet.

— Tiens donc, tu ne prends pas que des notes, c'est ça ?

Elle se hâta de secouer la tête.

— Oh non, Monsieur. Je peux prendre tout ce que vous voudrez.

Elle pouffa, et il rit.

— Enfin, vous savez, j'ai des doigts agiles.

— Qu'est-ce que tu as été regarder comme porno avant de venir ici, au juste, Saison ?

Elle fronça les sourcils et ramassa la règle qu'elle avait placée sur son bureau ce matin-là. Elle en frappa doucement sa paume deux ou trois fois.

— Tu sais, il faut que tu joues le jeu. J'étais partie sur secrétaire sexy et patron pervers, mais on peut faire la maîtresse et le mauvais élève, à la place.

Les yeux de Griffin s'assombrirent, et il se lécha les lèvres. Il passa une main sur son sexe recouvert par le jean et inclina la tête.

— Allez donc vous asseoir et commencez à taper. Je veux que vous écriviez ce que je dicte mot pour mot. Vous en êtes capable, Mademoiselle ?

Elle eut un grand sourire, soulagée qu'il joue le jeu. Elle avait besoin de le voir sourire, de le voir rire. Elle n'avait pas envie de réfléchir à la raison pour laquelle c'était important pour elle, alors elle mit ça de côté et se concentra à la place sur le fait de s'asseoir bien comme il faut au bord de son fauteuil. Elle ajusta ses seins pour qu'ils ressortent bien entre ses bras pendant qu'elle tapait, et Griffin renifla. Elle était partie sur sexy, mais le trait était un peu forcé. Elle voulait bien de ses rires… et de tout ce qu'il aurait envie de lui administrer d'autre une fois que sa jupe serait remontée sur ses hanches.

— Il était une fois une très, très vilaine secrétaire, commença Griffin.

— Est-ce que c'est un nouveau roman, Monsieur ? demanda-t-elle en commençant à taper sur une page vierge.

— Est-ce que je vous ai autorisée à m'interrompre ?

Elle se mordit la lèvre et lui jeta un regard, sur le point d'éclater de rire.

— Non, Monsieur.

— C'est très décevant, Mademoiselle. Je crois qu'il va falloir vous punir.

Elle écarquilla les yeux et mit la main devant sa bouche.

— Oh non, Monsieur, pas de *punition*.

Griffin se leva et avança vers elle d'une démarche de fauve. Il n'y avait pas d'autre mot pour décrire sa façon de se déplacer, toute en grâce, force et pouvoir. Elle se lécha les lèvres, et il prit son menton dans sa main pour la forcer à le regarder.

— Vous avez été vilaine, Saison. Debout.

Elle déglutit et se leva. Ses chevilles vacillèrent dans ses talons hauts, et Griffin attrapa sa hanche de sa main plâtrée.

— Ça va, ma belle ? demanda-t-il en sortant du jeu.

— Très bien, murmura-t-elle avec un sourire.

— Bien.

Il étrécit les yeux et recula.

— Penchez-vous en travers de la chaise, Saison, et remontez votre jupe. Je crois qu'il faut que vous me montriez à quel point vous avez été vilaine.

Elle passa devant lui en effleurant lentement son corps du sien. Elle alla se placer sur le côté de la chaise et se pencha en avant. Elle trémoussa ses hanches tandis qu'elle faisait remonter sa jupe jusqu'à ses hanches.

— Nom de Dieu, murmura-t-il. Tu as oublié ta culotte ce matin ?

Il marcha jusqu'à elle et fit courir sa grande main sur son derrière.

— Mais si j'ai bonne mémoire, tu avais une culotte ce matin dans ton pantalon de yoga. Ce qui veut dire que tu l'as enlevée juste pour moi.

Ses doigts s'enfoncèrent en elle, et elle gémit.

— Tu mouilles, Saison. C'est pour moi ?

Elle regarda par-dessus son épaule alors qu'il léchait ses doigts, et elle gémit à nouveau.

— Seigneur, Griffin, tu es tellement sexy des fois.

Il sourit.

— Seulement des fois ?

— Eh bien, des fois, tu es un enfoiré, mais je t'aime bien quand même.

Il fit glisser sa main sur ses fesses de nouveau, serra.

— Je t'aime bien aussi.

Si sérieux.

Trop sérieux.

Puis il s'agenouilla derrière elle et la lécha. Elle agrippa les bords du fauteuil et enfouit son visage contre le cuir tandis que lui enfouissait son visage contre elle. Il la lécha, la suça, faisant d'incroyables choses à son clitoris avec ses lèvres. Elle fit ressortir ses hanches et se frotta contre lui tandis qu'il la dégustait. Bientôt, elle jouit en criant son nom avant que ses genoux ne s'effondrent. Mais Griffin était là, et il la maintint contre lui tandis qu'elle redescendait doucement.

Elle n'avait pas prévu de jouir comme ça, direct. Elle voulait commencer par faire quelque chose pour lui. Dès qu'elle eut repris ses esprits, elle essaya d'en revenir à son plan.

— Ne me baise pas, haleta-t-elle.

Griffin se figea.

— Qu'est-ce qui ne va pas ? Je t'ai fait mal ? Ce sont tes talons ?

Il s'assit aussitôt sur le fauteuil et la tira sur ses genoux. Son érection s'incrusta contre ses fesses nues, et il fit courir ses mains sur son corps.

Bon sang. Elle aurait pu tomber amoureuse de cet homme. Tomber amoureuse de la façon dont il l'appelait Saison, la façon dont il faisait attention à elle sans même s'en rendre compte. Elle aurait pu basculer aisément. Et il fallait qu'elle prenne ses distances avant de se briser.

— Tout va bien, Griffin.

Elle marqua une pause.

— Mieux que bien. Mais je voulais faire quelque chose avant que tu me prennes et que j'oublie mon plan.

Les épaules de Griffin se détendirent et il poussa un soupir.

— Bon sang. Tu m'as fait peur.

Elle prit son visage dans ses mains et l'embrassa doucement en appréciant de sentir son propre goût sur ses lèvres.

— Je suis désolée.

Il recula juste assez pour qu'elle comprenne que lui aussi était en train d'essayer de refréner ses émotions. Tant mieux. Elle n'était pas sûre de ce qu'elle ferait s'ils devaient tous les deux affronter ces problèmes. Il valait mieux s'en tenir au sexe et à l'amitié, sans rien de plus.

— Je veux te prendre dans ma bouche, dit-il dans le silence. Je peux ?

Ça le fit rire, un rire franc qui transperça le cœur d'Autumn.

— Tu veux me tailler une pipe. Putain, oui, tu peux me sucer. Tu veux que je reste assis là et que je ne te touche pas ? Ou bien tu vas enlever ton chemisier en gardant ta jupe et tes escarpins, bien sûr ? Comme ça, je pourrais m'occuper de tes seins pendant que tu me suces.

Elle leva les yeux au ciel et sauta de ses genoux. Enfin, « sauta », disons qu'elle se trémoussa pour descendre tandis qu'il gardait les mains sur ses hanches pour qu'elle ne tombe pas à cause de ses talons. Il serra sa main avant de l'aider à se mettre à genoux, et elle déglutit. Griffin Montgomery n'était pas censé lui faire ressentir quoi que ce soit d'autre que du désir.

Elle retira rapidement son haut en oubliant qu'elle avait prévu d'y aller lentement pour être sexy, défit les boutons à toute allure et balança son soutien-gorge sur le sol. Elle voulait le prendre dans sa bouche, et franchement, elle voulait oublier tout ce qui n'avait rien à voir avec le sexe. Les sentiments n'avaient pas voix au chapitre. Il l'aida à ouvrir son pantalon et maintint la base de son sexe tandis qu'elle levait les yeux vers lui à travers ses lunettes.

Il baissa sa main plâtrée et joua avec le bout de ses mèches.

— Je ne savais pas que je fantasmais sur le fait de me faire sucer par une fille à lunettes. C'est bon à savoir.

Elle leva les yeux au ciel et plaça sa main par-dessus la sienne pour serrer son sexe. Il poussa un petit « ouf », et elle se redressa légèrement pour venir lécher son méat. Il retira ses mains de sous les siennes et se dirigea vers ses seins qu'il souleva, et il se mit à jouer avec ses tétons. Elle fredonna en prenant son gland dans sa bouche, avant de reculer pour venir lécher la longueur de sa verge. Elle aimait tailler des pipes. Elle aimait avoir la sensation de contrôler. Et c'était bien elle qui contrôlait la situation. Du moins, jusqu'à ce qu'il enroule ses cheveux autour de sa main et qu'il la tienne immobile tandis qu'il allait et venait dans sa bouche. Mais même alors, c'était elle qui lui donnait le plaisir qu'il prenait. C'était un pouvoir sensuel et entêtant, et elle ne voulait pas prendre cela pour acquis.

Quand elle l'engloutit tout entier, il frissonna et glissa effectivement ses doigts dans ses cheveux. Elle garda un rythme régulier, appréciant la façon dont il gémissait et dont il disait son prénom. Elle fit rouler ses bourses dans sa main avant de les sucer l'un après l'autre, et puis de les relâcher avec un « pop ». Quand il se raidit et gémit à nouveau, elle le garda dans sa bouche alors qu'il faisait mine de se retirer. Le premier jet atteignit le fond de sa gorge et le reste emplit sa bouche. Elle en avala la moindre goutte sans le lâcher du regard tandis qu'il jouissait.

Quand il se retira et tendit la main vers elle, elle recula. Il fallait qu'elle reprenne sa respiration. Elle avait vu quelque chose dans son regard qui lui faisait peur. Quelque chose qui était bien trop proche de « pas-que-du-sexe ». Elle ne pouvait pas se permettre de le laisser se rapprocher et de faire plus que ce qu'ils avaient déjà fait. Peut-être que même ça, elle n'aurait pas dû se le permettre.

— Viens avec moi dans la chambre, murmura-t-il. Passe la nuit ici.

Elle n'était pas restée depuis la première nuit, et elle ne comptait pas le refaire. Elle ne pouvait pas.

— Il faut que j'y aille, dit-elle d'une voix étrangement creuse. Merci.

Elle ne savait pas de quoi elle le remerciait, mais elle se leva et attrapa ses vêtements qu'elle enfila en partant vers le salon.

— Autumn !

— Salut !

Elle partit avec ses chaussures à la main et son sac sur les épaules. Elle était déjà arrivée à sa voiture quand il parvint à la porte d'entrée, et elle ne l'écouta pas alors qu'il l'appelait. Les choses commençaient à être trop personnelles, trop dangereuses.

Et quand le danger arrivait, elle faisait ce pour quoi elle était le plus douée.

Elle prenait la fuite.

~

Griffin fixait l'écran sans réellement voir ce que Jake et Decker faisaient sur leur jeu vidéo. Son tour viendrait bientôt, mais d'abord, il fallait qu'il mette de l'ordre dans ses idées. Ou du moins qu'il essaie. Son esprit était fixé sur Autumn et le fait qu'elle passait son temps à s'enfuir. Elle l'avait surpris avec cette tenue et son jeu de rôle. Il s'était amusé, il avait pris du plaisir à la lécher jusqu'à ce qu'elle jouisse. Et la fellation ? Bon sang. La meilleure de sa vie, et il avait largué les amarres plus vite que jamais auparavant. En tout cas que depuis qu'il n'était plus un ado.

Et puis ensuite, elle s'était carapatée à toute vitesse quand il avait proposé qu'elle vienne dans sa chambre, qu'elle reste pour la nuit. Pourquoi est-ce qu'il lui avait demandé ça, franchement ? Ce n'était pas sérieux, entre eux. Pas d'attaches. C'était ce qu'il voulait. Il n'était même pas sûr d'avoir envie d'une vraie relation comme celles qu'avaient les autres membres de sa famille. Il pensait peut-être que c'était sympa sur certains aspects, mais il appréciait les choses telles qu'elles étaient. Ou telles qu'elles avaient été avant. Il n'écrivait peut-être pas autant qu'il aurait dû, mais il était heureux. Eh oui, Autumn était arrivée et avait saccagé sa routine, mais il écrivait, maintenant.

Il fronça les sourcils tandis qu'il grattait machinale-ment l'étiquette de sa bière avec les ongles.

Il écrivait.

Il prenait à nouveau plaisir à son travail.

Il avait trouvé un chemin pour son personnage, pour qu'il surmonte la mort de sa petite amie. Jensen avait connu l'enfer, mais il allait s'en sortir. Ce ne serait pas facile, ça n'avait certainement pas été facile pour Griffin, toutes ces années auparavant, avec Lauren, mais c'était possible.

Autumn l'aidait, et il ne savait pas quoi penser de cela.

Jake et Decker s'envoyaient des insultes alors que le jeu progressait, et Griffin leur fit signe qu'il n'en avait pas envie quand ils lui proposèrent de jouer. Il fallait qu'il réfléchisse, qu'il détermine quelle serait la prochaine étape. Parce qu'il pouvait soit l'acculer dans ses retranchements et la forcer à lui confier ses secrets, soit la laisser sortir de sa vie comme elle avait prévu de le faire.

Franchement, il ne savait pas ce qu'il voulait.

Et ça lui faisait peur.

Il avait toujours su ce qu'il voulait, mais un seul regard à Saison, et voilà que c'était fini.

Mais peut-être que ce n'était pas tout à fait vrai. Il n'avait pas été capable d'écrire, sans elle pour libérer ses pensées. Il n'avait pas été capable de faire tout un tas de choses. Qu'est-ce qui se passerait quand elle partirait ? Qu'est-ce qui se passerait quand son roman serait terminé ?

Elle lui cachait quelque chose, il en était sûr. Mais bon, lui aussi cachait quelque chose. Il lui avait peut-être parlé de Lauren, mais il ne lui avait pas parlé de ce qu'il ressentait à ce propos. Il ne lui avait pas parlé de sa passion pour l'écriture et de comment il l'avait presque perdue. Des secrets qui lui avaient presque coûté ce livre et qui risquaient encore de le faire, mais il savait qu'Autumn avait plus de secrets encore de son côté.

S'il allait la voir et lui demandait ce qu'elle fuyait, alors il faudrait qu'ils parlent de leur relation, et Griffin n'était pas certain d'en avoir envie. Il aimait ce qu'ils avaient pour le moment. Il aimait l'avoir dans son lit quand il pouvait, et se mettre au travail avec le sourire, même s'il avait parfois envie de s'arracher les cheveux. Si ça devait changer eh bien... ça serait nul. Et ce serait aussi au détriment de ce qu'il y avait entre eux, même s'il n'était pas sûr de ce que c'était au juste.

Elle lui avait dit qu'elle était une nomade, mais rien d'autre sur sa vie. Et quand il posait la question, elle l'évitait et changeait de sujet. Combien de fois pouvait-il la laisser faire ça avant d'abandonner ou d'insister davantage ? Ça faisait mal qu'elle ne soit pas complètement honnête avec lui, alors qu'il lui avait parlé d'une partie de son passé. Il y avait quelque chose qui la faisait souffrir, il le savait, et il n'y avait rien qu'il puisse y faire. Comme avec sa main, qu'il avait cassée en essayant de la protéger pendant l'accident, et pourtant, ça n'avait pas suffi. Il n'avait réussi qu'à se blesser, et c'était grâce à la chance qu'elle n'avait rien eu.

Elle avait tout le temps tellement peur, elle était si farouche.

Et il voulait savoir pourquoi.

Il fallait qu'il comprenne d'abord ce que *lui* voulait

avant de la forcer à se dévoiler. Parce que dans tous les cas, il ne voulait pas lui faire de mal. Et vu la lueur dans son regard, elle avait été blessée par le passé.

Qu'est-ce qu'il voulait avec Autumn Minor ?

Et, peut-être plus important, qu'est-ce qu'elle voulait de son côté ?

— Eh, ça va ? demanda Jake en s'appuyant contre son épaule.

— Qu'est-ce qui ne va pas ? demanda Decker.

— Je... je ne peux pas en parler.

Il se remit à jouer avec l'étiquette de sa bière.

— Si c'est Autumn, tu peux nous en parler, dit Jake doucement. Je sais qu'on blague sur le fait qu'entre mecs, on ne parle pas de nos histoires, mais c'est des conneries.

— Laisse-nous t'aider, ajouta Decker.

Griffin déglutit et secoua la tête. Il ne voulait pas trahir Autumn en leur faisant part de ses inquiétudes. Elle ne lui avait peut-être rien dit pour le moment, mais il ne voulait pas lui donner l'impression qu'elle ne pouvait pas le faire. Mais le fait que ses amis étaient là pour lui ? Ça le réconfortait, et le nœud dans sa poitrine se défit légèrement.

— Je ne peux pas, dit-il doucement. Pour le moment, ajouta-t-il alors que Decker le regardait fixement.

— Très bien, dit Jake au bout d'un moment. Quand tu seras prêt, on sera là. Nous, ou n'importe quel Montgomery. Souviens-t'en.

Griffin hocha la tête et reposa sa bière.

— Merci.

Il se racla la gorge et laissa ses inquiétudes à propos

d'Autumn se réinstaller au fond de son esprit. Elle ne quittait jamais complètement ses pensées. Et ça aussi, c'était une inquiétude.

— Bon, à qui est-ce que je botte le cul ? demanda-t-il en prenant la manette des mains de Jake. Je joue d'une seule main, alors je commence avec des points bonus, non ?

— Connard, marmonna Jake. C'était mon tour, mais tant pis. Joue contre Decker, et je jouerai contre le perdant.

Il fit un clin d'œil.

— Ou le plus grand perdant des deux.

Decker leva les yeux au ciel, et Griffin gémit.

— Seigneur. Il te faut des répliques un peu meilleures. On est trop vieux pour parler comme des gamins de huit ans en train de jouer à Minecraft.

— C'est vrai, intervint Decker. Eh non, Griffin. Pas de points bonus. Tu t'es cassé la main, tu te démerdes. Jake va aller nous chercher des bières pendant que tu agites tes pouces sur la manette.

Jake leur fit un doigt d'honneur mais partit vers la cuisine pendant que Griffin s'installait sur le canapé. Il ne savait peut-être pas quoi faire avec Autumn, mais il savait au moins qu'il avait *quelque chose*. Il pouvait respirer pour le moment.

Et quand il laisserait ses pensées revenir pour de bon, il s'inquiéterait d'Autumn.

Il trouverait quoi faire.

Il le fallait.

CHAPITRE QUATORZE

LES MAINS d'Autumn lui faisaient mal tellement elle avait tapé, ce jour-là, sans parler à Griffin, à part un murmure d'acquiescement de temps en temps. C'était super bizarre, et elle ne savait pas comment régler ça. Ils ne s'étaient même pas embrassés pendant les pauses.

Est-ce qu'elle avait mis fin à leur histoire ?

Est-ce que lui l'avait fait ?

Bon sang.

Elle avait besoin d'un bain chaud.

Et de son lit.

Son lit aurait été merveilleux. Magique, même.

Et ça n'avait rien à voir avec son lit à lui. Elle pourrait souffler et profiter du reste de sa soirée, qui inclurait des restes de pizza et du sommeil. Elle avait hâte. Et quand elle ferait tout ça, elle ignorerait le fait que Griffin n'avait rien fait de différent par rapport à d'habitude avec elle, sauf ce qu'il n'avait *pas* fait. Il agissait comme les autres jours, et pourtant, elle voulait davantage de lui. C'était son problème à elle.

Elle avait pris la fuite, et il l'avait laissée faire.

Elle avait pris la fuite et maintenant, elle ne savait pas quoi faire.

Autumn détestait ne pas savoir quoi faire. Elle avait déjà pris la fuite à cause de ça par le passé, et ça avait fait du mal aux gens. Elle en était seule responsable.

Mais peut-être qu'elle n'était pas obligée de partir... peut-être que les choses étaient différentes, cette fois-ci.

C'était la première fois qu'elle pensait comme ça. C'était dangereux.

Elle savait qu'elle n'aurait pas dû s'enfuir comme elle l'avait fait quand Griffin lui avait demandé de passer la nuit avec lui. Elle était quasiment à poil, à ce moment-là, et partir en courant avec des talons hauts, pas de culotte et une jupe remontée sur ses hanches l'avait juste fait passer pour une idiote. Une idiote qui avait des secrets à garder. Griffin lui avait déjà demandé quels étaient ses secrets, il avait même essayé de les lui soutirer en l'embrassant, mais elle avait tenu bon. Mais la curiosité dans son regard ne lui avait pas échappé, ainsi que la *douleur* qu'il ressentait parce qu'elle ne voulait pas lui dire.

Elle ne pouvait pas lui dire.

Il aimait résoudre des énigmes, et Autumn Minor était une sacrée énigme.

Elle se gara devant chez elle et attrapa son sac. Elle n'était pas surprise d'avoir pensé à le prendre en partant, même en se barrant de chez lui à moitié à poil en s'habillant sur le chemin. C'était sa vie, ce qui la gardait saine d'esprit. Sans ça et ce qu'elle avait dans le coffre, recommencer de zéro serait presque impossible.

Elle grogna en arrivant sur son seuil minuscule. Elle était tellement fatiguée. Elle n'avait pas dormi la veille, tellement elle avait pensé à Griffin et à la façon dont elle avait mis fin à leur soirée. Et aujourd'hui, elle avait dépensé la plus grande part de son énergie à faire comme si tout était normal, alors que ce n'était évidemment pas le cas.

Elle était tellement perdue dans ses pensées qu'elle faillit presque ne pas s'apercevoir que sa porte d'entrée était entrebâillée. Elle se figea et ses cheveux se dressèrent sur sa nuque. Calmement, méthodiquement, elle sortit sa bombe lacrymo. Elle ne rentra pas à l'intérieur. Elle était trop intelligente pour ça.

Il l'attendait peut-être à l'intérieur.

Ou peut-être qu'il l'attendait à l'extérieur.

Elle regarda rapidement par la fenêtre, vu qu'elle était suffisamment proche pour voir à l'intérieur, et se mordit les lèvres pour ne pas crier. Quelqu'un avait saccagé son appartement. Son canapé était renversé, éventré avec un couteau qui devait être très aiguisé. Ses livres et ses vêtements étaient en lambeaux sur le sol, et tout ce que contenait son frigo avait été étalé sur la moquette et les murs.

Hors de question de rentrer pour récupérer ce qui restait de ses affaires. Denver, c'était fini pour Autumn. Elle serra l'arme dans sa main, la douleur d'avoir tapé toute la journée oubliée sous l'effet de l'adrénaline. Elle regarda par-dessus son épaule et courut à sa voiture.

Avant, elle y serait allée doucement, elle aurait essayé d'agir comme si de rien n'était, mais pas cette fois. Elle n'avait pas la force nécessaire pour ne pas attirer l'attention sur elle. De toute façon, ses voisins ne s'étaient visiblement pas aperçu qu'un inconnu détruisait son appartement. Elle savait très bien que ça aurait pu être un cambriolage, vu le quartier, mais son instinct lui criait de s'enfuir et de trouver un lieu sûr. Ce n'était pas le hasard.

C'était *lui*.

Ses mains tremblaient alors qu'elle déverrouillait la portière de sa voiture avec la télécommande et qu'elle sautait à l'intérieur. Son sac se retrouva sous elle dans la précipitation, mais elle s'en fichait. Elle claqua la portière, verrouilla tout, et démarra en un clin d'œil. Elle sortit de l'allée en trombe en faisant quand même attention à regarder dans son rétro pour éviter de percuter une autre voiture. Elle ne pouvait pas se permettre quoi que ce soit qui l'oblige à rester plus longtemps en sa présence.

Elle avait balancé la bombe lacrymo sur le siège passager pour avoir les deux mains sur le volant alors qu'elle commençait à dévaler la rue. Elle tremblait, et ses dents mordirent sa lèvre jusqu'au sang. Elle en ignora le goût dans sa bouche. La douleur la ramenait au présent, plutôt que dans le passé où les cris et la peur la submergeaient. Elle était plus forte désormais qu'elle ne l'avait jamais été.

Bien plus forte.

Son cœur se serra alors même qu'il tambourinait. Elle allait quitter Denver. Quitter les Montgomery.

Quitter Griffin.

Et tout ça sans même un adieu. Mais elle ne pouvait pas se permettre de rester. L'homme qui hantait ses cauchemars depuis si longtemps l'avait retrouvée, et ça n'aurait pas été sûr de rester. Elle irait à un endroit où il faisait plus chaud, comme elle se l'était dit. Denver était bien trop froid pour elle, de toute façon. C'était cool d'avoir l'occasion de voir autre chose. Elle apprendrait beaucoup et se ferait de nouveaux amis, pas aussi proches, cette fois, bien sûr. Elle ne pouvait pas se permettre un chagrin pareil à chaque fois.

Elle lécha la lèvre qu'elle avait mordue et grimaça au goût du sang qui se mêlait au sel de ses larmes. Elle avait ses faux papiers dans son sac, et son bagage d'urgence dans le coffre de la voiture. Avec ça et quasi le plein d'essence, elle n'avait besoin de rien d'autre. Ça lui avait toujours suffi.

Elle n'avait besoin de personne d'autre.

Autumn était sur la route, l'esprit occupé à sortir de Denver, quand elle se rendit compte d'où son subconscient l'avait conduite. Quinze minutes. Elle cria intérieurement. Quinze minutes de conduite, et voilà où ça l'avait menée.

Pas en sécurité. Pas à un lieu éloigné où personne ne la connaîtrait.

Mais à une rue qu'elle connaissait mieux que la sienne. Une maison où elle passait plus de temps que chez elle. Elle se gara, mais ne retira pas son pied de la pédale, ne passa pas au point mort.

Elle n'aurait pas dû être là. Ce n'était pas *sûr*. Elle

tremblait, et les larmes coulaient sur ses joues alors qu'elle essayait de trouver le courage de partir, de faire ce qu'elle faisait à chaque fois.

Fuir.

Sauf qu'elle n'en avait pas l'énergie. Elle était tellement *fatiguée*. Elle n'avait plus envie de faire ça toute seule. Mais s'il l'avait suivie ? S'il était là en ce moment, en train de l'observer devant cette maison ? Elle déglutit alors que sa lèvre saignait toujours légèrement. Pour ce qu'elle en savait, il la surveillait en permanence et connaissait déjà cet endroit. Il en savait assez sur elle pour avoir saccagé son appartement en son absence.

— Oh mon Dieu, s'écria-t-elle.

Qu'allait-elle faire ?

Un coup frappé à sa fenêtre lui arracha un cri, et son pied glissa de la pédale de frein. La voiture bondit en avant et faillit percuter la porte du garage. Elle écrasa la pédale et mit le frein à main.

— Autumn ! Ouvre la porte. Qu'est-ce qui se passe, bon sang ? Tu es blessée ?

Elle secoua la tête, mais ne lâcha pas le volant des mains, ne coupa pas le contact. Il fallait qu'elle parte. Elle n'était pas en sécurité ici. Elle continua à se le répéter encore en encore alors que Griffin tambourinait contre sa portière.

Il poussait des jurons et l'appelait par son nom, mais elle l'entendait à peine, elle s'était forgé une barrière mentale. Sauf qu'elle n'était pas en sécurité ici, pas alors qu'il fallait qu'elle prenne la route et laisse Griffin sortir de sa vie définitivement.

— Je vais casser la vitre, Autumn. Ouvre cette satanée portière. Maintenant.

Elle se tourna vers lui. Sa bouche s'ouvrait et se fermait, mais elle ne dit rien.

Elle ne pouvait pas. Elle était en état de choc. Ça lui était déjà arrivé auparavant, mais ça faisait un moment. Il n'avait pas réussi à s'approcher autant jusqu'alors.

Griffin posa les mains à plat sur sa vitre et mit sa tête entre les deux.

— Autumn, chérie. Ouvre la porte. S'il te plaît. S'il te plaît, laisse-moi t'aider.

Elle l'observa. Oh, Griffin. Il se donnait tellement de mal. Il essayait de l'aider, et elle refusait de le laisser faire. Il aurait mieux valu qu'il ne le lui ait jamais proposé, qu'il n'ait jamais essayé. C'était trop difficile, désormais.

Elle leva précautionneusement une main du volant et la plaça sur la vitre, en face de la sienne. Les doigts de Griffin frémirent en croisant son regard. Ses pupilles étaient dilatées par l'inquiétude.

— S'il te plaît, chérie. S'il te plaît, Saison. Ouvre-moi cette porte. Laisse-moi rentrer.

Le laisser rentrer ? Est-ce qu'elle pouvait faire ça.

Le laisser voir tout ce qu'il y avait à voir ?

Elle n'était pas sûre de le pouvoir, mais elle savait qu'elle n'était pas capable de partir tout de suite. Elle mettrait sa vie et celles des autres en danger en conduisant dans cet état. Les yeux sur lui, elle coupa le moteur et vit les épaules de Griffin se détendre quelque peu. Puis elle déverrouilla les portières. Avant qu'elle puisse ouvrir la bouche pour parler, il avait ouvert la portière et l'avait tirée dans ses bras.

— Tu n'avais même pas mis ta foutue ceinture, Autumn, gronda-t-il à son oreille.

Il parcourut son corps de ses mains, comme pour vérifier qu'elle n'était pas blessée.

— Tu saignes, murmura-t-il, la main sur son menton.

— Je... ne peux pas rester dehors.

Elle serra les lèvres, et la douleur de la coupure la fit un peu émerger du brouillard.

— Il faut... il faut...

Elle ne put finir cette phrase. Elle ne savait pas de quoi elle avait besoin.

Griffin hocha la tête et passa derrière elle pour fermer la portière.

— Tu as toujours ton sac avec toi, c'est déjà ça. Tu as besoin de quelque chose d'autre dans la voiture ?

Il lui prit les clés des mains et la surprit en passant sa main derrière ses genoux et en la soulevant contre sa poitrine. Il la porta comme ça et donna un coup de pied pour refermer la porte d'entrée derrière lui. Apparemment, il l'avait laissée grande ouverte quand il s'était précipité jusqu'à elle.

Ça lui fit chaud au cœur, même si elle essaya de faire taire ces sentiments. Ce n'était pas malin de ressentir ça. Elle n'aurait pas dû être dans ses bras, n'aurait pas dû le laisser la porter... mais ça faisait si longtemps qu'elle n'avait laissé personne l'aider, qu'elle ne s'était pas autorisée à se décharger de son fardeau.

Ce n'était pas juste de laisser Griffin s'en charger maintenant.

Il la posa sur le canapé, avec tellement de précautions que ça la fit presque pleurer à nouveau.

— F... ferme les portes à clé.

Elle ne parvint pas à prononcer la phrase correctement, au début. En fait, elle tenait à peine le choc. Des larmes coulaient toujours de ses yeux, mais elle n'était pas en train de sangloter éperdument. Pour le moment.

Ça viendrait si elle n'arrivait pas à contrôler ses émotions.

Griffin prit son visage dans ses mains et la força à le regarder.

— Je vais faire ça, Saison. Tu as besoin d'autre chose ?

Elle essaya d'ouvrir la bouche pour dire quelque chose, mais elle ne savait pas quoi. Au lieu de cela, elle déglutit à nouveau et le laissa partir. Elle ne devait pas se sentir triste parce qu'il avait arrêté de la toucher. Griffin ferma la porte à clé, mit le verrou et la chaîne. Il vivait dans un quartier tranquille, mais il semblait avoir plus d'options de sécurité qu'elle.

Quand il appuya sur quelques boutons et que l'alarme qu'elle ne savait même pas qu'il possédait émit un bip, elle se mit presque à pleurer de plus belle.

— Tu es en sécurité ici, Autumn, dit Griffin en se rapprochant. Donne-moi une minute. Je reviens tout de suite. Promis.

Elle hocha la tête, les yeux sur la porte d'entrée. Il y avait d'autres moyens d'entrer dans la maison, mais elle pouvait se sentir en sécurité, au moins pour le moment.

Non ? Non. Il ne fallait pas qu'elle pense comme ça. Il fallait qu'elle parte pour garder Griffin en sécurité. Il était plus important qu'elle. Elle ne pouvait pas accepter qu'il arrive du mal à quelqu'un d'autre à cause d'elle.

Griffin fut de retour avant qu'elle ait pu décider quelle serait sa prochaine action. Il tenait une tasse de café dans une main, un verre d'un liquide ambré dans l'autre. Il avait aussi une trousse de premier secours sous un bras et une bouteille d'eau sous l'autre.

Si elle n'avait pas déjà été en train de pleurer, elle aurait commencé à ce moment-là.

Cet homme... cet homme.

— Je viens de le faire, dit-il en lui passant la tasse. Mais tu as l'air tellement sur les nerfs que ce n'est peut-être pas un café qu'il te faut. Donc j'ai ramené du whisky aussi.

Elle fronça les sourcils.

— C'est du bon whisky. Je peux même l'ajouter au café, si tu préfères.

Il s'assit sur la table basse en face d'elle et soupira.

— Dis-moi juste ce qu'il te faut et je le ferai.

— Je... je veux bien le whisky, dit-elle d'une voix rauque, mais je ne pourrai pas conduire après.

Il lui jeta un regard implorant.

— Ne prends pas la voiture. Pas ce soir.

Il posa le whisky à côté de lui avec le reste.

— Je t'en prie.

Elle se lécha les lèvres et grimaça en touchant la coupure.

— Je t'en prie, répéta-t-il.

— D'accord, murmura-t-elle.

Il poussa un soupir et ajouta du whisky à son café, pas tout, mais suffisamment pour apaiser ses nerfs. Il vida le reste avant de reposer le verre sur la table.

— Laisse-moi m'occuper de ta lèvre, dit-il doucement.

— Je... il n'y a rien que tu puisses faire.

Il secoua la tête.

— Tu n'en sais rien.

Elle comprit qu'ils n'étaient pas simplement en train de parler de sa lèvre en cet instant.

Elle le laissa tamponner et nettoyer la coupure. C'était déjà en train de cicatriser, ça avait arrêté de saigner, mais ça faisait toujours mal si elle y touchait.

— Tu t'es mordu la lèvre, Autumn, dit-il d'une voix douce, trop contrôlée. Est-ce que tu veux bien me dire pourquoi ? Est-ce que tu peux me dire pourquoi tu trembles et es pâle comme un linge ?

— Non.

Sa voix se brisa, et elle prit une autre gorgée de son café coupé au whisky en faisant attention à sa lèvre.

— Si, Autumn, dit-il d'une voix un peu tremblante. Tu peux tout me dire.

Il lui enleva la tasse des mains et prit son visage dans sa paume. Elle retint un sanglot.

— Autumn. Dis-moi. *S'il te plaît.*

Elle tremblait, et son cœur battait à toute allure. Elle avait tout gardé en elle pendant si longtemps, n'avait jamais autorisé quiconque à connaître ses pensées, ses émotions. Personne ne connaissait son passé. Son passé était dangereux... mais si elle n'arrivait plus à le contenir ?

Et si elle lui disait ?

Les yeux de Griffin étaient toujours sur elle, et son expression était aussi suppliante que ses paroles.

Elle ne savait pas ce qu'elle comptait dire, ce qu'elle comptait faire, et quand elle ouvrit la bouche, le mot qui en sortit la surprit. Griffin aussi en fut surpris, vu la façon dont il écarquilla les yeux.

— D'accord.

— D'accord, répéta-t-il dans un souffle. D'accord, dis-moi.

Elle déglutit et retira son visage de ses mains. Il fronça les sourcils, mais elle prit ses mains dans les siennes à la place. Elle ne pouvait pas parler avec ses mains sur son visage.

— Je ne m'appelle pas Autumn Minor.

Il écarquilla les yeux mais hocha la tête.

— D'accord.

Seigneur, cet homme était si fort, si... prêt à l'écouter. Il fallait qu'elle soit prête à tout lui dire. Lui révéler la vérité, lui révéler son passé.

Elle en était capable.

— Je m'appelle Hannah Daniels.

Il ne l'interrompit pas, et cela lui donna le courage de continuer.

— Je... je ne m'y suis pas vraiment prise de façon légale pour changer mon nom.

Elle marqua une pause.

— On peut le gérer. Si tu t'es enfuie à cause de quelque chose qui t'a obligée à changer ton nom, c'est gérable.

— Je déteste ce mot, dit-elle doucement. J'ai l'impression d'avoir passé ma vie à m'enfuir.

— Autumn...

Elle poussa un soupir. Il l'appelait toujours Autumn, pas Hannah. Elle en était heureuse. Elle était Autumn pour lui... même si ça ne durait pas.

— J'ai un frère et des parents. Ils m'aimaient... ils m'aiment peut-être toujours, mais comme ça fait dix ans que je ne leur ai pas parlé, je n'en sais rien. Je suis partie de chez moi à dix-huit ans et je n'y suis jamais retournée. Je ne peux pas.

Elle ferma les yeux et prit une grande inspiration.

— Je ne raconte pas ça dans le bon ordre. Je devrais commencer du début.

Griffin se détourna seulement pour retirer le bouchon de la bouteille d'eau et l'amener à ses lèvres. Elle en prit une grande gorgée et hocha la tête pour le remercier. Il savait ce qu'il lui fallait avant qu'elle-même en soit consciente...

— Au lycée, je m'en sortais bien scolairement. J'avais de bonnes notes et je savais que j'irais à l'université. Je n'étais pas la meilleure du club de sport, ni la fille populaire et major de promo. J'étais simplement une bonne élève normale, si on peut dire. J'avais pris les bons cours et j'avais des amis. Tout allait bien. Ce n'était ni génial, ni horrible. Je n'ai pas détesté le lycée... jusqu'à ma dernière année.

Elle prit une autre gorgée d'eau et laissa Griffin faire courir sa main de bas en haut sur sa cuisse pour la réconforter.

— J'avais un cours d'histoire avec Mr Sanders. Jeff Sanders. C'était un super prof avec une excellente réputation. Celui qui avait un si beau sourire que les mères célibataires, et certaines qui ne l'étaient pas, essayaient de flirter avec lui. Il était le prof sur qui craquaient les adolescentes, et quelques adolescents aussi. Il était populaire. Tout le monde adorait Mr Sanders.

Elle prononça la dernière phrase à travers ses dents serrées, et Griffin prit son menton dans sa main.

— Chérie...

Elle aimait quand il l'appelait comme ça. Elle aimait quand il l'appelait Saison. Elle aimait être avec lui.

Mais ce n'était pas le sujet.

— Il y avait toujours eu des rumeurs sur lui, tu sais. Comme quoi il aurait couché avec une ou deux mères d'élèves, mais tous ceux qui l'entendaient prenaient son parti et disaient que c'étaient des salopes qui inventaient des trucs. C'était toujours la faute de la femme qui avait eu envie de coucher avec lui. Mr Sanders ne pouvait rien faire de mal.

Elle secoua la tête.

— Il y avait aussi des rumeurs à propos de lui et de ses élèves, même celles qui n'avaient pas encore dix-huit ans. On pouvait s'asseoir où on voulait en cours, mais bizarrement, il n'y avait que des filles au premier rang. En général des filles qui portaient des jupes. Je n'ai jamais compris comment il s'y prenait.

Elle frissonna.

— Il m'a fait m'asseoir au premier rang durant mon

année de terminale. J'aimais porter des jupes, j'aime sentir le nylon des collants sur mes jambes.

Elle soupira.

— Je le fais toujours. Je ne voulais pas qu'il me prenne ça.

Griffin serra sa cuisse.

— C'est bien.

Elle eut un sourire triste.

— Il faisait particulièrement attention à moi. J'étais suffisamment jeune pour croire que c'était parce qu'il était un bon prof. Au début. Et puis... il y a eu davantage. Il me demandait de rester après le cours. Il caressait mes cheveux et s'appuyait contre moi. Ça me faisait peur.

— Ce type mérite une balle.

Elle caressa sa main.

— C'est pire ensuite.

— Dis-moi, répéta-t-il.

— Quand j'en ai parlé à mes parents, ils ont dit que ce n'était rien.

Des larmes emplirent ses yeux, et elle battit des paupières pour les faire disparaître. Si elle se remettait à pleurer, elle n'y arriverait jamais.

— Ils ont dit que ce n'était rien. Ils ont cru que j'affabulais. C'était *Mr Sanders*. Il n'aurait jamais fait ça. C'était moi qui ne comprenais pas.

— N'importe quoi.

Elle renifla.

— Oui, n'importe quoi. Ils avaient tort. Peut-être qu'ils feraient un choix différent, aujourd'hui, mais à l'époque, ils ont eu tort.

— Saison, dis-moi tout.

— Il s'est mis en colère quand je lui ai dit que j'en avais parlé à mes parents. Un jour, il m'a coincée après l'école et m'a dit que j'étais une mauvaise fille. Que puisque j'avais parlé à mes parents, même s'ils ne me croyaient pas, il fallait que je sois punie. Qu'il avait le pouvoir et que moi, je n'avais rien.

— Est-ce qu'il t'a touchée, Autumn ? Il t'a fait du mal ?

— Il ne m'a pas violée, il ne m'a jamais touchée de façon sexuelle. Je ne lui en ai pas laissé l'occasion. Il était obsédé par moi. Il me laissait des petits mots, il était toujours là, derrière moi, quand j'allais au cinéma ou à mon petit boulot le soir. Il était toujours *là*. Et personne ne me croyait. C'étaient des coïncidences, ils disaient. C'était moi qui étais coupable d'essayer de ternir la réputation d'un homme bien.

Griffin serra ses mains.

— Qu'est-ce qui s'est passé ? Pourquoi tu t'es enfuie ?

— Le jour après la remise des diplômes, tout s'est emballé. Tu vois, j'avais tellement peur, pendant le dernier semestre, que mes notes ont commencé à baisser. J'ai validé tous mes cours, mais j'avais foutu la honte à la famille, je les avais humiliés. Je ne suis pas allée à la cérémonie de remise des diplômes, ni à aucune fête. Je suis juste restée à la maison.

Elle frissonna.

— C'est comme ça qu'il m'a trouvée. Pendant que mes parents et mon frère étaient sortis dîner ensemble en famille, hoqueta-t-elle, il est venu chez moi. Je ne savais pas s'il voulait me tuer ou... enfin... tu vois.

Griffin émit un grondement bas qui aurait dû lui faire peur, mais qui la rassura à la place.

— Je l'ai frappé avec une poêle. J'avais prévu de me faire des œufs, et c'est la seule chose que j'avais à portée de la main. Il m'a attaquée de nouveau, m'a frappée jusqu'à ce que je saigne. J'ai hurlé, hurlé. Et personne n'est venu. Je l'ai frappé de nouveau avec la poêle et je me suis échappée avec mon téléphone.

Griffin la prit sur ses genoux à ces mots.

— Chérie.

— J'ai appelé la police, mais l'inspecteur était ami avec Mr Sanders. C'était son meilleur ami, pour tout dire. On m'a dit qu'il avait un alibi et que j'étais une menteuse. Certains ont prétendu que je m'étais fait mal toute seule.

Griffin poussa un juron.

— D'autres ont dit que c'était un cambriolage, ou mon crétin de petit ami, je n'en avais pas mais ils étaient tous persuadés que si, qui m'avait frappée. Personne ne voulait croire que c'était Mr Sanders.

— Je ne comprends pas comment personne n'a voulu te croire. Tu avais des bleus, chérie. C'est une preuve, ça.

— Pas à leurs yeux. Entre une adolescente et un type très, très intelligent, personne ne croit l'ado. Sa réputation était intacte, et la mienne en lambeaux. J'avais une bourse pour la fac où je comptais aller. Elle a été annulée à cause de mes... transgressions auprès de la police, comme ce n'était pas une bourse sur les seuls mérites scolaires, mais aussi sur mon honneur.

— C'est n'importe quoi.

— Oui. C'est plutôt nul, hein ? Le truc, c'est que même si je ne pouvais pas aller à la fac, et que ma famille ne me croyait pas, je me suis retrouvée avec rien parce que j'avais la trouille. Et au milieu de tout ça... je n'étais pas en sécurité. Il était toujours là. À me surveiller. Oh, c'était différent, tu sais ? Il faisait bien plus attention. Il ne m'a jamais touchée à nouveau, mais il était toujours *là*.

— Alors tu t'es enfuie.

Elle hocha la tête.

— Au début, c'était juste pour échapper aux regards et à la peur. Et après la première fois où il s'est pointé à mon boulot, à quatre États de là, j'ai su que je ne serais jamais en sécurité à moins de continuer à m'enfuir.

Elle laissa un gémissement lui échapper.

— Il faut que je m'enfuie à nouveau, Griffin. Tu es en danger.

— Pourquoi tu dis ça ? Moi, en danger ? Saison, c'est à toi qu'il cherche à faire du mal. C'est toi qui es en fuite. En quoi suis-je en danger ? Qu'est-ce que je peux faire pour t'aider ?

— Il ne m'a pas fait de mal depuis que je me suis enfuie, mais il a fait du mal à d'autres.

Elle serra les lèvres.

— Chaque fois que je crée des liens, d'autres personnes sont blessées. Mary, une serveuse avec qui je travaillais, elle a été blessée parce qu'elle ne voulait pas lui dire où j'étais. Et d'autres aussi. Je ne peux pas te faire courir ce risque. Il faut que je m'en aille.

Elle essaya de se lever, mais il la tint fermement contre lui. Il embrassa sa tempe, et elle ferma les yeux.

— Tu ne me fais pas courir de risque. C'est moi qui le prends.

Il marqua une pause.

— Pourquoi est-ce que tu n'as pas été voir la police depuis ?

— Il faut que je continue à fuir. Jeff Sanders a de l'argent et connaît suffisamment de gens pour obtenir ce qu'il veut. Il n'a jamais été arrêté, aucune des fois où il a agressé quelqu'un. Il arrive toujours à s'en sortir.

— Tu es avec les Montgomery, désormais. On va aller voir la police. On ne laissera rien t'arriver.

— J'ai envie d'y croire. Seigneur, j'en ai vraiment envie. Mais je ne peux pas. Il faut que je m'en aille.

Elle continua à le répéter, consciente que c'était dangereux de rester.

— Il est passé chez moi ce soir, Griffin. Il a détruit presque tout ce que je possède.

Il resserra ses mains sur elle.

— Quoi ? Ce n'est pas possible, Autumn.

— Il est ici, Griffin. Il est *ici*.

Griffin embrassa à nouveau sa tempe et la berça contre lui, le corps tendu comme un arc. La rage qui courait dans ses veines était presque palpable.

— On devrait appeler les flics.

— Pas maintenant.

Elle appuya son visage contre le sien. Si elle appelait les flics, Jeff Sanders serait encore plus en colère. C'était comme ça que ça marchait.

— Chérie.

— Je... je...

— Alors installe-toi ici. Tu ne peux pas rentrer chez toi. Reste avec moi, Autumn. Reste jusqu'à ce qu'on ait trouvé une solution. Laisse-moi te protéger.

Il l'embrassa doucement en la suppliant de rester. Elle était tellement... fatiguée. Fatiguée de s'enfuir, fatiguée d'avoir peur. Fatiguée de n'avoir personne sur qui s'appuyer. Elle pouvait passer la nuit ici, peut-être une journée de plus, mais ensuite, il faudrait qu'elle parte pour mettre Griffin en sécurité.

— D'accord, murmura-t-elle.

Il la serra fort.

— Merci.

Il l'embrassa à nouveau, et elle se laissa fondre contre lui. Juste pour cette nuit, se dit-elle. Ensuite, elle rassemblerait son courage et ferait en sorte de garder les gens à qui elle tenait, de garder Griffin, hors de la ligne de mire.

Il ne pouvait pas en être autrement.

CHAPITRE QUINZE

GRIFFIN GARDA les yeux sur Autumn alors qu'elle dormait dans ses bras. Elle l'avait laissé la mettre au lit, même si elle dormait tout habillée. Elle ne voulait pas être privée de la possibilité de fuir en quelques secondes.

Ça lui brisait le cœur qu'elle ait aussi peur. Qu'une femme en apparence aussi sûre d'elle se retrouve à trembler et à ne pas être capable de respirer à cause d'un prof obsédé lui donnait envie de hurler de rage. C'était plus horrifiant que n'importe quel roman qu'il aurait pu écrire, n'importe quelle intrigue qu'il aurait pu imaginer.

Il avait envie de régler tout ça pour elle, d'arranger les choses comme il l'avait fait d'innombrables fois pour d'autres. Mais ce n'était pas aussi facile. Non seulement, elle était menacée par cet homme, mais elle avait aussi utilisé de faux papiers et menti à la police au moins une fois devant lui.

Mais c'était quelque chose qui pouvait s'arranger. Il

connaissait des gens dans la police pour les avoir interrogés pour ses romans. Et puis il savait qu'elle n'avait fait ça que pour se protéger, ce n'était pas complètement des mensonges. Ce n'était pas pareil.

Il avait envoyé un SMS à Decker avant d'aller se coucher pour lui demander de faire passer le mot dans la famille et leur dire de faire attention. Il n'était pas rentré dans les détails, mais après ce qui s'était passé avec l'ex de Miranda, sa famille savait faire attention les uns aux autres quand c'était nécessaire. Il savait aussi qu'il ne pourrait pas leur cacher longtemps le gros de l'affaire, une fois qu'ils se mettraient en tête de le découvrir. Et vu la façon dont Maya et Meghan lui avaient envoyé des messages toute la matinée, il savait que le temps à passer seul avec Autumn lui était compté.

L'idée qu'un connard s'en prenait à elle...

Elle émit un petit gémissement, et il la relâcha, conscient qu'il s'était mis à trop la serrer en pensant à ce prof qui essayait de lui faire du mal.

Il ne savait pas s'il aimait la femme qui se trouvait dans son lit, il ne savait pas si ce qu'il y avait entre eux durerait ou s'étiolerait une fois qu'ils auraient assouvi leurs désirs, mais il savait qu'il tenait à elle.

Autumn *comptait pour lui*.

Il fallait qu'il le lui montre sans lui faire peur.

Elle se tourna vers lui et se figea en ouvrant rapidement les yeux.

— Griffin.

Il se pencha et l'embrassa sur la tempe en repoussant les cheveux qui étaient tombés devant son visage.

— Saison.

Elle soupira, et il l'embrassa sur la bouche.

— J'ai une haleine du matin, marmonna-t-elle.

Il eut un petit rire et l'embrassa à nouveau, cette fois en prenant tout son temps et en venant mêler sa langue à la sienne. Elle gémit et enfonça ses ongles dans ses épaules. Il se recula et appuya son front contre le sien.

Ses pensées partirent dans mille directions, et il comprit qu'il en était de même pour elle rien qu'à sa posture.

— J'ai des affaires de toilettes que tu peux utiliser dans la salle de bain.

Elle cligna des yeux en le regardant.

— J'ai un sac dans mon coffre.

Il hocha la tête, un peu soulagé et attristé en même temps qu'elle ait eu un sac de secours.

— Je vais aller le chercher.

Elle enfonça ses ongles dans son bras à nouveau.

— Je ferai attention.

Il l'embrassa et prit les clés sur la table de nuit. Il la laissa dans le lit, perdue et un peu ébouriffée. Il voulait la mettre à l'aise, mais il ne savait pas trop comment faire. Il n'était pas aussi doué pour ça qu'il aurait aimé le penser.

Tous les sens en alerte, il alla jusqu'à sa voiture et prit sa valise dans le coffre. Il serra les lèvres en voyant son kit d'urgence, les bouteilles d'eau, les rations de nourriture et les innombrables autres choses dans son coffre. Ce n'était pas étonnant qu'elle ait eu peur quand sa voiture était tombée en panne. Si elle perdait tout ça, elle perdait son échappatoire. Il savait que le sac qu'elle gardait sur elle à tout moment était important aussi.

Il ne pouvait pas imaginer ce que ça devait faire d'avoir peur comme ça *tout le temps*.

De petites choses comme faire le ménage chez lui et l'aider à finir son livre pâlissaient en comparaison de l'enfer qu'elle vivait depuis une décennie.

Il se hâta de revenir à l'intérieur avec ses affaires et fit attention à enclencher l'alarme. Il la trouva dans la chambre, en train de faire la moue en regardant son téléphone. Elle releva la tête vers lui.

— Tu leur as dit ?

Sa voix n'était pas accusatrice, plutôt curieuse. Il marcha jusqu'à elle, et elle écarta légèrement les jambes pour qu'il puisse se tenir entre. Il lui passa une main dans les cheveux, et elle se laissa aller contre lui.

— Je ne leur ai pas dit exactement ce qui se passe, mais j'ai dit à Decker de rassembler les troupes au cas où ce type connaisse notre existence.

Elle laissa échapper un petit miaulement de chaton affolé, et il aurait pu se foutre des baffes.

— Ce n'est pas de ta faute.

Elle poussa un soupir et sembla se reprendre.

— Tu es en danger à cause de ma présence. Tu as dû dire à ta famille de faire gaffe et de ne pas laisser leurs enfants hors de leur vue sans leur donner de détails à cause de moi. Comment est-ce que ça pourrait ne pas être ma faute ?

Il poussa un juron et plaça sa main à l'arrière de sa tête pour la forcer à le regarder.

— Je leur ai dit d'être prudents. Et je pense que, quand ça sera le moment, tu leur diras tout toi-même. Pas aux enfants, bien sûr, mais tu sais ce que je veux dire. Tu n'es *pas* seule, Autumn.

— Tu continues à m'appeler Autumn.

Il fronça les sourcils.

— C'est comme ça que je te connais. C'est la personne que tu es devenue. L'automne, c'est le changement. La mort avant la renaissance. Tu es devenue une femme que je connais et à qui je tiens. Si tu veux que je t'appelle Hannah, je le ferai, mais je te vois comme Autumn. Je te vois comme ma Saison.

Ses yeux se chargèrent d'émotion, mais il n'aurait su dire laquelle. Il n'avait pas dit à une femme qu'il tenait à elle depuis Lauren, et il avait été bien trop jeune alors pour comprendre la véritable profondeur d'une telle émotion.

Ça aurait dû lui faire peur, mais il était trop inquiet de ce qui risquait d'arriver pour se soucier du fait de lâcher prise.

— Je... j'aime bien que tu m'appelles Autumn.

Elle recula légèrement.

— Je déteste me retrouver à bégayer et avoir du mal à trouver mes mots. Je n'aime pas être une gamine apeurée.

Il hocha la tête.

— Alors préparons-nous et prenons le petit déjeuner. On décidera quoi faire ensuite une fois qu'on aura l'estomac plein.

Elle haussa un sourcil.

— Tu penses toujours avec ton estomac.

— C'est vrai. Allez, en route.

Il la souleva, l'embrassa avec passion, puis la dirigea vers la salle de bain d'une légère tape sur les fesses.

Autumn le fixa avant de passer devant lui pour ramasser son sac et partir dans la salle de bain. Elle semblait sur le point de dire quelque chose, mais elle ne le fit pas. Au lieu de ça, elle continua à s'agiter comme si elle avait besoin de faire quelque chose pour ne pas s'effondrer. Il comprenait ce qu'elle ressentait. Ou bien peut-être qu'il projetait ses propres émotions sur elle.

Il la regarda partir, le cœur battant. Seigneur, il était en train de tomber amoureux.

Amoureux, avec un grand A.

Mince.

Il fallait qu'il s'assure de sa sécurité. Ensuite, il pourrait penser au reste.

Il sélectionna rapidement un jean propre et partit dans la salle de bain secondaire. Il prit la douche la plus rapide de sa vie, désireux d'être au moins propre et prêt dans la cuisine quand elle reviendrait. Avec un peu de chance, un café et une bonne assiette l'aiderait à se sentir mieux. Il ne lui avait pas menti quand il lui avait dit qu'il voulait qu'elle reste.

Ce n'était pas sûr pour elle de retourner chez elle, et il voulait qu'elle soit à ses côtés. Sa main se crispa autour de la poignée de la poêle, et il se força à prendre une grande inspiration. Il ne savait pas si sa tension venait de ses instincts d'homme préhistorique qui remontaient à la surface ou du fait que quelqu'un ait osé faire du mal à Autumn, mais il avait envie de balancer la poêle par la fenêtre. Bien sûr, il se retrouverait sans petit déjeuner et foutrait la trouille à Autumn s'il faisait ça.

Il mit du bacon à cuire et sortit une seconde poêle pour les œufs. Il n'était pas un cuistot hors pair, mais même avec sa main droite dans un plâtre, il était capable de faire des œufs brouillés, du lard frit et des toasts. Le tout avec du café, ça ferait l'affaire. Autumn aurait sans doute été capable de faire mieux, mais il voulait qu'elle se concentre sur elle, pas qu'elle s'occupe de le nourrir.

Elle s'était creusé une place dans son cœur. Et il ne savait pas ce qu'il en pensait.

Elle n'était pas Lauren. Elle n'était pas malade. En tout cas, pas pour le moment. Et pourtant, Autumn risquait de l'abandonner pour une tout autre raison.

Ce n'était pas pour rien qu'il s'était protégé des autres et avait placé son cœur derrière un bouclier.

— Ça sent bon, dit Autumn d'une voix neutre en rentrant dans la cuisine.

Il se tourna pour la voir, parce qu'il avait *envie* de la voir.

Elle portait une jupe longue et un haut en coton avec des manches. La jupe tournoyait autour de ses chevilles, lui donnant l'air de flotter dans les airs. Elle était couverte de la tête au pied, et pourtant, elle le rendait fou.

Il y avait quelque chose qui déconnait chez lui.

Ce n'était pas le moment de penser avec sa queue, de remarquer à quel point elle était canon. Il n'aurait pas dû avoir envie de lui retirer cette jupe et de la baiser comme un fou contre le plan de travail. Au lieu de ça, il aurait dû s'inquiéter de sa sécurité. Elle n'avait pas le temps de baiser, son esprit était sûrement ailleurs.

Ou peut-être que c'était exactement ce dont ils avaient besoin tous les deux, pensa-t-il alors qu'Autumn le parcourait du regard. Il était conscient de ce qu'elle voyait : un homme torse nu en train de faire frire du lard, en jean sans sous-vêtement. Il ne s'était pas embêté à fermer tous les boutons de sa braguette, alors si elle baissait les yeux, elle verrait la touffe de poils sombres à la base de son sexe.

Ce n'était probablement pas la tenue la plus adaptée pour faire frire du bacon.

Il retira la poêle du gaz avant que l'huile projetée vienne lui brûler le torse ou d'autres parties de son anatomie, et il coupa le feu. La cuisson était finie, de toute façon.

— J'ai fait des œufs au bacon.

Il poussa un juron.

— J'ai oublié les toasts, mais on peut les faire maintenant.

Autumn avança jusqu'à lui lentement, et il resta immobile, craignant de l'effaroucher avec un mouvement trop brusque.

— Je n'ai pas peur de toi, murmura-t-elle. Tu n'as pas besoin de marcher sur des œufs. J'ai peut-être peur de *lui*. Mais tu n'es pas lui. Je n'ai jamais pensé comme ça.

Elle se dressa sur la pointe des pieds et l'embrassa. Une fois. Deux fois.

— Merci de prendre soin de moi.

Il l'entoura de ses bras.

— Ce n'est rien.

Il ne savait pas quoi faire d'autre, et son sentiment d'impuissance menaçait de le submerger.

— Non, ce n'est pas rien.

Il ferma les yeux hermétiquement avant de les rouvrir pour croiser son regard.

— Je veux en parler à ma famille, Autumn. En parler aux Montgomery pour qu'ils puissent nous aider.

Elle pinça les lèvres et hocha la tête.

— Admettons. Tu es déjà au courant alors ce n'est pas comme si je pouvais le leur cacher bien longtemps.

Il secoua la tête.

— Si tu voulais que je garde le secret, je le ferais.

— Même avec ta famille ?

— Même avec eux.

C'était la vérité, et ça le surprit.

— On peut leur dire.

Il soupira et l'embrassa sur le dessus du crâne, conscient qu'ils s'étaient embrassés et avaient passé plus de temps dans les bras l'un de l'autre au cours des dernières heures que depuis le début de leur relation.

— Il faut qu'on aille voir la police, Autumn.

Elle secoua la tête contre sa poitrine.

— Je ne veux pas. S'il te plaît, non, Griffin.

Il la serra plus fort.

— Chérie... Saison... il le faut. Je connais quelques personnes à qui j'ai parlé quand je faisais des recherches. Ce ne sera pas totalement des inconnus.

— Je ne sais pas si j'en suis capable.

Il soupira.

— Autumn.

— Je n'aime pas te céder comme ça. C'est comme si je perdais le contrôle.

Il recula et releva la tête d'Autumn vers lui du bout des doigts.

— Ça fait bien trop longtemps que tu ne contrôles plus les choses. Tu n'es plus une gamine, et cet enfoiré n'a pas ces flics-là dans la poche. On va se battre. Je veux que tu sois en sécurité. Je veux que tu arrêtes...

Il s'interrompit.

— Je veux que tu restes.

Au bout d'un long moment, elle poussa un soupir.

— D'accord. Allons-y. Ce n'est pas comme si je pouvais fuir toute ma vie. Mais bon sang, ça me fout la trouille.

Il renifla mais il l'embrassa à nouveau.

— Tu es. Tellement. Courageuse, dit-il en ponctuant sa phrase de baisers.

Elle enroula ses bras autour de ses épaules, et il prit ses fesses dans ses mains, tant pis pour le plâtre avant de la soulever dans ses bras.

— On réchauffera le petit déjeuner tout à l'heure, marmonna-t-il en mordillant les lèvres d'Autumn.

Elle soupira contre sa bouche, et il se tourna pour la poser sur le plan de travail. Elle cala sa jambe dans son dos pour le rapprocher d'elle.

Ils s'embrassèrent passionnément, sombrèrent l'un contre l'autre alors qu'ils exploraient leurs bouches, se pressèrent l'un contre l'autre jusqu'à ce qu'ils soient tous les deux haletants de désir. Griffin se baissa pour venir prendre un de ses tétons entre ses dents, ravi de constater qu'elle ne portait pas de soutien-gorge sous son tee-shirt en coton. Il se hâta de la débarrasser de celui-ci et se retrouva avec la bouche sur son sein dans la seconde suivante. Autumn renversa la tête en arrière tandis qu'elle enfouissait ses doigts dans ses cheveux.

— C'est ça qu'il me faut, Griffin. C'est *toi*.

Il gronda contre son sein avant de lécher sa poitrine et de venir s'occuper de son autre sein. Les mains d'Autumn passèrent de ses cheveux à son dos avant de refaire le chemin inverse. Ils étaient tous les deux hors d'haleine quand il recula pour glisser ses mains le long de ses jambes. Quand il se rendit compte qu'elle n'avait rien sous sa jupe, il gronda.

— Tu as oublié de mettre des sous-vêtements dans ton sac ?

Elle sourit.

— Je veux simplement t'avoir en moi.

Il se lécha les lèvres et hocha la tête.

— D'abord il faut que je goûte.

Il cala les jambes d'Autumn sur ses épaules, tira ses fesses au bord du plan de travail et remonta lentement sa jupe.

— Toute rose, toute jolie, murmura-t-il. Tu mouilles pour moi, Saison. J'ai hâte de venir lécher tout ça, d'avoir ton goût sur ma langue.

— Alors tu ferais mieux de te dépêcher avant que je m'occupe de mon clito et que je me fasse jouir toute seule.

Il aurait pu se laisser tomber par terre de soulagement. Ça, c'était son Autumn. Sexuelle, pleine d'assurance, et à *lui*. Il ferait tout ce qui était son pouvoir pour la garder ainsi.

Quand il lécha entre ses cuisses, que sa barbe vint effleurer sa peau sensible, elle frémit. Puis elle le rapprocha de lui, et il sourit avant de venir fredonner contre son clitoris.

— Affamée.

— Commence à lécher, Monsieur l'écrivain, haleta-t-elle.

— Comme tu voudras, Saison.

Il la lécha et vint mordiller ses grandes lèvres avant de refermer la bouche sur son clitoris. Il fit courir sa langue sur elle, lentement et méthodiquement, jusqu'à ce qu'elle atteigne l'orgasme, tremblante de tout son corps, la voix cassée de crier son nom.

— Griffin.

Il s'essuya la barbe du revers de la main et se redressa, les yeux dans les siens. Elle tendit la main et effleura son torse des doigts. Un moment passa entre eux, une connexion qu'il ne savait nommer. Cette femme... ça lui faisait peur de constater à quel point il la voulait. Ce déclic en lui n'avait pas de logique. Il le refoula pour le moment, conscient qu'il avait besoin d'être en elle et de la protéger avant de se mettre à trop réfléchir.

Il ne voulait pas aimer à nouveau.

Il ne pouvait pas se le permettre.

Il pouvait être avec elle, ici et maintenant, et une fois qu'elle serait en sécurité, ignorer le futur.

C'était tout ce qu'il pouvait faire.

Elle se lécha les lèvres et l'aida à défaire son pantalon.

— Capote, murmura-t-il.

Elle glissa une main dans la poche de sa jupe et se redressa sur ses hanches pour lui en passer une. Elle avait tout prévu. Il l'admirait pour ça.

Il déroula le préservatif sur sa verge et garda son regard dans le sien tandis qu'il s'enfonçait en elle, une main sur sa hanche, l'autre derrière sa nuque. Ils gémirent tous les deux quand il arriva au bout. Bientôt, elle eut les mains dans son dos et le marqua de ses ongles tandis qu'il allait et venait en elle.

Rien que du sexe.

Pas d'attaches.

Il tenait à elle.

Mais ce n'était pas de l'amour.

L'amour s'en allait. L'amour faisait mal. L'amour avait laissé son frère plein de souffrance, en désintox. L'amour avait laissé sa sœur brisée après un homme. L'amour l'avait laissé à l'agonie après la mort.

Il serait avec Autumn ici et maintenant et il la laisserait partir quand il serait temps. Ils jouirent ensemble alors qu'il pensait à ce que ça lui ferait de la regarder partir. Elle croisa son regard, et il sut qu'elle y avait vu quelque chose qu'il n'avait pas compté dévoiler.

Est-ce que c'était ce déclic qu'il voulait ignorer, ou le fait qu'il était prêt à la regarder s'en aller, il n'en savait rien.

Il était nu et en sueur, enfoncé en elle jusqu'à la garde, et pourtant, il faisait de son mieux pour garder son âme intacte, ne pas abaisser ses défenses. Parce que s'il se laissait aller à ressentir pleinement, il se briserait.

Et les Montgomery ne se brisaient pas.

Il protégerait sa vie, et ensuite, il la laisserait la vivre sans lui.

C'était la seule solution.

CHAPITRE SEIZE

QUELQUE CHOSE N'ALLAIT PAS. En dehors du fait que les flics l'avaient peut-être crue, mais ne pouvaient rien faire pour le moment.

Autumn le sentait sur sa peau, dans son âme.

Sauf qu'elle n'aurait su dire ce que c'était exactement.

Elle soupira, s'appuya au plan de travail dans la cuisine de Griffin et croisa les bras sur sa poitrine. Griffin était dans son bureau en train de faire des révisions sur son roman pour se préparer à écrire la partie suivante. Elle aimait la tournure que prenait ce livre, mais elle ne le lui avait pas dit. Il n'avait pas l'air d'avoir envie de l'entendre, il voulait simplement en finir pour s'assurer que ça lui plaisait à *lui*. Peut-être qu'alors elle lui dirait que c'était le meilleur livre qu'il avait jamais écrit, d'après elle.

Le fait qu'elle se rendait compte qu'il n'avait pas envie de l'entendre en disait long.

Elle voyait davantage de lui, davantage *chez* lui, qu'elle ne l'aurait cru possible. N'était-ce pas censé être une relation sans attaches, sans complications ? À vrai dire, même le mot « relation » n'aurait pas dû apparaître. Mais elle vivait chez lui, dormait dans son lit, et se comportait totalement comme une petite amie, voire une épouse.

Et pourtant...

Et pourtant il ne la regardait pas.

Ça faisait une semaine depuis qu'elle s'était enfuie de chez elle pour se réfugier dans les bras de Griffin. Après leur petite séance de sexe passionnée sur le plan de travail de la cuisine, elle avait remarqué que quelque chose avait changé. Il y avait quelque chose dans ses yeux qui avait averti Autumn qu'il se refermait sur lui-même, qu'il se protégeait.

Ou peut-être même que c'était elle qu'il essayait de protéger d'une manière bizarre.

Il voulait bien l'aider à retrouver l'homme qui la suivait, voulait bien l'accompagner tandis qu'elle allait voir la police et gérer les conséquences légales de son changement de nom et de sa fuite, mais il ne voulait pas être *là*.

Elle frissonna et resserra ses bras autour d'elle-même.

Quand ils étaient allés au commissariat rencontrer les contacts de Griffin, elle leur avait tout dit. Elle avait tout déballé comme une folle, mais ils ne l'avaient pas traitée comme si elle était mentalement dérangée. Ils n'avaient pas été ravis qu'elle ne soit pas venue les voir plus tôt et avaient dit qu'ils essayeraient de l'aider.

Et Griffin avait été là tout du long, à lui tenir la main, à la soutenir.

Mais il ne lui souriait pas. Ça n'aurait pas été approprié, sur le moment, mais il n'y avait eu ni sourire, ni clin d'œil, rien d'autre que le regard froid dont il l'avait gratifiée la première fois qu'elle était venue chez lui pour faire le ménage.

Alors maintenant, elle vivait chez lui, et son ancien appart avait été vidé grâce aux Montgomery, une fois que la police avait été visiter les lieux et accepté qu'elle emporte ce qu'il était possible de sauver. Maya l'avait tenue contre elle et lui avait donné une bourrade dans l'épaule quand Autumn leur avait parlé de son passé. Les Montgomery s'étaient rassemblés autour d'elle, comme Griffin le lui avait prédit.

Et pourtant, lui se tenait à distance.

Elle dormait dans son lit.

Elle travaillait pour lui.

Elle faisait sa cuisine et son ménage.

Elle l'aimait.

Mince.

Quand est-ce qu'elle était tombée amoureuse de lui ? Quand est-ce qu'elle avait plongé et fait un truc aussi idiot que tomber amoureuse d'un Montgomery ?

Et pas n'importe quel Montgomery.

Griffin Montgomery.

Celui qui avait dit lui-même qu'il ne voulait pas tomber amoureux à nouveau parce que c'était quelque chose qu'il avait déjà fait par le passé. Il avait été si jeune quand il avait perdu Lauren, et ça l'avait marqué bien plus qu'il ne voulait le reconnaître. Et voilà qu'elle était tombée amoureuse de lui.

Idiote, idiote, idiote.

Avec un soupir, elle se tourna pour préparer le dîner, puisqu'il faudrait que ça mijote pendant plusieurs heures. Elle se baissa pour sortir une casserole, puis passa de l'autre côté pour prendre une poêle avant de pousser un juron. Ça faisait une semaine qu'elle vivait dans cette maison, elle y avait travaillé pendant plus d'un mois, et elle avait dû supporter l'organisation peu orthodoxe de sa cuisine tout du long. Ce n'était pas logique que les épices soient à côté du frigo et les tasses à côté des plaques. Tout ça devrait être réarrangé afin d'être pratique pour quiconque faisait cuire quelque chose de plus compliqué que des œufs au bacon.

Penser à la dernière fois où il lui avait fait ce plat la fit rougir, et elle posa la poêle en la claquant sur la cuisinière. Il ne l'avait pas touchée depuis ce matin-là. Il la laissait dormir à côté de lui, mais il n'y avait pas eu de sexe, elle n'avait pas joui à nouveau sur son fauteuil de réflexion ni pris de douches avec lui.

Elle grommela encore un peu, puis poussa un soupir.

— Fait chier.

Elle alla jusqu'à l'étagère la plus proche et commença à descendre ce qui s'y trouvait. Elle allait réarranger sa cuisine pour qu'elle soit plus facile à utiliser. Il ne cuisinait pas beaucoup, de toute façon, et s'il cuisinait, il trouverait ça plus pratique. C'était *elle* qui cuisinait. C'était *elle* qui gérait tout son bordel pour lui tandis que tout ce qu'il faisait, c'était souffler le chaud et le froid et la laisser complètement perplexe.

Et s'inquiéter de sa relation avec Griffin l'empêchait de s'inquiéter du fait qu'il y avait un homme qui lui voulait du mal, qui avait passé la dernière décennie à la pourchasser. Cette peur ne disparaissait jamais, mais des fois, elle avait besoin de se concentrer sur quelque chose d'autre.

Quelque chose qui lui foutait tout autant la trouille, en fait.

— C'est quoi ce boucan ? Qu'est-ce que tu fous, bon sang ?

Elle pivota sur elle-même et laissa tomber le paquet de farine qu'elle tenait. Des volutes de poudre blanche emplirent l'air et la recouvrirent des pieds à la tête. Elle toussa et grimaça en relevant la tête. Griffin pinça le bord de sa chemise et la secoua. Un autre nuage de farine se souleva dans l'air à ce geste.

— Tu m'as fait peur !

Elle était en colère, énervée et son humeur houleuse avait fort à voir avec le fait qu'elle ignorait ses peurs pour se consacrer au barbu en face d'elle. Bien sûr, sa barbe était blanche en ce moment, à cause de la farine.

Si ce type avait eu une cuisine organisée correctement, ça ne serait pas arrivé.

— Qu'est-ce que tu fous, Autumn ?

Encore Autumn. Il ne l'avait pas appelée Saison depuis qu'il l'avait prise sur le plan de travail. Elle ne savait pas pourquoi ça faisait aussi mal. Elle l'aimait. Bon sang, pourquoi fallait-il qu'il se montre distant maintenant ?

Bien sûr, le fait qu'elle l'aime avait peut-être quelque chose à voir avec ça.

— Je range pour pouvoir cuisiner !

Elle était consciente de crier, mais bon sang, elle ne savait plus où elle en était.

Griffin mit les mains sur ses hanches, regarda autour de lui la pièce couverte de farine et haussa un sourcil. Il n'aurait pas dû avoir l'air sexy, couvert de farine, en train de se comporter comme un connard, mais visiblement, elle avait des problèmes.

— C'est quoi tout ce boucan ? Et puis je croyais que tu avais déjà rangé. Tu as tout sorti des placards pour le mettre sur le plan de travail. Qu'est-ce que tu fiches ?

Elle rougit et se sentit agacée par elle-même.

— Ta cuisine, c'est n'importe quoi. Alors je réorganise.

La mâchoire de Griffin se crispa.

— Quoi ? C'est *ma* cuisine. Tu fais n'importe quoi. Je sais que tu aimes bien que les choses soient organisées, mais tu fous le bordel dans mes affaires.

Sérieusement ? Non mais ce mec. Il ne lui avait presque pas adressé la parole depuis une semaine et maintenant, il venait lui râler dessus ?

— C'est mon travail de m'assurer que les choses fonctionnent. Tu m'as laissée organiser d'autres parties de la maison.

Elle ne comprenait pas pourquoi il agissait comme ça. Ou peut-être qu'arrivés où ils en étaient, il cherchait n'importe quelle excuse pour se comporter comme un connard.

— Oui, tu vis ici, tu me baises et tu travailles pour moi. Je suppose que les frontières sont réellement floues, désormais.

Les larmes lui montèrent aux yeux, et elle recula, le cœur serré. Qui c'était, ça ? Ce n'était pas Griffin. Il ne lui parlait *jamais* comme ça. Il faisait tellement attention à elle, et maintenant ça ?

C'était quoi ce délire ?

Elle hurla, sans se rendre compte qu'elle était tellement près de craquer.

— Tu sais quoi ? Va te faire foutre. Ça ne fonctionne pas. Je suis allée voir les flics, et ils ont dit qu'ils feraient gaffe. Je peux rentrer chez moi, maintenant. Ils ont dit qu'ils feraient des patrouilles en voiture. Je n'ai plus besoin d'être ici.

Ses mains tremblaient, et elle serra les poings pour se forcer à garder le contrôle.

Griffin écarquilla les yeux.

— Tu ne peux pas partir. C'est dangereux. Cet enfoiré est toujours là.

— Eh bien, j'ai un enfoiré en face de moi, là.

— Ne t'avise pas de me comparer à lui, Autumn. Putain, ne fais pas ça.

Elle serra les dents.

— Je ne voulais pas dire ça comme ça. Mais bon sang, Griffin. Tu me traites comme une paria, comme si tu ne voulais rien avoir à faire avec moi depuis le lendemain du jour où je t'ai tout dit. Je déteste être ici quand tu es comme ça, Griffin. Et tu ne devrais pas me jeter au visage le fait que tu me baisais, *avant*, parce que j'ai voulu réorganiser ta cuisine pour t'aider.

— Les frontières sont vraiment devenues floues, Autumn. Mais c'est dangereux pour toi de sortir d'ici.

— Si c'est dangereux, alors je prendrai la fuite à nouveau. Je ne suis pas obligée de rester ici.

Ici, où elle souffrait. Elle l'aimait. Elle l'aimait, lui. Et pourtant, elle ne pouvait rien dire. Il ne voulait pas d'elle dans sa vie depuis le départ, et maintenant, il se conduisait comme s'il était obligé de la supporter.

Elle passa devant lui, elle ne voulait pas qu'il la voie pleurer.

— Autumn. Putain. Je ne pensais pas ce que j'ai dit. Je suis simplement stressé à cause de ce bouquin et tout. Je ne voulais pas dire ça comme ça.

Il la suivit alors qu'elle passait dans sa chambre.

Sa chambre à lui.

Pas à elle.

Rien n'était jamais à elle. Et elle avait le sentiment qu'elle n'aurait jamais plus quelque chose qui ne serait qu'à elle. Elle commença à faire ses bagages et à jeter des choses dans son sac. Ça ne lui prit pas longtemps, elle ne s'était pas sentie assez à l'aise pour tout déballer. Entre Griffin et son passé, ça ne risquait pas.

— Autumn... J'ai surréagi.

Il se passa une main dans les cheveux. La semaine précédente, elle aurait fondu devant les muscles de son bras, mais là, ça l'énerva à la place. Ce n'était qu'un rappel de ce qu'elle ne pouvait pas avoir.

— Tu n'es pas obligée de partir. On peut retrouver les choses comme avant.

Elle remarqua qu'il n'avait pas dit qu'il voulait qu'elle reste.

Simplement qu'elle n'était pas obligée de partir.

— Ça ne me convient plus, dit-elle avec raideur. J'ai besoin d'être chez moi. Besoin d'être indépendante. Tu voulais que j'aille voir la police, et je l'ai fait. Ils s'occuperont de moi, maintenant.

Elle n'y croyait pas réellement, mais rester avec Griffin, ce n'était pas possible. Son cœur était déjà près de se briser, elle préférait éviter qu'il éclate en mille morceaux.

Elle se débrouillerait comme d'habitude et prendrait la fuite si nécessaire. Elle ne pouvait pas faire prendre plus de risque aux Montgomery que ce n'était déjà le cas.

Griffin tendit la main vers elle, et elle l'évita.

— Merci de m'avoir permis de rester ici pendant que je me reprenais. Tu es presque à la fin de ton livre et tu te débrouilles bien tout seul. Ta maison est propre, à part pour la cuisine, mais je suis sûre que tu te débrouilleras. Tu devrais t'en sortir.

Il attrapa son bras, mais elle se dégagea.

— Autumn. Reste.

— Je ne peux pas.

Sa voix se brisa, et elle serra les lèvres en s'enfuyant vers sa voiture. Elle resta alerte au cas où Mr Sanders soit dans les parages, mais elle ne sentait pas sa présence et ne le vit pas.

Elle jeta son sac dans la voiture et sortit de l'allée aussi vite que possible.

Griffin se tenait sur le seuil, couvert de farine, la mâchoire crispée.

Il ne la suivit pas. Il ne bougea pas le petit doigt, ne l'appela pas. Il se contenta de rester là. À la regarder partir.

Elle ne pleura pas, même si c'était difficile de s'en empêcher. Il fallait qu'elle reste sur ses gardes. Ce n'était pas parce que les policiers lui avaient dit qu'il n'y avait personne qui traînait autour de chez elle et qu'elle était en sécurité que c'était vrai. C'était stupide d'y retourner, mais bon sang, elle n'avait plus la moindre idée de ce qu'elle faisait. Elle avait réagi dans le feu de l'action, en essayant de protéger son cœur, et trop inquiète de cela pour réagir aux complications qui s'ensuivaient.

Ce qu'elle aurait *dû* faire, c'était se lancer sur la route et partir, mais elle avait dit aux officiers de policer qu'elle resterait dans les parages pour le moment, quoi qu'elle ait pu dire à Griffin quand elle était en train de lui hurler dessus.

Elle se gara et sortit de voiture, son sac à la main. Elle ne sentit rien et ne vit personne d'autre que ses voisins, qui ne se donnèrent même pas la peine de la regarder. Ce n'était pas le quartier le plus agréable, après tout.

Elle avait dit que c'était chez elle, mais même alors, elle n'arrivait pas à y penser en ces termes.

Elle ouvrit la porte avec sa nouvelle clé. Wes et Storm avaient changé tous les verrous, et les autres avaient aidé à repeindre l'intérieur, pour que tout soit prêt pour son propriétaire si et quand elle déménagerait. L'odeur de peinture fraîche assaillit ses narines, et elle fronça les sourcils.

Ça aurait dû être sec, depuis le temps.

Le mot à la peinture rouge sang sur le mur la fit se figer.

MIENNE.

Sa main se crispa autour de la bombe lacrymo. Elle se tourna vers la porte, prête à s'enfuir, mais il était trop tard.

— Hannah.

Elle ouvrit la bouche pour crier, pour appeler à l'aide, Griffin, *n'importe qui*, mais elle ne fut pas assez rapide. Il avait enserré sa gorge de sa main, et quelque chose heurta sa tête.

L'obscurité emplit sa vision, et elle sut que c'était la fin.

Tout ce temps passé à fuir, toute cette peur… et ça n'avait pas suffi.

Elle avait été idiote, elle était tombée amoureuse d'un homme, et ça lui avait mangé le cerveau.

C'était fini.

Griffin aurait pu se foutre des baffes. Il avait été en colère à cause de ce qu'il ressentait, de ce qu'il pensait, et il avait fait passer sa colère sur Autumn. Avec tout ce qu'elle s'était mangé comme merde dans sa vie, elle n'avait pas besoin de se retrouver avec ses caprices en plus. Parce qu'il avait eu peur, parce qu'il était en colère, il l'avait perdue.

Il l'avait vue se tenir dans sa cuisine comme si c'était chez elle, il l'avait imaginée dans sa vie alors qu'il n'était pas prêt, et il avait paniqué. Elle était en train de faire son boulot, bon sang, et ce n'était pas comme si sa présence avait été inattendue. Au lieu de gérer ça comme un adulte, il avait crié.

Ils devaient avoir l'air de deux abrutis, à se hurler dessus dans la cuisine, couverts de farine.

Ce n'était pas de la faute d'Autumn s'il avait craqué.

Et ce n'était pas de sa faute non plus si elle s'était barrée alors qu'il agissait comme s'il ne voulait pas d'elle. Bon sang, il s'était comporté comme ça toute la semaine. Il avait tellement peur de l'avoir dans sa vie qu'il l'avait perdue pour de bon.

Est-ce qu'il l'aimait ? Seigneur, il n'en savait rien. Il pensait qu'il aurait pu. Il se rappelait ce déclic, dans la cuisine. Il était juste trop lâche pour dépasser ses peurs et ses blocages et pour *savoir*.

Mais dans le feu de l'action, et dans sa foutue cuisine une fois encore, il avait lié son travail à leur relation. Il avait peut-être détesté la façon dont elle interférait avec son livre et dont il travaillait au début, mais il savait qu'elle l'avait aidé à presque terminer ce satané bouquin. Et puis il avait mélangé le fait qu'elle travaillait pour lui et qu'elle couchait avec lui. Il aurait pu se cogner la tête contre le mur. Il était un enfoiré, un vrai connard, et ses humeurs n'excusaient pas ce qu'il avait fait.

Maintenant, elle était peut-être en danger parce qu'il n'arrivait pas à réfléchir.

Il l'avait blessée. Il l'avait fait pleurer parce qu'il était un connard.

Il ne la méritait pas.

Il n'avait jamais mérité quelqu'un comme elle.

Mais il fallait quand même qu'il aille la chercher.

Il se gara derrière sa voiture et coupa le moteur. Il agrippa son volant et essaya de garder le contrôle sur sa colère. Il n'était pas en colère contre Autumn. Loin de là. Il fallait qu'il maîtrise ses émotions et qu'il réfléchisse à ce qu'il allait lui dire. Il commencerait par s'excuser, il ramperait s'il le fallait. Et ensuite, il lui demanderait, au lieu de lui *ordonner*, de revenir à la maison avec lui. Il avait appris de ses frères et de ses beaux-frères et savait qu'il aurait pu tout foutre en l'air en émettant des exigences.

Il avait peut-être d'ores et déjà tout foutu en l'air. Il n'avait pas besoin d'en rajouter.

Après avoir rampé et s'être assuré qu'elle était en sécurité... eh bien, peut-être qu'il lui dirait ce qu'il pensait. Ou peut-être qu'il essaierait de prendre davantage de temps. Il ne savait pas, mais ce n'était pas en restant assis dans sa voiture comme un idiot qu'il allait régler ça.

Il poussa un soupir, puis se dirigea vers son petit palier. Son sang se figea dans ses veines quand il s'aperçut que sa porte était entrouverte.

Mince.

Son premier mouvement fut de se précipiter à l'intérieur, mais il savait que cela risquait de la mettre encore plus en danger. Il s'éloigna en hâte sur le côté de la maison et appela les secours.

Quand il expliqua la situation, la femme à l'autre bout de la ligne lui ordonna de rester où il était et lui dit qu'une patrouille arriverait bientôt. Sauf qu'il ne pouvait pas attendre aussi longtemps, pas alors que c'était lui qui l'avait mise dans cette situation. Il ne se précipiterait pas, à moins de la voir, se dit-il. Et puis il comprit que ça aussi, c'était un mensonge.

Autumn était un danger, et il y avait une possibilité qu'elle ne soit même pas là. Même si, pour la plupart des gens, une porte entrebâillée aurait simplement pu vouloir dire qu'elle avait oublié de la fermer, il savait que ce n'était pas le cas. Même aveuglée par la colère, elle n'aurait pas commis ce genre d'erreur.

Il alla jusqu'à la porte et jeta un regard par la fente, sans rien voir. Il poussa un lent soupir et appuya doucement contre le battant en espérant que personne ne verrait ni n'entendrait rien.

Bon sang.

Elle était allongée contre le mur, sous le mot « MIENNE » inscrit à l'encre rouge sang. Cet enfoiré lui avait lié les mains derrière le dos et aussi attaché les chevilles. Elle était toujours couverte de farine, mais n'avait pas l'air blessée en dehors d'un bleu à la tempe.

Ce bleu seul suffisait à signer l'arrêt de mort de Jeff Sanders.

Conscient qu'il était complètement idiot d'y aller sans arme, il ouvrit la porte un peu plus et vit un homme qui se tenait au-dessus d'Autumn. Il tournait le dos à Griffin et inclinait la tête comme s'il était en train de l'observer.

Autumn avait les yeux fermés, mais il voyait sa poitrine se soulever et s'abaisser. Elle respirait. Dieu merci.

L'homme se pencha, la main tendue comme pour enlever les cheveux d'Autumn de son visage, et Griffin perdit toute contenance. Il fonça dans la maison, les poings en premier. Sanders ne se retourna pas immédiatement. Au lieu de ça, il bougea lentement, comme s'il n'avait pas compris ce qui se passait.

Parfait.

Griffin en tirerait profit.

Il enfonça son poing dans le visage de l'homme. Bien sûr, puisqu'il était droitier, il utilisa le poing qui avait un plâtre. La douleur remonta dans son bras, une brûlure si intense qu'elle résonna dans ses plombages.

Il ne pensait pas s'être recassé le bras, mais il avait le sentiment de ne pas s'être fait du bien. Tant pis. Ça n'avait pas d'importance.

L'homme le regarda depuis le sol, étourdi, et il essaya de se relever. Il essaya de donner un coup à Griffin, mais celui-ci se jeta sur lui.

— Tu la touches encore une fois et je te tue.

Il colla son poing gauche dans la mâchoire de Sanders. Celui-ci répliqua mais Griffin s'en fichait. Cet homme avait osé faire du mal à Autumn. Il lui avait fait un bleu à la tempe.

Mince.

Griffin le frappa à nouveau, alors même que Sanders parvenait à lui foutre un coup dans les reins. Griffin grimaça, mais essaya de passer outre.

— Griffin, murmura Autumn derrière lui. Arrête.

Il frappa Sanders une dernière fois, et ce salopard s'évanouit. Peut-être qu'il l'avait assommé. Griffin n'en savait rien et il s'en fichait. Il se détacha de Sanders et rampa jusqu'à Autumn.

— Chérie, murmura-t-il.

Il prit son visage dans ses mains et retira le bâillon de sa bouche.

— Saison.

Des larmes emplirent les yeux de la jeune femme, et elle appuya sa joue contre sa paume.

— Tu es venu.

— Je viens toujours pour toi.

Elle renifla, et il pouffa de rire.

— Désolée.

— J'essaie d'être cool et héroïque, et tu transformes ça en blague douteuse.

— C'est comme ça, entre nous, dit-elle alors qu'il l'aidait à défaire ses liens. Il est inconscient ?

Il regarda par-dessus son épaule et hocha la tête. Des sirènes percèrent le silence mais il ne se détendit pas. Il en était incapable tant qu'Autumn ne serait pas dans ses bras et cet enfoiré derrière les verrous.

Dès que ses liens furent entièrement retirés, Autumn se retrouva sur ses genoux, sa bouche sur la sienne.

— Seigneur, Autumn, j'ai failli te perdre.

Les mots sortirent en un souffle haletant, et il ferma

les yeux en s'ordonnant de ne pas pleurer parce qu'il devait être fort pour elle.

Elle enfonça ses doigts dans son dos, et il soupira. Elle allait bien.

Tout irait bien.

Et bon sang, il n'aurait jamais dû la laisser partir.

Il comptait bien ne pas recommencer.

CHAPITRE DIX-SEPT

— BON, au moins, le bleu est en train de guérir, dit Maya de là où elle était assise sur le canapé.

Elle avait les jambes croisées devant elle, et quand elle ne pinça pas les lèvres, elle les mordit, comme si elle essayait de s'empêcher de dire ce qu'elle pensait.

Et vu que Maya disait *toujours* ce qu'elle pensait, en tout cas, c'était ce qu'il semblait à Autumn, ce qu'elle retenait ne devait pas être anodin.

Ou en tout cas, clairement compliqué.

Et Autumn était la spécialiste du compliqué.

Elle appuya contre l'hématome en regardant dans le miroir. Maya disait vrai. La marque sur sa tempe, qu'elle devait au jour où Sanders l'avait approchée de bien trop près, commençait à s'estomper. Et comme seuls quelques jours s'étaient écoulés depuis l'agression, elle n'aurait pas pu en demander davantage.

Bon, en fait, il y aurait des tas de choses qu'elle aurait pu demander, mais elle ne le ferait pas.

Elle ne voyait pas comment.

Elle était trop gênée pour faire quoi que ce soit d'autre que se cacher.

Elle ferma les yeux et prit une respiration tremblante.

— Je t'ai dit merci pour m'avoir accueillie ici ?

— Pas depuis une heure, donc je suppose qu'il était temps, répondit Maya, pince-sans-rire.

Quand les flics avaient emmené Sanders, elle avait failli s'effondrer. D'ailleurs, elle n'était pas certaine que ça n'avait pas été le cas. Griffin l'avait tenue sur ses genoux et lui avait murmuré des mots doux, des mots qu'elle avait peut-être inventés. C'était un gros mélange d'adrénaline, de peur et de soulagement profond qu'elle ne pensait jamais ressentir un jour.

Sanders resterait longtemps en prison.

Il ne pourrait pas se cacher derrière ses amis ou utiliser son argent pour s'en sortir, cette fois-ci. La police de Denver avait fait son travail sérieusement et trouvé plusieurs chefs d'accusation. Tentative de meurtre, tentative de viol, enlèvement, agression... et ça, c'était juste les gros trucs. Il y avait aussi le harcèlement et les menaces.

Il n'allait pas sortir, cette fois.

Et elle ne lui avait même pas parlé au cours de sa dernière tentative.

Elle n'en avait pas été capable.

Quand elle s'était réveillée de son évanouissement, Griffin était là, en train de tabasser son ancien prof. Et même si elle voulait plus que tout que Sanders sorte de sa vie définitivement, pour ne plus jamais avoir à ressentir cette peur suffocante, paralysante, elle ne pouvait pas laisser Griffin marquer son âme ainsi.

Ce Montgomery méritait mieux que ça. Ils méritaient tous mieux.

Une fois que l'hôpital l'avait laissée sortir, les Montgomery s'étaient pointés en force. Elle n'avait jamais ressenti un tel amour, une telle tendresse, dans sa vie. Ses parents n'avaient pas été cruels ou méchants quand elle était enfant, mais leur affection n'avait rien à voir avec celle des Montgomery.

Marie et Harry avaient aussitôt proposé de la ramener chez eux pour pouvoir la chouchouter. Tous les Montgomery avaient proposé cela.

Tous, sauf Griffin.

Il l'avait embrassée sur le front et serrée dans ses bras en refusant de la lâcher. Elle ne savait pas si ça voulait dire qu'il voulait qu'elle soit avec lui et pensait que c'était décidé, ou si c'était terminé pour de bon. Et comme il refusait de parler, elle s'était défaite de lui et était partie avec la plus bavarde du groupe.

Maya.

Normalement, elle serait partie seule, aurait fait ses bagages et serait sortie de Denver et de la vie des Montgomery, mais elle n'avait pas été assez forte pour ça. Elle avait dû faire semblant d'être forte pendant si longtemps, elle n'avait plus l'énergie pour conserver cette façade.

Elle avait peut-être envie d'aller chez Griffin, mais elle savait que ce n'était pas possible. Pas alors qu'elle était si pleine d'incertitudes quant à eux à et à la vie en général.

Vu les circonstances qui avaient conduit à son changement de nom, elle n'avait récolté qu'une petite remontrance pour ses papiers à la légalité douteuse. Elle ne savait pas si c'était juste de la chance ou si bien grâce à l'avocat des Montgomery. Ceux-ci possédaient peut-être deux entreprises, mais ils étaient quand même des cols bleus, alors elle était surprise par le pouvoir qu'ils avaient. Cependant, à la façon dont ils adoptaient amis et famille et vu leur comportement général, ça n'aurait pas dû la surprendre, au final.

— Tu fronces les sourcils, dit Maya, la tirant de ses pensées. Je ne voulais pas que tu te sentes mal de dire merci. C'est simplement que tu n'as pas besoin de le dire. Je sais que tu es reconnaissante. Mais franchement, ta présence me change les idées, alors c'est bénéfique pour toutes les deux.

Autumn se tourna lentement, la tête penchée.

— Te change les idées de quoi ?

Maya serra les lèvres et secoua la tête.

— De rien.

— Maya.

— De rien dont j'ai envie de parler, d'accord ? Alors parlons de toi. Qu'est-ce que tu comptes faire ?

Autumn soupira et marcha jusqu'à la causeuse. Elle se laissa sombrer entre les coussins en essayant de trouver quoi dire. Elle ne savait pas elle-même quoi penser, comment était-elle censée dire quoi que ce soit à Maya ?

— Je ne sais pas ce que je compte faire, dit-elle avec

franchise. Ça fait tellement longtemps que je passe d'endroit en endroit, de boulot en boulot, je ne me rappelle même plus ce que je voulais faire avant tout ça.

— Tu es partie alors que tu étais encore ado, Autumn. La plupart des gens ne savent pas ce qu'ils veulent faire à cet âge-là, de toute façon.

Maya fronça les sourcils.

— Je t'appelle Autumn, mais est-ce que je devrais t'appeler Hannah, désormais ? Je veux dire, tu es débarrassée de Sanders pour de bon, maintenant, tu peux reprendre ton nom d'avant. Non ?

Autumn secoua la tête. Il y avait une chose dont elle était sûre : elle ne serait plus jamais celle qu'elle avait été.

— Je suis Autumn maintenant. Hannah n'existe plus. Je vais le faire changer légalement, plutôt que de rester avec un faux nom.

Maya poussa un soupir et fit claquer l'anneau à sa langue contre sa lèvre.

— Tant mieux, parce qu'avec tes cheveux et ton attitude, je trouve que tu es davantage une Autumn.

Elle sourit.

— Je me sens comme une Autumn. Et pour ce que je vais faire... J'ai pensé à rentrer chez moi.

Elle fronça les sourcils.

— Non, ce n'est pas chez moi. Disons plutôt, là où vivent mes parents. Ça fait dix ans que je ne leur ai pas parlé, mais j'ai fait de mon mieux pour continuer à m'informer sur ce qu'ils devenaient. Alors je sais qu'ils habitent toujours là-bas. Je sais que mon frère est marié et qu'il a un enfant.

Et elle avait manqué tout ça.

Mais ils ne l'avaient pas cru.

Ils ne l'avaient pas protégée.

— Mince. C'est nul.

Maya poussa un soupir.

— C'est vraiment nul. Je suis désolée qu'ils n'aient pas été là pour toi. Je sais qu'il y a pas mal d'histoires dans ma famille, bon sang, c'est le moins qu'on puisse dire, mais on n'a jamais laissé tomber l'un des nôtres comme ils l'ont fait avec toi. Même avec Alex, on est toujours là pour lui. Il ne nous laisse peut-être pas approcher de trop près, mais on est comme des piranhas, on le coincera s'il le faut.

— C'est une sacrée image, dit Autumn en souriant.

Maya eut un grand sourire, elle aussi.

— N'est-ce pas ? Et quant à toi, tu n'es pas obligée de retourner là où tu as grandi. Est-ce qu'il y a d'autres endroits qui t'attirent ?

Autumn observa son amie. Il y avait quelque chose dans sa voix qui lui disait qu'elle n'avait pas envie de la voir déménager. Mais il n'y avait pas grand-chose qu'elle puisse faire à ce propos. Pas alors qu'elle ne savait pas quelle serait sa prochaine étape.

Elle pouvait aussi bien tout dire à Maya. Enfin, peut-être pas *tout*. Maya avait fait attention à ne pas poser de questions sur Griffin. À vrai dire, son nom n'avait pas été mentionné une seule fois depuis qu'elle était arrivée chez elle. Bizarrement, celui de Jake non plus...

Elles faisaient réellement la paire.

— J'ai fait mes bagages ce matin, finit-elle par dire.

— Je sais. Je t'ai entendue. Ce que je veux savoir, c'est pourquoi tu ressens le besoin de partir. Est-ce que tu vas retourner dans ton ancien appart ? Parce que je vais te dire, cette rue est vraiment pourrie. D'abord, Meghan est allée vivre là-bas après son divorce, et elle et Luc ont failli y mourir, et ensuite, c'est toi qui as failli y passer. Non merci.

— Pour être honnête, ce sont nos passés respectifs qui étaient dangereux pour nous. Pas le quartier en lui-même.

— C'est un détail. Mais pourquoi tu pars, Autumn ? Pourquoi tu ne restes pas ? Tu sais que tu auras toujours un boulot chez Montgomery Ink. Je veux dire, bon sang, à ce point, on a davantage besoin de toi que l'inverse.

À nouveau, elle ne mentionna pas que c'était surtout pour Griffin qu'elle avait travaillé au cours des dernières semaines. Mais Griffin n'avait plus besoin d'elle. Elle avait réorganisé sa vie, et ensuite, il lui avait dit que les frontières étaient floues.

— Ça fait dix ans que je fuis.

— Et tu n'as plus besoin de le faire.

— Mais je ne suis jamais restée au même endroit si longtemps. Je suis habituée à voir de nouveaux endroits, à rencontrer de nouvelles personnes. Je ne suis pas du genre à me poser. Tu vois ?

— C'est à moi que tu le demandes ? Parce que de mon point de vue, on dirait juste que tu prends la fuite à nouveau.

— Maya.

— Autumn.

La sonnette retentit, et Maya se leva, les yeux sur Autumn.

— On n'en a pas terminé. Je sais que tu es une adulte et que tu peux faire ce que tu veux, mais on va parler de ton départ avant que tu y ailles. Tu es l'une des nôtres, désormais, même si ne le penses pas.

Là-dessus, elle alla ouvrir la porte, et Autumn enfouit son visage dans ses mains. Elle était complètement perdue. Elle avait essayé d'être quelqu'un d'autre, de cacher qui elle était pendant si longtemps, qu'elle avait oublié qui elle pouvait être. Mais est-ce que ça avait de l'importance ?

L'idée d'être avec Griffin lui faisait davantage peur qu'elle ne voulait bien le reconnaître. Pouvait-elle s'appuyer sur quelqu'un d'autre, pouvait-elle être avec lui ? Elle n'en était pas sûre, et c'était pour ça qu'elle devait le repousser. Ce n'était pas correct pour lui ou sa famille d'essayer d'être avec lui alors qu'elle ne savait même qui elle était sans lui, et encore moins qui elle était *avec* lui.

— Autumn.

Elle leva la tête et se figea.

— Griffin.

Il se tenait devant sa chaise, la barbe en broussaille et les cheveux dressés sur sa tête tellement il avait dû y passer les mains. Il portait un vieux jean avec des bottines et un polo qui collait à ses muscles. Il n'aurait pas dû être aussi canon alors qu'elle semblait ne pas avoir dormi depuis des jours.

Ce qui était le cas. Elle avait passé son temps à se tourner et se retourner en pensant à un homme dans les ombres et à quoi faire avec un certain Montgomery, ce qui lui avait laissé peu de temps de sommeil.

Maya n'était nulle part en vue. Traîtresse.

— Je sais que j'aurais dû appeler avant de venir, mais à chaque fois que je prenais le téléphone, j'avais peur que tu me raccroches au nez.

Elle fronça les sourcils.

— Comment ça ?

Il s'assit sur la table basse en face d'elle.

— Saison, chérie, je t'ai repoussée ce jour-là. Je me suis comporté comme un pauvre idiot et je t'ai fait du mal parce que j'avais trop peur de prendre une décision quant à mes sentiments. Si je t'avais dit que j'étais en train de tomber amoureux de toi et en même temps que l'idée de t'avoir chez moi, dans mon lit, me faisait peur tout en étant une évidence, tu serais peut-être partie de toute façon. Et parce que j'ai été un connard et que je t'ai repoussée, tu t'es enfuie et as foncé vers un endroit où il t'est arrivé du mal. Si je n'avais pas fait ça, tu ne serais pas retrouvée toute seule dans cette maison. Tu n'aurais pas été blessée. Cet homme a réussi à t'atteindre parce que je t'ai laissée partir. Parce que je ne suis pas venu te chercher jusqu'à ce qu'il soit presque trop tard. Je ne me pardonnerai jamais pour cela. Jamais.

Elle tendit la main et toucha son visage, laissa sa barbe venir caresser sa paume. Elle voulut immédiatement la retirer. Le toucher était une erreur. Partir serait bien plus difficile, après ça.

— Je suis tellement désolé, Autumn. Pardonne-moi. Je t'aime, murmura-t-il. Je t'aime tellement. Tu m'as sauvé, Saison. Tu m'as sauvé de moi-même, de mes doutes et de mes douleurs. Et je sais que ce n'est pas une raison suffisante pour aimer quelqu'un. Putain, ce n'est pas le cas pour moi, en tout cas. Je t'aime pour autre chose que ça. J'aime la façon dont tu souris, j'aime la façon dont tu danses dans la maison quand personne ne regarde. Je t'aime, c'est tout. Viens avec moi, Autumn. Rentre à la maison.

Elle resta immobile tandis que ses pensées partaient dans mille directions. Elle abaissa la main, ébranlée. Il ne pouvait pas l'aimer. C'était impossible. Elle ne savait même pas qui elle était elle-même, où elle était dans sa vie. Comment pouvait-il aimer quelqu'un qu'il ne connaissait pas ?

— Je... je sais à peine qui je suis, Griffin. Comment est-ce que tu pourrais aimer quelqu'un qui n'a même pas un vrai nom pour le moment ?

Il secoua la tête et prit son visage entre ses mains.

— Tu es ma Saison. Tu es mon cœur. Je t'aime, Autumn. Tu as peut-être un nouveau nom, tu as peut-être dû prendre la fuite bien trop longtemps, mais je te connais. Je sais que tu aimes aider les gens, que tu places ta passion dans les autres et non en toi-même. Tu as tellement d'assurance dans d'autres domaines. J'aimerais que tu puisses avoir de l'assurance de ce côté-là aussi. J'aimerais que tu puisses voir ce que je vois.

— J'ai fait mes bagages, Griffin. Je suis tellement habituée à passer de lieu en lieu, je me suis dit qu'il fallait que je trouve un autre endroit pour me poser, si c'est que je choisis de faire.

Ce n'était pas exactement un mensonge, mais ça n'en était pas loin. Elle prenait la fuite à nouveau, sauf que cette fois, ce n'était pas devant un homme qui risquait de lui faire du mal physiquement. C'était à cause d'un homme qui risquait de briser son âme.

Elle s'effondrait, elle était en train de tomber encore plus amoureuse d'un homme dont elle était déjà amoureuse. Seigneur, elle était lâche. Mais s'il se réveillait et se rendait compte qu'il l'aimait simplement parce qu'elle était là. Il avait toujours Lauren dans le cœur, pas elle. Ses doutes prenaient le dessus et lui criaient qu'elle ne serait jamais assez bien, qu'elle serait toujours la fille qui prenait la fuite, celle qui mentait.

— Il n'était pas prévu que je reste, murmura-t-elle.

Les yeux de Griffin s'assombrirent tandis que son visage blêmissait.

— Je ne vais pas te forcer à rester, dit-il lentement d'une voix rauque. Je ne vais pas te couper les ailes.

Elle trembla et resserra les mains sur les cuisses de Griffin. Quand les avait-elle posées là ? Pourquoi est-ce qu'elles y étaient toujours ? Il fallait qu'elle parte avant que ça ne fasse encore plus mal.

Elle devait prendre la fuite.

— Il faut que j'y aille.

— Avant que tu le fasses, il faut que tu saches que ma fin heureuse, mon « et ils vécurent heureux jusqu'à la fin de leurs jours », c'est toi. J'ai besoin de toi pour ça. Tu es mon futur. Je le sais. Même si ça veut dire que je dois partir avec toi.

Il recula et souleva son polo pour révéler un nouveau tatouage sur sa peau.

— Quoi ? Qu'est-ce que c'est ?

— C'est la fin de mon roman. Notre roman. J'ai trouvé mon futur, mes mots. Grâce à toi.

Les lettres, tracées d'une main élégante, étaient toutes neuves, le tatouage si récent qu'il y avait encore du baume dessus.

Tu es mon destin. Mon chemin de traverse. Tu es mon futur. Mon chez-moi. Tu es ma vie.

— Mes mots sont écrits sur ma peau, sur mon cœur. Ils sont d'encre et de souvenirs. Aime-moi et laisse-moi t'aimer. Sois mienne jusqu'à ce que nous tournions notre dernière page.

Il fallait bien un écrivain pour lui briser le cœur en un million d'éclats avec des mots d'espoir et d'amour.

Des larmes roulèrent sur ses joues, et elle s'appuya contre lui.

— Griffin.

— Ma Saison. Je veux les vivre toutes avec toi, Autumn. Je suis tombé amoureux de toi, et je veux tomber amoureux à nouveau chaque jour jusqu'à mon dernier souffle. Sois mienne. Prends le risque. Arrête de fuir et reste avec moi.

— Je t'aime, murmura-t-elle.

Les mots lui virent sans qu'elle décide de les dire, mais une fois qu'ils furent sortis, elle sut que c'était la vérité, que c'était ce qu'elle aurait dû dire dans la cuisine.

— Je vais rester.

Et c'était la vérité. Elle resterait. Pas parce que c'était

ce qu'il voulait, mais parce qu'elle le voulait. Elle avait eu trop peur pour le reconnaître. Tellement peur qu'elle avait failli perdre tout ce qu'elle pensait ne jamais avoir.

— Oh, putain, merci, dit Griffin d'une voix bourrue avant de la serrer contre lui. Je suis tellement heureux que tu m'aimes aussi. J'aurais été n'importe où avec toi, et je suis toujours prêt à le faire. Tu veux qu'on parte en road trip ? On peut. J'écrirai dans la voiture, dans des hôtels, sur un rocher au milieu de nulle part. Tant que je suis avec toi, je peux écrire. Je te le promets. Mais je ne suis pas sûr d'en être capable sans toi.

Il grimaça.

— Je ne voulais pas dire que c'est simplement pour écrire que j'ai besoin de toi...

Elle mit ses doigts en travers de sa bouche.

— Tu t'en sortais merveilleusement jusque-là avec tes paroles. Arrêtons tant que ça fonctionne encore.

Il mordilla le bout de ses doigts.

— Je t'aime, Saison.

— Je t'aime, Monsieur l'écrivain. Et je vais rester, Griffin. Pour toi. Pour moi. Pour nous. Je vais arrêter de fuir.

Griffin sourit à ces mots, et elle tomba amoureuse de lui à nouveau. Il l'attira dans ses bras, et elle s'assit sur ses genoux, à califourchon. Il l'embrassa, l'explora de sa bouche comme s'ils ne s'étaient jamais embrassés auparavant, et pourtant, il la connaissait par cœur, il faisait partie de son âme. Sa langue s'entremêla avec la sienne, et elle soupira contre lui.

— Ça m'a manqué, gronda-t-il.

— Tu m'as maqué.

— Je ne couperai jamais tes ailes, répéta-t-il. Je ne te forcerai jamais à rester.

— Je reste pour moi. Pour toi. Pour ce qui pourrait être. Pour ce que nous sommes. Je reste parce que j'aime ta famille et que j'aime cette ville. J'ai trouvé mon chez-moi, Griffin. Mon vrai chez-moi.

— Viens vivre avec moi. Sois mienne. Écrivons la prochaine page ensemble.

Cet homme. *Son* homme. Il savait manier les mots, lui donner envie de rester et de ne jamais partir.

— D'accord.

Il l'embrassa, et elle gémit. C'était leur futur. Leur toujours.

Elle avait hâte de tourner la page.

GRIFFIN SAISIT ses seins et les pressa l'un contre l'autre en souriant comme un idiot.

— Tu comptes rester là à les regarder ou tu vas faire quelque chose avec ? demanda Autumn.

Elle était allongée sous lui, toute nue et toute rose de l'orgasme qu'il lui avait donné avec sa bouche. Il était installé à califourchon sur elle et bandait. Mais d'abord, il voulait s'occuper de ses seins. Il aimait ses seins. Quand il se pencha pour lécher son téton, elle poussa un petit soupir tremblant qui lui confirma qu'elle appréciait ses attentions. Tout le monde était gagnant.

Il suça, l'effleura de ses dents et mordilla légèrement. Les mains d'Autumn coururent dans son dos, paresseusement d'abord, avant qu'elle ne sorte ses griffes, pleine de désir.

— Griffin, je te jure, si tu ne me prends pas maintenant, je vais me toucher et me faire jouir. Toute seule.

— Insatiable.

Mais il bougea de façon à ce que son sexe appuie contre le sien. Ils n'utilisaient pas de préservatif, ce jour-là. C'était une première pour eux. Il avait tellement hâte de la sentir sans rien autour de lui.

— Prête ?

Il agita lentement les hanches et son sexe glissa le long de sa fente humide et passa sur son clitoris.

— Griffin !

Elle passa la main entre eux, mais il saisit ses poignets.

— Laisse-moi faire, dit-il d'une voix basse.

Puis il recula légèrement avant de la pénétrer lentement. Ils gémirent tous les deux quand il fut complètement à l'intérieur.

— Seigneur. Plus jamais de capotes. Je veux te sentir comme ça tous les jours. Tous les jours. C'est d'accord ?

— Je vais peut-être finir par avoir un peu mal, mais oui, d'accord. Bouge, tu veux ? Baise-moi fort, douce-ment, je m'en fiche, mais baise-moi.

— Ma Saison, ma petite cochonne. J'aime quand tu parles comme ça.

— Je t'aime, répondit-elle avec un sourire.

Il regarda ses yeux se révulser tandis qu'il bougeait. Il commença doucement, puis se mit à accélérer l'allure jusqu'à ce qu'ils soient tous les deux haletants. Leurs bouches se mêlèrent, leurs corps couverts de sueur serrés l'un contre l'autre, cherchant à atteindre l'autre avec leurs mains et leurs membres. Il conserva son regard sur Autumn tandis qu'ils faisaient l'amour. La bouche de la jeune femme s'entrouvrit, et ses yeux s'assombrirent.

— Griffin.

— Je sais. Je sais.

Il l'embrassa avec passion.

— Je t'aime.

Il s'enfonça en elle une dernière fois et jouit avec un rugissement. Elle se contracta autour de lui et cria son nom. Il la tint contre lui et roula sur le côté tout en la couvrant de baisers, sur les lèvres, dans le cou, derrière l'oreille.

— Ma Saison.

— Tu sais t'y prendre, Monsieur l'écrivain, dit-elle avec un sourire endormi. C'est une sacrée façon de se réveiller.

— Il faut qu'on se réveille tous les jours comme ça.

Elle pouffa de rire.

— Ça me va. Même si je risque d'arriver en retard au travail.

Il la mordit délicatement dans le cou.

— Je connais le patron. C'est pas grave.

Elle le repoussa, mais son regard était rieur.

— Je ne travaille pas pour toi, aujourd'hui, tu te rappelles ? Je suis la nouvelle réceptionniste de Montgomery Ink.

Il fit une petite moue, mais l'embrassa quand même.

— C'est vrai. J'ai oublié ce détail pendant que j'étais en toi. C'est une bonne chose que tu les aides. Ils sont bien organisés pour tout, sauf avec ce satané ordinateur.

Elle rit, et il passa la main dans ses cheveux, incapable d'arrêter de la toucher. Il n'arrivait pas à croire qu'il avait cette femme, ce morceau de son futur, dans son lit. Et qu'elle ne s'en irait pas. C'était leur réalité, et il n'avait jamais été aussi heureux.

Il écrivait peut-être de la fiction, mais sa vérité, sa vie, était plus belle que tout ce qu'il aurait pu coucher sur le papier.

Ils vivaient ensemble, et ils prenaient les choses au fur et à mesure. Il ne l'avait pas encore demandée en mariage. Il le ferait, mais pas maintenant. Même s'il avait l'impression que ça faisait des années qu'ils étaient ensemble, en réalité, ça ne faisait pas si longtemps. Ils prendraient le temps d'apprendre à se connaître encore mieux, et ensuite, ils passeraient à l'étape suivante. Mais elle porterait son tatouage, le blason des Montgomery, parce qu'elle était l'un d'entre eux même si elle n'en portait pas encore le nom. Maya avait insisté, et il en était ravi.

Tout irait bien. Ce n'était pas facile de vivre dans le monde réel et pas dans celui des livres. Les gens ne tombaient pas automatiquement amoureux, et l'amour ne restait pas forcément. Il fallait faire des efforts pour cela, faire en sorte d'être ouvert et honnête avec l'autre. Elle aurait toujours des peurs, et lui aussi, mais ils pouvaient les surmonter plutôt que d'essayer d'y échapper.

Ils n'avaient pas encore parlé de contacter sa famille, mais ça viendrait. Elle avait besoin de temps pour s'habituer à sa nouvelle réalité avant de faire face à l'ancienne. Il savait qu'il avait dit la vérité sur le fait de ne pas vouloir couper ses ailes. Si elle décidait qu'elle avait besoin de se rapprocher de la famille qu'elle avait fuie toutes ces années auparavant, il la suivrait. Il quitterait Denver et tout ce qu'il avait construit ici. Ça ferait mal, mais il en était capable.

Autumn le valait bien.

Elle l'avait aidé à retrouver sa voix, son univers, son assurance.

Il finirait ce foutu livre grâce à elle. Elle se poserait ici avec lui, mais ce ne serait pas la fin. Ils étaient un tout en gardant leur individualité, ils étaient Saison et Monsieur l'Écrivain.

Ils étaient eux.

Griffin ramena Autumn contre lui et embrassa son front.

— Tu me coupes le souffle.

Elle battit des cils et embrassa son menton barbu.

— C'est grâce à toi que je me sens assez en sécurité pour rester, assez en sécurité pour être *moi*. Tu es mon Griffin et je suis ta Saison. Je veux ça tous les matins. Tous les jours.

Il l'embrassa alors et mit dans ce baiser tout ce qu'il ne pouvait pas dire, tout ce qu'il ne pouvait exprimer avec des mots. Ça ne changeait rien que son métier consiste à manier les mots, que mettre ces mots sur le papier crée ces univers où son esprit habitait. La femme dans ses bras était ce qui lui permettait d'écrire, ce qui lui permettait de trouver ses mots en premier lieu. Il finirait par y arriver seul, et c'était pour ça que sa Saison était parfaite pour lui, mais elle l'aidait à rester fidèle à lui-même, et il savait qu'il en faisait de même pour elle.

Peu importe ce que l'avenir avait en réserve pour eux et les Montgomery, il savait qu'il aurait sa Saison, son Autumn à ses côtés. Ils écriraient leur voyage, le cours de leur destinée. Et il le ferait avec la femme dont le nom avait changé sa vie.

Griffin Montgomery n'avait pas cherché l'amour, mais l'amour l'avait trouvé.

Et être amoureux n'était pas si terrible, après tout.

C'était pile ce qu'il lui fallait.

À suivre dans la série Montgomery Ink : Entre les lignes.

&

Un amour nouveau
Les Frères Gallagher Tome 1

NOTE DE CARRIE ANN

Je vous remercie d'avoir lu Attrait pour trait. Si vous avez aimé cette histoire, j'espère que vous envisagerez de laisser un avis ! Les avis sont utiles pour les auteurs *et* les lecteurs.

Je suis honorée que vous ayez lu ce livre et que vous aimiez les Montgomery autant que moi !

La série se poursuit avec Entre les lignes, suite des Montgomery de Denver.

Pour vous assurer d'être informé de toutes mes nouvelles parutions, inscrivez-vous à ma newsletter sur www.CarrieAnnRyan.com ; suivez-moi sur Twitter @CarrieAnnRyan, ou sur ma page Facebook. J'ai également un Fan Club Facebook où nous discutons de sujets divers, avec annonces et autres goodies. C'est grâce à vous que je fais ce que je fais, et je vous en remercie.

N'oubliez pas de vous inscrire à ma LISTE DE DIFFUSION pour savoir quand les prochaines publications seront disponibles, participer à des concours et obtenir des *lectures gratuites*.

Bonne lecture !

Montgomery Ink:

    Tome 0.5: À l'encre de ton cœur

    Tome 0.6: À l'encre du destin

    Tome 1 : À l'encre déliée

    Tome 1.5: À l'encre de ton âme

    Tome 2 : À dessein prémédité

    Tome 3 : D'encre et de chair

    Tome 4 : Attrait pour trait

    Tome 4.5: À l'encre des secrets

    Tome 5: Entre les lignes

    Tome 6: En pointillé

    Tome 6.5: À l'encre de nos rêves

    Tome 7: Nos desseins ravivés

    Tome 8: Motifs troubles

Et d'autres encore !

Montgomery Ink:

    Tome 0.5: À l'encre de ton cœur

    Tome 0.6: À l'encre du destin

    Tome 1 : À l'encre déliée

    Tome 1.5: À l'encre de ton âme

    Tome 2 : À dessein prémédité

    Tome 3 : D'encre et de chair

    Tome 4 : Attrait pour trait

    Tome 4.5: À l'encre des secrets

    Tome 5: Entre les lignes

    Tome 6: En pointillé

    Tome 6.5: À l'encre de nos rêves

    Tome 7: Nos desseins ravivés

    Tome 8: Motifs troubles

Les Frères Gallagher:

    Tome 1: Un amour nouveau

Tome 2: Une passion nouvelle
Tome 3: Un nouvel espoir

Redwood:
1. Jasper
2. Reed
3. Adam
4. Maddox
5. North
6. Logan
7. Quinn

Griffes
1. Gideon

Pour plus d'informations, abonnez-vous à la LISTE DE DIFFUSION de Carrie Ann Ryan.

À PROPOS DE L'AUTEUR

Carrie Ann Ryan n'avait jamais pensé devenir écrivaine. C'est seulement quand elle est tombée sur un roman sentimental alors qu'elle était adolescente qu'elle s'est intéressée à cette activité. Lorsqu'un autre romancier lui a suggéré d'utiliser la petite voix dans sa tête à bon escient, la saga *Redwood* ainsi que ses autres histoires ont vu le jour. Carrie Ann a publié plus d'une vingtaine de romans et son esprit foisonne d'idées, alors elle n'a guère l'intention de renoncer à son rêve de sitôt.